光文社文庫

長編時代小説

夜叉桜

あさのあつこ

KOBUNSHA

光　文　社

目次

夜叉桜

やしゃざくら

第一章　刃

闇の中に刃《やいば》が浮いた。

どこに光があるのか、刀身が白く煌《きら》めく。いや光など、どこにもありはしない。刃自体が発光しているのだ。淡く光を放つ刃が、冬の月のように冴え冴えと、闇に浮く。

おぞましい。

眼前に突きつけられた刃は、怖れよりもおぞましさを感じさせる。目を背けたい。もうたくさんだ。これ以上見続けていれば、眼球は膿《う》み、血を滲《にじ》ませ、やがて腐り落ちてしまう。

それほどに、おぞましい。

切っ先がひくりと動いた。音もなく、声もなく、刃だけが闇を滑る。喉の肉が痙攣《けいれん》する。身体が硬直する。喉元に刃が食い込んだ。

ずぐっ。

肉を裂かれる。

夜具の上に飛び起き、木暮信次郎《こぐれしんじろう》は喉を押さえた。ぎりぎりと痛みが差し込む。呻《うめ》いていた。痛みはすぐに熱を持ち、焰《ほむら》となって身を炙《あぶ》るようだ。痛む。ただ、刃物で切り裂かれたものではない。今まで一度も経験したことのない痛みだ。手のひらに血の感触は僅《わず》かも伝わらず、炙られる苦痛だけが増していく。

何なんだ、くそっ。

喉に爪をたて掻《か》き毟《むし》りたい衝動を、なんとか堪《こら》える。雨の音がしていた。昨日の夕暮れ時、雷鳴を轟かせて降り出した俄雨《にわかあめ》は、一旦は小降りになったものの、そのまま潔く止もうとはせず、やがて地雨に変わりこの時刻まで降り続いていたらしい。

雨音に重なり、乾いた音が聞こえた。枯葉が風に押され地の上を走るときの音に似ている。しゃかしゃかと忙《せわ》しくもある。

「あっ」

思わず声をあげていた。その音で異様な痛みのわけが知れたのだ。

「どうなさいました」

隣の夜具から、女が声をかけてくる。ぐっすり寝入っていたにしては鮮明な、張りのある声だ。

「百足《むかで》だ」

「え……」

「百足にやられた。障子の上を這ってやがる」

女は身をおこし、襟元を掻き合わせた。黙り込んだのは、百足のたてる音に耳をそばだてているのだろう。

「灯りを持ってまいりましょう」

「いや」

「要りませんか？」

「要らぬ」

「では」

女が立ち上がる。闇が揺れ、夜具にこもっていた女の匂いがゆれた。桜の香に似て仄《ほの》かに甘く、その甘さの内に生き物の生臭さが混じっている。それが、この女の生来のものなのか、目交《まぐ》わった後の雌の匂いなのか、判然としない。

立ち上がり、女は小さく呟いた。

「茶を」

「茶？」

おいおい、按摩《あんま》の笛も途絶えようかって刻じゃねえのか。茶なんか飲んで、どうするよ。

そう言う代わりに、信次郎は、ますます熱く疼《うず》きだした首筋を押さえ息を吐いた。女は、百足の這う障子を躊躇《ためら》う様子もなく開け、出て行く。廊下に出れば、掛け行灯《あんどん》があるとはいえ、形ばかりのものにすぎず、油を惜しんでか、火を出すのを怖れてか、この女郎宿の主人は夜半を過ぎると灯りを消してしまう。今はこの部屋同様に、文目《あやめ》もわかぬ暗みが包み込んでいるだろう廊下を女の迷うことのない足音が遠ざかる。生まれは常陸《ひたち》の国の西外れにある山深い里だと言っていたから、夜目が利くのかもしれない。女が本当のことを口にしたのならだが。

闇に目を凝らしてみる。むろん何も見えず、聞こえてくるのも雨音だけになった。逃げ去ったのか、闇に潜んでいるのか、百足の気配は消えていた。

あいつなら……。

信次郎は指で自分の首筋を撫で下ろしてみる。甘く生臭い女の残り香の中に浮かんできたのは、男の顔だった。

あいつなら、この程度の闇など、苦もなく見通しただろうに。

闇を見透かし、障子を這う百足の姿を捉えることなど造作もないことだろう。いや、それより前に、気配に気づき目を覚ましているはずだ。眠りこけて百足に噛まれるなどと……。

こんな無様な真似はしねえか。

舌を鳴らす。自分がひどく間抜けで鈍重な者のような気がする。あの男のことを思い出す度に、同じ気分に陥った。それがひどく腹立たしい。持って行き場のない苛立ちがこみ上げてくるのだ。

「旦那、また舌打ちしてやすぜ」

伊佐治《いさじ》に、しょっちゅう指摘される。

「舌打ちしちゃ、悪いのかよ」

「そりゃあ勝手でござんすがね、こっちに八つ当たりされるのは、ごめんこうむりやすぜ」

「おれが、いつ親分に八つ当たりしたよ」

「舌打ちする度にですよ」

初老の岡っ引は、真顔で肩を竦《すく》め、ついでに顔をしかめる。放蕩息子を諌《いさ》める父親の眼差しにどことなく似ている。その物言いにも眼差しにも、さらに苛立ちが募るのだ。

まったく、どいつもこいつも。

舌打ちの代わりに、奥歯を嚙み締めて横を向く。

伊佐治は、父親の右衛門《うえもん》が使っていた岡っ引だった。右衛門が亡くなり、信次郎が北定《じょう》町《まち》廻り同心の職を継いでからも、手札をそのままにしている。

「あれほどの男はそうそう、おらぬ」

右衛門は生前、惜しむことなく伊佐治を褒め称えていた。同心が三十俵二人扶持《ぶち》の下級武士とはいえ、武士は武士。伊佐治は手先に使う町人に過ぎない。その町人を右衛門は心底から認め、敬意さえ抱いていたようだ。

頭の回りの早さ、度胸、判断力、手下《てか》の扱い方、なにより人の心と人の住む町の裏も表も知り尽くした上でのしたたかさは、確かに賞賛に値する。右衛門が亡くなったとき、まだ十五になるかならずの若輩だった信次郎は、伊佐治の海千山千の経験や力に支えられ、幾度となく助けられてきた。認める。認めはするが、気にも障る。伊佐治は、たまにだが、わざと信次郎の神経を逆なでするような言動をするのだ。ずばりずばりと遠慮も礼儀もなく心の内を突いてくる。歯に衣を着せぬ物言いに、皮肉で返せるうちはいいのだが、あまりに巧くこちらの痛み、弱みを突かれると、振り向きざまにばっさりと、この老練な岡っ引を斬り捨ててやろうかと、不穏な感情が蠢《うごめ》いたりもする。さぞや心が晴れるだろうにと。

この前もそうだ。舌打ちする度にですよと肩を竦め、顔をしかめてから、伊佐治は、

「旦那は、ちっと拘《こだわ》りすぎじゃねえですかい」

と、続けた。

「拘る？　何にだ？」

そんなことはわざわざ言わなくたって誰よりもご存知だろうにと、伊佐治が胸中で呟いたのは明らかだ。

「そりゃあ、尋常な男じゃねえってのは、あっしだって百も承知ですがね……遠野屋は今度の殺しには、どう考えたって関わりはござんせんよ」

「おれがいつ、関わりがあると言った？」

自分でも声が尖《とが》るのが分かる。

「言わなくても、おつむの中で拘ってたんじゃねえですかい？」

図星だった。信次郎は確かに拘っていたのだ。殺された女の胸元から出てきた小さな匂い袋が、遠野屋の店先に並べられていた小物を連想させ、その店の主の一見優雅なようで、その実、優雅などという戯《ざ》れ事とは対極の、一分の隙も無い立ち振る舞いや、意図も心情も決して窺《うかが》わせることのない顔つきへと信次郎を引きずっていったのだ。

「匂い袋は、遠野屋でなくとも売ってやす」

「遠野屋《とおのや》ですよ」

　指先に匂い袋をぶら下げ、信次郎は辛うじて薄笑いを浮かべてみせた。反対側、柄の上においた指がひくりと震える。信次郎の殺気を感じているのか、いないのか、伊佐治は血に染まった匂い袋をまじまじと見つめている。からくり箱を覗く童《わらべ》のような一途な目つきだった。

「これが、どの店の品かなんざ、お天道さまでも分かりゃしねえよ。一文商いの物売りから買ったのかもしれねえし、貰ったのかも、拾ったのかも、盗んだのかもしれねえ。分かっているのは、喉をさばかれた女が身につけていたって、それだけのことさ」

「下手人の手掛かりにゃあ、なりやせんね」

凄腕の岡っ引の顔に戻り、伊佐治が呟く。

「ならねえな」

筵《むしろ》の上に横たわる死骸に向かって、信次郎も低く呟いていた。

殺された女は、相生町《あいおいちょう》にある『真砂屋《まさごや》』という料理茶屋の仲居で、名をお米《よね》という。八名川町の徳助店《だな》に一人住まいをしていて、通いとして『真砂屋』に勤めていたが、前夜、茶屋を出たまま行方知れずになっていた。調べがついているのは、そこまでだ。

『真砂屋』は料理茶屋とは表向きの看板にすぎず、料理よりも女を食わせることを主な業《なりわい》とするような店だった。数人の私娼を抱えていたが、お米はそのうちの一人だったのだ。その夜は、客がつかず台所の下働きに回され、くさくさするとぼやいていたのを仲間の女が聞いていた。おとしというその女は、まだ十六で、その若さと頬が膨らみ、目じりのやや下がった福相を好んで、客は毎夜切れることがなかった。若さと『真砂屋』の稼ぎ頭だという自負が、おとしを傲慢にさせ、かつてはそれなりに美しかったけれどとっくに盛りを過ぎて、白粉《おしろい》では隠せぬ小皺を目元、口元に刻んだお米に対して、横柄な口をきかせた。見苦しいほど白く顔を塗り、紅を引き、客もつかぬまま床を磨いているお米は、若さが磨耗した後の、自分の姿に重なり、身震いするほどの嫌悪と軽蔑の感情を煽られもしたのだが、おとしには胸底に巣くい、自らを煽る複雑な感情を弁《わきま》える聡明さはなかった。ただ傲慢に、横柄に、残酷になっただけだ。

「お米さん、そんなにくさくさするなら、床なんか磨いてないで、自分で何とかしたらどうよ?」

険のある口調にお米が顔をあげる。

「なんだって?」

「客がつかないなら、自分で客を引っ張ってきたらどうってこと。ここで、いくら愚痴をついてても、客はつかないでしょう」

「ふざけた口をおきでないよ」

立ち上がったお米の目が、あまりにぎらついていたので、おとしは気圧《けお》され黙り込んだ。

「おまえみたいな小娘に、とやかく指図されるいわれはないね。いいともさ、客の五人や十人、引っ張ってきてやる」

襷《たすき》を解いておとしに投げつけると、お米は台所を飛び出していった。それっきり朝になっても戻らず、町木戸が開くころ、草むらにうつ伏せに倒れているのを朝売りの豆腐屋に見つけられた。鋭利な刃物で、喉を掻き切られていた。

無残に殺された女の胸元から出てきた匂い袋は、たっぷりと血を吸って、重い。その重さと血の色に信次郎は眉を顰《ひそ》めた。

「親分」

「へい」

「嫌な臭いがしねえか」

「しやすね。気の重くなるような臭いがしやす」

信次郎と目を合わせたまま、伊佐治が頷く。

嫌な臭いがする。これはまだとば口だ。この先がまだ……。

「旦那やあっしの鼻が間抜けで、嗅ぎ違えているならよござんすがねえ」

伊佐治もまた、眉を顰める。

「けど、旦那とあっしが同じ臭いを嗅いだのなら、十中八九、間違いはねえでしょう」

「だろうな？」

「いかがしやす？」

「客筋を中心に、このお米って女の身辺を洗う。今のところ、それくれえしか打つ手はねえな」

「念のため、匂い袋もあたってみやすか？」

皮肉でも冗談でもない。生真面目な口調で伊佐治は問うた。思いもかけない物や言葉や噂話が事件を解く糸口になる。どんな些細な事も、小さな物も決して疎《おろそ》かにはしない。伊佐治はちゃんと心得ていた。こういうとき、この岡っ引を振り向きざまに斬り捨てないでよかったと、しみじみ思う。

「頼む」

「へい」

短く言葉を交わした後、二人はほぼ同時に、筵の上の女に目をやった。

『真砂屋』のお米、それが最初の犠牲者の名だった。

二人目は、お吉というけころだった。四十近い大年増の私娼は、お米同様に喉を掻き切られ、息絶えていた。

女が戻ってくる。忍びやかな足音だ。雨音に、容易《たやす》く消されてしまいそうなほど頼りなげだった。足音だけでなく、細面で色白の顔立ちも、仕草も、物言いも、女の全てが頼りなげで、儚《はかな》げでさえある。強く惹かれたわけではない。私娼窟が集まり、春を鬻《ひさ》ぐ女たちが客の袖を引く界隈に幾度か足を運ぶうちに、ふと目に留まったのだ。『万夏《まんげ》』と暖簾《のれん》の下がった茶屋の前に佇んでいた。ここも『真砂屋』と同じ表向きは茶屋ではあるが、一皮剝くまでもなく、二階には女たちが客を取る部屋が並ぶ曖昧宿《あいまいやど》だった。『真砂屋』ほどの構えもなく、店に一歩足を踏み入れただけで、女の白粉と体臭に饐《す》えた臭いが混ざり、鼻をついてくる。そんな場末の店だ。

女はどこか異質だった。客を引くでもなく、声をかけるでもなく惚けたように佇む姿も、儚げな雰囲気も、遠くを見つめ、つまり眼前を通り過ぎる誰をも目に入っていない眼差しも異質で、周りの風景から明らかに、浮き上がっている。

信次郎は、異質なものが好きだった。容易に周辺に同化しないもの、溶け込んでしまわないもの、無残なほど浮き出してしまうもの、異質、異様、異形、異体、どう呼んでも構わないが、そういう物や者に、程度の差はあれ否応無く惹かれてしまう。

型に嵌《は》まり、型に納まり、型に添って生きるものは、つまらない。それが醜悪であっても、歪《いびつ》であっても、崩れ、壊れ、捻じ曲がったものにそそられる。そういうものにしか、そそられない。

女は、信次郎をそそった。

「茶を」

信次郎の前に膝をつき、手を伸ばしてきた。指先に何かをつまんでいる。

「何だ？」

「茶の葉です……茶殻は百足の毒消しになると聞いたことがございます」

首筋に濡れた茶葉が押し付けられる。女の指がゆっくりと揉む。

「いかがでございます？　少しは楽になられましたか」

「どうかな」

信次郎は、女の手首を軽く摑んだ。

「おまえさん、武家の出なのか？」

女の指が止まる。動きを止めた指の下でずくずくと傷は疼き続けている。

「別に恥じることたあねえぜ。こんなご時世だ。武家の奥方が身を持ち崩したなんて話は掃いて棄てるほどある。それにな」

女が僅かに身じろぎする。甘く生臭い匂いが立ち上ってくる。

「御台所《みだいどころ》だろうが、御簾中《ごれんじゅう》だろうが、淫売女だろうが、やることは同じよ」

くすっ。

女が笑った。吐息のような笑い方だ。

「こんなに、火照《ほて》っておられます」

指が動き出す。信次郎の首筋を撫で、肩を這う。

「毒を吸い出さねば、腫れるやもしれません」

女の唇が傷を覆った。強く、吸われる。生温かい舌が信次郎の首筋を抉るように、舐め上げる。信次郎は女の腰紐を解き、襦袢《じゅばん》の前を広げた。女の身体は闇に埋もれたまま、匂いだけを放つ。肉体は幻、この匂いだけが生きて蠢くのだというごとく、とろりと重みを増す。信次郎もまた、密かに笑っていた。女の匂いを嗅ぎながら、男に向かって薄い笑いを向けてみる。

闇に埋もれようが、隠れようが、ごまかされねえさ。いつか必ず、引きずり出してやる。

膝の上で股を広げた女の肌が汗ばみ、手のひらに吸い付くような湿り気を帯びる。僅かに震えてもいた。

「火照っているのも、濡れているのも、おまえさんの方じゃねえのか」

乳房を掴み、強く揉むと、女は声をあげ信次郎の頸に手を回したまま、夜具の上に倒れこんだ。

逃げていては、いつか捕まる。

おいとは呟いた。呟き考える。この十日ちかく、ずっと繰り返してきたことだった。

呟き、考える。

背中を見せていては、避けられない。

お侍の剣術指南のような一言だけれど、口にしたのは商人だった。

足がもつれ、夜道に膝をつく。痛みより、膝から下を貫く痺れに呻いた。

おいとの足は、左右の長さが微妙に違い、走るのはもとより、急ぎ足になっただけでもつれ、こうして無様に転んでしまう。

まだ、十七だったが、嫁に行くことはとうに諦めていた。嫁にはいけない。いや、いかない。男と共に生きるより、己の口を己で養いながら暮らしていく。

二年前、流行の風邪に罹《かか》り、高齢だった両親が相次いで亡くなったとき、おいとは決心した。

あたしは、一人で生きていくんだ。

物心ついたときから、貧しい長屋住まいで、十一の歳に奉公に出た。油屋の下働きとして雇われたのだが、三年目の春、好色の主人に納戸に引きずり込まれそうになり大声をあげて暴れた。翌日、店の女将にしたたかに打たれ、売女《ばいた》、恩知らずと罵られ、野良猫をつまみ出すように、店から追い出されてしまった。両親の元に帰ってからも、一度、男に騙《だま》されそうになった。甘い言葉につられ、売り飛ばされそうになったのだ。ぎりぎりのところで、男は女衒《ぜげん》だと気がついて逃げ出したけれど、そんな経験が、おいとに男に対する幻滅と侮蔑を教えた。

男なんて汚い。女と見れば群がり、欲望を剝き出しにする。大店《おおだな》の主も女衒も、みんな同じだ。意地汚く、女を食らおうとする。あたしは、男の餌食なんかにならない。男を餌食にしてやるんだ。

貧しいなりに、慈しんでくれた両親が亡くなったことで、おいとの箍《たが》が外れた。

売り飛ばされる前に、自分で自分を売ってやる。

一年前から切見世《きりみせ》の女になっていた。長屋女郎と呼ばれることも、一区切り百文で毎夜、違った男に抱かれることもそう抵抗はない。

今夜だってそうだ。年齢も職業も顔かたちも心根もまるで違う男たちに抱かれ、抱いて時をすごした。それが生業《なりわい》だ。

こんなこと何でもないさ。あたしは、生まれながらの売女なんだ。

自分に言い聞かす。堕ちていく自分自身が哀れでもあり、快感でもあった。誰かに復讐している気分もあった。復讐の相手は誰なのか……好色な油屋の主なのか、言葉巧みな女衒なのか、毎夜、自分の身体の上を這いずり回る男たちなのか、歯止めがないまま堕ちていく人生なのか、おいとにもよく分からなかった。

借金がないのだけが救いだ。借金のかたとして、あるいは男に騙され売られてきた女たちは悲惨だった。逃げられないように、四六時中見張られ、外歩きもままならない。まるで鳥籠の鳥だ。身体を病み、みるみる痩せ衰えていく者も大勢いた。

そうだ借金がないなんて、ありがたいことだ。金にも、男にも負けはしない。おいとは貪るように金を貯めていた。

切見世で働けるだけ働いて、金を貯める。その金で小さな店でももとう。できたら子ども相手の商売がいい。子ども相手に菓子などを売って、日々を過ごそう。

決めていた。それが揺らぐ。男のせいだった。

春の終わり、簪《かんざし》を買おうと立ち寄った店で、おいとは幼馴染の男に出会った。この広い江戸で奇跡のように再会した。

幼馴染と言っても五つ年上の兄のような人だった。実際、おいとは男を「兄さん」と呼んでいたのだ。「兄さん」「兄さん」と慕い、後をついて回った幼い日々が十七歳の今によみがえる。

十年近く会っていなかったのに目が合った瞬間、お互いにお互いが誰か分かった。分かってしまった。

「おいとちゃん」

「兄さん」

男は、満面に喜色を浮かべ走り寄ってきた。この店の手代《てだい》だという。しゃんと伸びた背筋からも、おいとを懐かしみ、会えて嬉しいと繰り返す口調からも、まっとうな道を歩いてきた者のまっとうな輝きが零《こぼ》れていて、おいとは目を伏せてしまった。眩しすぎる。まっとうな男と目を合わせることもできない女になっていたのかと思い至れば、さらに瞼《まぶた》は重くなる。逃げ出せるものなら、逃げ出したかった。

値のわりには品が良い。品揃えも豊富で見ているだけで飽きない。大口の商いもするけれど、小物一つ買うだけの客であっても、丁重に接してくれる。そんな評判に乗せられて、のこのこ出かけてきたことが悔やまれる。

「簪を買いにきてくれたんだ」

「あっ、うん。そう。簪が欲しくて……でも、そんなに高いのは買えないけど……」

「うちは、品の質は一流だ。値段も手頃なのがあるし」

働き者の手代らしく、男はてきぱきと動き、おいとの前に簪を並べてくれた。

「わっ、これかわいい」

一本の簪を手に取る。玉簪だった。簪の先の小さな玉に桜の花びらが彫り込んである。玉の下には、桜葉に見立てた飾りがついていた。豪奢ではないが、愛らしい。葉陰から覗く花のようだ。驚くほど、安価でもあった。

「気に入ったの、あったかい？」

男が手元を覗き込む。

「うん、これどう？」

「もうちょっと、派手な方がよかねえか？」

「そうかなあ。地味？」

「だなあ。同じ値段なら、こっちの方が華やかだと思うけど」

「でも……うん、やっぱりこれがいい」

いつの間にか、昔と同じ口調でしゃべりあっていた。男と二人、簪を買いに来たような錯覚にとらわれる。心が浮き立つ。

「値引きするよ」

「こんなに安いのに、まだ引いてくれるの？」

「そのくらいの顔は利くから」

「兄さん、やっぱり頼りになるね」

軽口を叩いたおいとに笑いかけ、男はさらりと、

「おいとちゃん、今、何をしてるの？」

おいとの一番怖れていたことを問うてきた。

ほら、これだ。

口元に浮かんだ笑みが凍りつく。

いつだって、安心なんかできない。いつだって、足元に落とし穴が開いているんだ。ちょっと、油断するとすぐに、落っこちちまう。いつだって、いつだってそうなんだ。

「あ……うん、料理茶屋に勤めてる。仲居で……」

恋しい。好きだ。あんたが来てくれるのをずっと待っている。客を相手にいくらでも騙《かた》れる舌が、うまく動いてくれない。おいとは泣きそうになった。

この人を騙りたくない。

おいと自身戸惑うほどの思いが湧き上がる。おいとは足のせいでよく転んだ。よくからかわれた。その度に、抱き起こし、かばい、心無くおいとをはやし立てる悪童に怒りをぶつけてくれた人だ。おいとの知っているたった一人の、まともな男だった。ああ、どうしよう。騙れない。でも、口が裂けても本当のことなんて言えない。店の場所を問われたら、何と答えよう。店の名を聞かれたらどうしよう。

「信三」

奥から男に声がかかった。商い中に何をしている。さっさと働け。そんな叱責が飛んでくるのかと、おいとは我知らず身を竦めていた。油屋では、ほんの束の間立ち話をしていただけで、仕事の手を休めただけで、容赦なく罵倒されたのだ。身を竦めはしたけれど、これで男との話を打ち切れると安堵もした。さようなら、また、寄りますと頭を下げ、背を向ける。そして、二度とここに近寄らなければいいのだ。

さようなら、また寄ります。

そのくらいの嘘ならつける。

さようなら、兄さん……信三さん。

奥からの男の声は罵倒には変わらなかった。穏やかなまま問うてくる。

「お知り合いかい？」

「あっ、はい」

信三の手がふいに、おいとの手首を掴んだ。

「おいとちゃん、ちょっと」

「え？　あっ、あの……兄さん？」

店は普通の商店より土間が広く、種類ごとに品物を並べた棚が拵《こしら》えてあった。繁盛している店らしく客の出入りは多い。信三と同じように前掛けをした手代や丁稚《でっち》が応対している。

その分、座敷はやや奥まったところにある。信三は、おいとを座敷の前まで引っ張っていった。

「旦那さま」

帳場に座っていた番頭と言葉を交わしていた男が、すっと向き直る。とても若い男だった。信三よりは年上だろうが、帳場にどかりと座り、胡散臭げに、おいとを一瞥《いちべつ》した番頭とは、親子ほども歳が離れているように見える。おいとの抱く商店の主の印象からは、程遠い姿だった。

「おいとさんと言って、わたしの幼馴染なんです」

「ほう。信三の幼馴染……それは、それは」

「たまたま簪を買いにきてくれて、ばったりと。驚きました」

「簪を？　それじゃ、お客さまでいらっしゃるんだ」

「いえ、そっ、そんな。あっ、あたしは、このお店の品が良いって、それに、あたしたちにも手ごろなお値段だって、その、聞いたものですから……その、ちょっと寄ってみただけで……」

しどろもどろになる。まさか、店の主人に紹介されるとは思ってもいなかった。

「ありがとうございます」

主人は頭を下げ、静かに笑んだ。ふっと引き込まれそうなる。おいとは慌てて、乱れてもいない襟元をあわせた。新しくはないが、洗い張りしたばかりの紺絣《こんがすり》を着ている。ごく普通の町娘に見えるはずだ。そう思うのに、落ち着かない。

深い淵のように静かで美しいけれど、人を引き込み、呑み込んでしまう笑みではないか。愛想笑いとも、薄笑いとも、苦笑とも違う。おいとが初めて出会う笑みだった。静かで、美しくて、怖い。

「お客さまが口伝《くちづ》てに広めてくださることが、商いには何よりの力となります。お座りください。すぐに茶を持ってこさせましょう」

「とっ、とんでもない」

ほとんど悲鳴に近い声をあげていた。

「あっ、あたしなんか……そんな。あの、あの……簪を頂いて帰ります。あの、そろそろ帰らないと、仕事があるので……」

「お気に召した品がございましたか？」

「はっ、はい。これを」

ぎくしゃくと差し出した簪に、主人の目が細められた。

「これは……そうですか、これをお買い上げになられましたか」

「あの、何か？」

「おいとさんは良い品を選ばれました。この品は、まだ若い、年季も明けない職人の手によるものです。でも、腕はなかなかの、いや、かなりの者で、これから先がずいぶんと楽しみな職人なんですよ。少なくともわたしは、先を楽しみにしております」

「はい……」

「まだ名も無い者ゆえ値は手頃ですが、名工の片鱗をうかがうことのできる品です。おいとさんは、お目が高い」

「旦那さま。わたしは、少し地味ではないかと……おいとちゃんに言ってしまいましたが」

「信三よりは、おいとさんの方がかなり目利きってことだね。この品を地味としか言えないなんて、おまえも、まだまだだ。少し、おいとさんに鍛えてもらうといいよ」

「そんなあ」

信三が真顔で口を歪めたのがおかしくて、おいとは吹き出してしまった。主人も笑い、帳場の番頭さえも渋面を崩す。

そのとき、店内が一際、賑やかになった。数人の男たちが入ってきたのだ。手に手に風呂敷包みを提げている。後ろに木箱を担いだ丁稚《でっち》を従えた者もいた。

「おじゃまいたします」

「これは、これは三郷屋《みさとや》さん、吹野屋《ふきのや》さんもお待ちしていましたよ」

「黒田屋さんも直に来られます。奥へ、よろしいか？」

「どうぞ、ご遠慮なく。準備は整っております。おいとさん、わたしはちょっと失礼いたします。また是非にお越しください」

「あっ、はい……」

おいとに会釈すると主人は立ち上がり、奥に続く廊下に消えた。男たちが後に続く。

「奥で、何か？」

「うん。ちょっとね」

信三がにやりと笑った。誇らしげに胸を張る。

「ちょっと、すごいことが始まるんだ。忙しくなるぞ」

「兄さん、手伝わなくちゃいけないんでしょ」

「ああ、もちろん、手伝うさ」

信三からは働き処を得た者の生き生きとした高揚感が伝わってくる。引く潮時だと、おいとは察した。

「じゃあ、あたしはこれで」

座敷の上に簪の代金を置くと、信三に背を向ける。

楽しかった。ほんの一時だけれど、もったいないほど楽しかった。見事な簪も手に入れた。それで充分だ。これ以上、何も望まない。

早く去ろうと心が急いたのか、足がもつれた。ちょうど、敷居を跨いで入ってきた男の胸にぶつかる。商人風の背の高い男だ。

「あっ、すっ、すいません」

「おいとちゃん」

信三が大きな声でおいとの名を呼んだ。腕を摑んでくる。

「だいじょうぶかい？　あっ、これは黒田屋さん。失礼いたしました」

「いえいえ。おじょうさん、怪我をされませんでしたか？」

「はい……ほんとに、すいません」

顔が火照る。まっすぐに走ることもできない足がいまいましい。男の丁寧な物言いも、信三の気遣いも、何故かいまいましくて堪らない。

あたしに構わないで。優しくなんて、しないでよ。

地団太を踏んで叫びたい。

「おいとちゃん、今度、ゆっくり会えないかな」

信三が耳元に囁いた。

「おれ、少しぐらいなら時間の融通がきくんだ。おいとちゃんの都合のいいときに、会えないか」

誘いだった。稚拙で愚直な誘い。手管も駆け引きもない。笑ってしまう。

兄さん、幾つよ。いつまでたっても初心《うぶ》なのねえ。

薄ら笑いを浮かべながらそんな一言をぶつけたら、この男はどんな顔をするだろうか。

「あたし……いつ、身体が空くか、分からないし……また、寄るから」

「ここに？」

「お店だと、迷惑？」

「ちっとも。じゃあ、今度は客としてじゃなく、おれを訪ねてきてくれよ。あっ、昼間は得意先回りをしていることもあるから、暮れ方がいいけど」

「うん……」

「ほんとに、寄ってくれな。おれ、親父もおふくろも死んじまってから、ずっと一人だったから……おいとちゃんに会えて、ほんとのほんとに嬉しいんだ」

「うん……」

「手代《てだい》さん」

黒田屋と呼ばれた男が信三を呼ぶ。苦笑しているようだ。

「お取り込み中悪いが、わたしを奥の座敷に案内してくれないかね」

「あっ、はい、ただいま」

信三が振り返った隙に、おいとは駆け出した。駆けるといっても、不自由な足をかばいながら、できるだけ速く前に進むだけだ。とっくに慣れた駆け方なのに、家にたどり着いた時には、ぐっしょりと汗をかいていた。

おいとは、それから二度、信三をおとなった。おとなうつもりなどなかったのに、いつの間にか信三のいる小間物《こまもの》問屋へと足が向いていたのだ。気がつけば、天水桶の前に立っていたこともある。

二度ともその前夜、ひどい客に当たっていた。一人は、お前に支払った一切り百文の金が惜しいと愚痴りながら、執拗においとの身体を弄《もてあそ》んだ客。二人目の客は、裕福な商家の隠居だったが、おいとの尻に煙管《きせる》の先を押し当てようとしたのだ。

「お前らはな、牛や馬と一緒だから焼印をつけてやる」

しこたま酔ったうえでの乱行だが、耳を覆いたくなるような悪口をわめきたて、ついには切見世一帯を取り仕切る地回りにつまみ出された。

吉原の太夫《たゆう》ではあるまいし、場末の遊び女に客を選ぶことなどできない。覚悟はとっくにできている……そのつもりだったけれど、玩具のように扱われ、牛や馬と同じだ、人じゃないと罵られれば、さすがに心は沈みこみ、覚悟は萎える。心もまた生身と同じで傷付けられれば血を流すのだ。流れ出た血の味が、身体の奥から滲み出す。苦い。それまで、一人で耐えてきたことが、耐えられてきたことがどうにも重くて苦くて、持て余す。

おいとちゃんに会えて、ほんとのほんとに嬉しいんだ。

信三の言葉が忘れられない。

だめだ、だめだと思いながら、二度も、この小売も兼ねた小間物問屋の前に立ってしまった。

一度目は、信三はすぐに出てきてくれた。「おいとちゃん」と笑ってくれた。無防備な笑みで他人に迎え入れられたことなんか、絶えて久しい。慣れていなくて、どうしていいか分からなくて、おいとは、頭の中であれこれ考えてきたおとないの言い訳を半分も口にできなかった。

「女将さんのお使いで……たまたま近くに来たから……あっ、でも、すぐに帰らなくちゃ……兄さんもお仕事中よね。ごめんなさい。昼時に」

「かまわないけど。あまり話もできなくて」

「気にしないでよ。ほんとに、ちょっと寄ってみただけなんだから」

おいとの自由になる時間は、昼時か、店がひける夜半に限られる。昼間働く信三とは、どうしてもずれてしまうのだ。

「おいとちゃん、うちの旦那さまなら、事情をちゃんと話せば、一刻ぐらいの暇はくださる。今度は、ちゃんと約束して……」

「それは無理」

慌てて信三の言葉を遮り、かぶりを振る。

「女将さんが厳しくて、なかなか、暇なんて作れないし。ごめんね、兄さん。また、今度」

ぱたぱたと駆け出す。

また今度だって。まるで子どもみたいな言い方をして。つくづく馬鹿だね、あたしって。こうして逃げなきゃいけないなら、はじめから来なきゃよかったのに。

一人、呟きながら、信三から遠ざかる。後悔しているのに、自分を叱っているのに、胸の奥に甘く温かな情がほこりと湧き上がってきた。

二度目に訪れたとき、信三はいなかった。落胆と安堵が丁度半々に綯《な》い交《ま》ぜになった気持ちのまま、おいとは息を吐き、帰ろうと踵《きびす》を返した。信三に会いたかったのに、会えなくてほっとしている。それなのに淋しい。なんだかもう、心の中がごった煮だ。芋も大根も蒟《こん》蒻《にゃく》もいっしょにことこと煮詰められ、どれが自分の本当の思いなのか分からなくなる。

帰ろうと踵を返したとき、

「おいとさん」

呼び止められた。大声ではなかった。椿の花が地に落ちる音にも似て、低く忍びやかなのに、確かに人の耳に届く声だった。振り返る。小間物問屋の主が立っていた。

「あ……どうも」

慌てて頭を下げる。

「よく、お似合いで」

「え？」

「簪、よくお似合いです。おいとさんに買っていただいて良かった。品が生きてまいりました」

主人の言葉に誘われて、おいとは髪に挿した玉簪を手に取った。

「これが生きて？」

「ええ、品物は人に使われて初めて本物の品となります。おいとさんのように大切に扱っていただくと、品が生き生きとしてまいりますね」

「品が生き生きと……そんなこと見て分かるんですか」

「このところ、やっと分かりかけてきた気がします」

この人は幾つなんだろう。おいとは、上背のある主を見上げふと思った。何人もの男と毎夜、寝る。歳に頓着などしない。若かろうが、老いていようが。男は男だ。しかし、客ではなく、信三の主として目の前に立つ男が幾つなのか、おそらく二十数年だろうこの人の過去には尋常ではない何かが急淵の流れのように渦巻いているのではないかと、心が騒ぐ。「それはもう、良いご主人なんだ。あんな旦那さまの下で働けるなんて、おれ、果報者さ」信三は手放しで己の主を称えるけれど、本当に「良いご主人」ていうだけなのだろうか。幾人もの男と夜を潜ってきたおいとの目には、柔らかな日差しを浴びて立つ男が眩しくもあり、どこか異形の影を纏《まと》っているようにも映った。

「生憎、信三は出かけておりまして、申《さる》の刻あたりにならないと帰ってこないので」

「いいんですよ」

主の言葉を遮る。こんなに丁重に優しく扱われると、ありがたいより嬉しいより戸惑ってしまう。

「いいんです。本当に、たいした用があるわけじゃないんですから。通りかかったからお店を覗いてみただけで」

「また、いらっしゃい」

今度は、主がおいとを遮った。おいとのように急いた調子ではなく、やんわりと抑える。

紗の布を一枚、ふわりと被せかけられたような気がして、おいとは口をつぐんだ。

「そうですね……あと十日もしたら、仕入れの方も一段落する。信三も体が空きます」

「いえ、あたしが忙しいんで」

「この刻なら、融通がきくのでしょう？」

「あ……はい」

嘘がつけない。おいとの舌が繰り出す偽り言葉など、この光の下の淡雪のように容易く融かされてしまいそうだった。このまま、しゃべっていたら、何もかも見透かされてしまう。

いや、もうすでに見透かされているのではないか。

「永大寺の牡丹が見頃になりますね」

「は？」

「信三に連れて行ってもらうといい」

「牡丹のお花見に？」

「わたしも二度ほど行きました。見事なものですよ」

「でっでも、あたしは……」

「おいとさん」

「……はい」

「逃げていては、いつか捕まります」

「え？」

「そういうものですよ。餓えた狼と同じでね。背中を見せて逃げようとする者を必ず捕らえるのです。襲われたときに背を向けていては、避けようがありません」

おいとは、胸の上に手を重ねた。何が餓えた狼と同じなのか、主は語らなかった。淡々とした口調だった。道を説く重々しさも、厭らしさも含まれてはいない。

この人も逃げていたんだろうか。逃げるのをやめて、牙を剥いて唸る狼と、向かい合おうと決めたのだろうか。

思わず大きく息をついてしまった。

「信三を頼りなくお思いですか」

「いえ、そんな、まさか……兄さんは、いつも、あたしを庇ってくれたんです……頼りないなんて、そんなことありません」

「それはよかった」

主が笑う。光に照らされた顔の上で、笑みは陽炎《かげろう》のようにゆらりと揺れた。

「あれは、なかなかの者ですよ。たぶん、おいとさんが思っているよりずっと、性根があるはずです。狼だろうが熊だろうが、おいとさんをおいて、一人逃げ出すような真似などしないでしょうよ」

信三なら逃げたりしない。おいとに襲い掛かったものと必死で闘ってくれるだろう。

「では、十日後に」

笑みが消える。なぜか寒々とした風を感じてしまう。

「必ず、おいでなさい」

軽く一礼して主が去っていく。その後ろ姿を目で追いながら、おいとは手の中の簪を強く握り締めていた。


膝をさすり、また夜道を歩き出す。

必ず、おいでなさい。

そう言われてから、九日が過ぎた。永大寺の牡丹も、そろそろ見ごろだそうなと、うわさも聞いた。

明日、信三を訪ねてみようか。このまま、二度と会わずにいようか。堂々巡りの思案が続く。

逃げていては、いつか捕まる。

逃げてはならぬ。背を向けてはいけない。背を向けて逃げる前に、踏みとどまり挑めと、あのご主人は言ったのだろうか。

おいとは足を止め、六間堀の水の匂いを嗅いだ。このあたりは、小さな寺と武家屋敷が並ぶ。塀にぶつかり響いていたおいとの下駄の音が消えると、あたりは、静寂《しじま》と闇に包まれた。

あたしは、逃げたりしなかった。

おいとは馴染んだ水の匂いを深く吸い込む。

あたしは、一度だって逃げたりしなかった。

自分のやってきたことが正しいなんて言えるわけもない。正しくはない。でも、あたしは、逃げはしなかった。あたしの全部をちゃんと自分で背負ってきた。厄介事を誰かに押し付けたことも、不運を誰かのせいにしたこともない。

あたしは逃げずに、ここまできたんだ。

髪に深く挿した簪に触ってみる。

必ず、おいでなさい。

闇の中で心が決まった。きっと、前から決めていたのだろう。

明日、兄さんに会いにいこう。

歩き出す。

「おいと」

背後から名前を呼ばれた。振り向く間もなかった。口が塞がれ、後ろに引っ張られる。熱い。

喉に焼け火箸を押し付けられたのだろうか。熱い。とても、熱い。息ができない。熱いよ、熱い。

ふいに笑い出したくなった。けらけらと声をあげて笑いたい。口を開ける。笑い声のかわりに、ごぼごぼと湯の沸き立つような音がした。

兄さん、明日、会いに行くから。

空に向けて大きく見開いたはずなのに、おいとの目には漆黒の闇しか映らなかった。


「これで三人目でやす」

伊佐治は、大きく息をついていた。

「そんなこたぁ親分に言われるまでもねえ、よく、分かってらあ」

信次郎が舌を鳴らす。いつにも増して機嫌が悪い。

「真砂屋のお米、けころのお吉、そしてこの小娘。小娘ったって、おぼこじゃねえ。たっぷり男を知っている身体だぜ」

信次郎の手が、横たわった女の着物の裾をめくりあげる。目に沁みるほど白い太腿と太腿の美しさのわりには貧弱な陰毛が露《あらわ》になる。女の無残な死体が自身番に運び込まれる前に、信次郎はその太腿を開き、陰毛の間を丁重に調べていた。

「まだ十六、七の小娘だろうが、ほとは、年増女のそれと、そう違わねえぐれえ荒れてるぜ。こいつぁ、毎晩、客をとっていた女だな」

「常盤町の見世を、源蔵と新吉にあたらせやす」

「そうしてくんな。素性を突き止めるのに、そう手間はかかんねえはずだ。足の悪い女郎なんざ、そう多くはねえだろう」

「へ？　この女、足が悪かったんで？」

「そうさ。右と左、足の長さが違う。下駄の減り方もえらく偏《かたよ》ってるだろうが。足を引きずって歩いてたからさ」

「ああ、なるほど。さすがでござんすね」

「目元に結構目立つ二つ黒子《ぼくろ》がある。これだけ揃えば、親分の手下なら嗅ぎつけるのは、造作もねえことだろうよ」

「おまかせくだせえ」

後ろに控えていた手下の源蔵に目配せする。源蔵は頷き、腰高障子を開けて、朝の光の中にするりと身を滑らせた。

店番の男が茶を運んでくる。薄い茶をすすり、伊佐治はもう一度大きく息をついてみた。

「旦那」

「なんだよ」

「三人目でやす」

信次郎の目尻がひくりと動いた。自分の一言がこの若い同心の苛立ちをさらに掻き立ててしまうことは百も承知だ。しかし、言わずにはおれない。

この一月の間に三人だ。三人の女が殺された。三人とも鋭利な刃物で喉を掻き切られていた。見事といえば見事な、惨《むご》いといえば惨い手並みだ。同じ人間の仕業と考えてまず間違いはないだろう。江戸は広い。女の喉をきれいに抉れる人間も、女を殺したい人間も、それなりにいるだろう。しかし、喉を捌ける腕と次々に人を殺《あや》める理由、二つを兼ね備えた者がそうそういるとは思えない。

「下手人は、気がふれてやがるんでしょうかねえ」

「さあな。今度会ったら、酒でも飲みながら聞いてみるさ」

伊佐治は上目遣いに、信次郎を一瞥する。右衛門と信次郎。親子二代にわたって仕えてきた。これほど似通わぬ父と子も珍しいと、しみじみ感じる。

伊佐治は右衛門が好きだった。大らかで暖かな人柄に、手下の岡っ引にすぎない自分に、細やかに示してくれる心遣いに、頭の垂れる思いをしたことが幾度もあった。

あんなお方は、いねえ。

今でも右衛門が懐かしい。「伊佐治、お互い若くはねえんだ。無理はすんなよ」と労《いた》わってくれる笑みも「手間ぁかけてすまんな。疲れてねえかい」と気遣ってくれる仕草も、懐かしい。右衛門のような人間にもう二度と出会うことはないだろうと思えば、思うほど懐かしさはさらに募る。

信次郎は父親から、暖かさも心遣いも譲り受けてこなかったようだ。むしろ、真逆の場に立っている。伊佐治にはそう思えてならない。

このお方は生まれてからただの一度も、他人を信じたことなどねえんだろう。他人を信じたことも、他人に心底惚れたことも、情けをかけたことも一度としてないのだろう。下手人と名がつけばまだしも、日々を精一杯にささやかに生きている者になど、花に止まった蝶ほどにも気を引きつけられはしない。

信次郎といると時折、悪寒に震えることがあった。こんなに人を厭《いと》い、ここまで人に倦《う》んで、生きていけるものなのだろうかと背筋が凍るのだ。数歩後ろをついて歩きながら、寒々とした思いに背を丸めたりした。

どうにも、ついていけねえ。

信次郎に対する違和感や不信は、おさまるどころか積もり続け、やっかいでしょうがない。いつ、手札を返そうか、そればかりを思案していた時期もあった。しかし、このところその心持ちが少しばかりだが薄れている。おもしろいと感じるのだ。

これは、なかなかにおもしれえ。

他人どころか己にすらも冷めて、飽きているとしか見えなかった信次郎の内に、思いがけず熱く蠢くものがあることを知った。執拗に一人の男に拘り、関わろうとする。その情動を信次郎自身、いささか持て余してもいるのか、まるで前髪の若造のように露骨な苛立ちや動揺を見せる。そこが、おもしろい。人という生き物はつくづくおもしろいと思う。怜悧な頭と冷ややかな質《たち》の信次郎でさえ、御しきれない情に歯嚙みするのだ。そして、伊佐治本人といえば、ちくりちくりと信次郎をつついて結構楽しんでいるではないか。

おれは、こんな子どもじみた面を持っていたのかと、正直驚いてもいる。

人の奥には、必ず己の知らぬ己が鎮座しているものらしい。

人はおもしれえ。何より、このお方がおもしれえ。

信次郎の奥に鎮座する者をまだ、垣間見ただけに過ぎない。もう少し、じっくりと見せてもらいたい。いや、じっくり、とことん、木暮信次郎という男を見極めてやろう。そこには案外、右衛門の面影が潜んでいるかもしれないし、まるで別の顔が現れるかもしれない。どちらにしても、おもしれえじゃねえか。

このごろ伊佐治は取り留めもなく、そんなことを考えたりする。

「何だよ？」

「へ？」

「何をにやついてるんだ、親分。気味が悪い」

「あっしがにやついて？」

頬に手を当てる。知らぬ間に、ここが緩んでいたらしい。仏を前にして不謹慎なことだ。

「申し訳ありやせん」

信次郎というより、仏となった女に謝る。

口の中で一言、二言、何かを呟き、信次郎が身を屈めた。女の髷《まげ》から簪を抜き出す。玉簪だ。

「品が良すぎるな」

呟きが聞こえた。黄楊《つげ》の材質の簪は小さな玉に丁重に桜の花びらを彫り込んであった。

「若い娘が挿すにしちゃあ、ちと地味でやすね」

「これをどこで手に入れたか……」

「気になりやすか？」

「親分は引っかからねえか。遊び女が地味な簪を挿してたって、どうってこたぁねえ。しかし、これは相当の品じゃねえのか。地味で高価な簪……まだ若え、身を売って稼いでいる女の簪にしちゃあ、どうもそぐわねえ」

「誰かに貰ったとか」

「それもあるな。しかし、客じゃあなかろうぜ」

「何故で？」

伊佐治の問いに、信次郎は唇の端を僅かに歪めた。嘲笑にも冷笑にもとれる笑みが浮かぶ。

「この女、どうせ常盤町あたりの安女郎だろうよ。そんな女につく客がこんな上等な簪なんぞ貢ぐもんか」

「拾い物なら、女にやったのかもしれやせんぜ」

「拾い物を女にやるより質屋で金に換えるさ」

伊佐治は顎を引き、眉を顰めた。言われてみればなるほどと納得させられる。しかし、不快だった。信次郎の言葉には、足元に横たわる女への敬いが僅かも感じられない。この女は確かに身体を鬻《ひさ》いで生きていたかもしれない。誉められたことではない。だけど、今は仏だ。女郎であろうと、堅気であろうと、武家であろうと、百姓であろうと、仏になればみな同じだ。軽んじてはいけない。仏は仏、敬わねばならぬはずだ。

「錺職《かざりしょく》をあたってみやすか？」

三人目だと、伊佐治は心の中で呟いた。三人、女が殺されたのだ。四人目の犠牲者が出ないとは言い切れない。むしろ、四人目の女が狙われる公算の方が大きいだろう。一日も早く、下手人を捕らえ、この凶行を阻まねばならないのだ。それは自分の役割であり、信次郎の仕事だ。物言い一つに腹を立てているときでは、ない。自分に言い聞かす。

「その前に、この女の素性が知れたら、その周りを洗ってみな。そっちの方が手っ取り早いさ。女なんてのは、簪だの櫛《くし》だのには目がねえ。この簪はまだ新しいし、女たちの間でちらりとでも話の種になったんじゃねえのか」

「分かりやした。そうしやす」

「あとは、お米、お吉、この女の三人に何か繋がるものがあるか、どうかだ。女郎だという他にな」

「同じ客がついていたとか……」

「そうさな、それもある。下手人が喉を掻ききる相手を探して、女郎宿をうろついていた……うん、それもあるかもしれねえ。そうだとしたら……洗い出すのはちっと難儀だな、親分」

「へぇ」

頷く。確かに難儀だ。下手人が一目で狂人だと分かる風体なら、事は簡単だ。しかし、そうではあるまい。闇に潜んで女を狙い、金を盗るわけでもなく、犯すわけでもなく、ただ喉を裂く。殺すために殺すのだ。ここまで狂った人間は、尋常な者とほとんど区別がつかなくなる。狂気とはそういうものだ。深ければ深いほど、容易に周りに紛れてしまう。深い水底が人の目にはしかと捉えられないのと同じだ。

「ともかく、この辺りの女郎に命が惜しけりゃ、夜、一人歩きをするなと伝えとくんだな。しかし、それもまた難儀だよな」

「へぇ……」

江戸に春を鬻《ひさ》ぐ女はごまんといる。見世に雇われている女なら、二人、三人連れになって帰ることもできるだろう。しかし、そうでない女、どこにも雇われず、自分の身を売っている女たち、夜鷹、綿摘《わたつみ》、比丘尼《びくに》、家鴨《あひる》、けころ……誰もが、一人で夜を歩く。それが仕事なのだ。夜の仕事がなければ明日の糧を手に入れることはできない。怯えながらでも女たちは辻に立ち、男の袖を引く。

「四人目の女が狙われると思いやすか」

「……だろうな」

信次郎の顔が僅かに俯いた。

「頭の狂った誰かが、手当たり次第に女を殺しているのなら、必ず、四人目も狙われる」

「なんとかしねえと、えれえことになりやす」

「なんとかをなんとするかだ」

「ふざけた野郎じゃねえですかい。好き勝手やりやがって。三人も殺した野郎が平気な顔をしてお天道さまの下を歩いているなんざ、考えただけで腸《はらわた》が煮えくり返りやす」

嘘言ではなかった。ほんとうに腹の中が煮え立つようだ。身を守る術も力も持たない女を狙うなどと、あまりに姑息で、あまりに残虐ではないか。日の下を堂々と歩かせてなるものか。

「親分」

信次郎が茶をすする。

「そうかっかするもんじゃねえ。こういう勝負はな、先に頭に来た方が負けさ。下手人は鬼でも妖魔でもねえ。人間よ。人間なら必ず尻尾を出す。やつは三人殺った。三人殺っても捕まらねえ。慢心している頃あいさ。その慢心の隙間から、次はちろちろと尻尾を覗かせてくれるさ」

「次はって……旦那、四人目の女が殺られるのを指を銜《くわ》えて見てるつもりですかい」

「指は銜えねえよ。銜えたってうまかねえからな。なっ親分」

「へい」

「金は工面する。人手を増やしてもう一度、女たちが殺られた辺りと見世の周りを聞き込んでくれ。特にこの女の身元が分かれば、そこを念入りにな」

「へい」

「お米とお吉はともかく、この女は歩き方に特徴がある。人目につきやすいはずだ。調べてくれ」

「へい」

「物乞い、偽按摩、夜蕎麦売り、そして夜の女たち……そこらあたりを虱潰《しらみつぶ》しに当たんだよ。夜に動いている連中だ。それなりに夜目も利くだろうしな。何か見ているかもしれねえ」

「承知しやした。女の身元が分かりしだい動きやす」

「頼む」

信次郎の手の中で、玉簪がくるりと回った。

「旦那」

「うん？」

「頸のとこ、どうされやした？」

「ここか？」

簪の先で頸筋を軽く叩き、信次郎は肩を竦めた。

「目敏《めざて》えな、親分」

襟から覗く赤い腫れが目に留まった。別に問うこともなかったのだが、ふと思ったのだ。傷であれ腫れ物であれ、このお方が頸に何かをこさえるのは珍しい。しっくりとそぐわぬ仲なりに十年を越える年月を同心と岡っ引という関係で生きてきた。その十年、信次郎の頸に傷はもちろん、腫れ物を見たことは一度もなかった。

そんなことを思ったのは、喉を一文字に裂かれた女を三人も見てしまったからだろう。頸がどうにも気にかかる。

襟を直し、信次郎が片頬だけで笑った。


女の身元はその日のうちに判明した。

「ええ……うちのお文《ふみ》です。間違いございません」

切見世の女将は、女の顔を見るなり眉を寄せて言った。目の中に、血にまみれ白目をむいた死体への嫌悪の色は浮かんだけれど、憐れみも悲しみも過《よ》ぎりはしなかった。気味悪いと小さく唸り、袂《たもと》で口を覆う。

「仏さんは、お文って名なんだな」

「うちではそう名乗ってましたね。本当の名かどうかは知りませんがね」

小太りで色白の女将は、ぽてりと厚い唇を突き出して、拗ねたように横を向いた。

「知らないって、雇っていた女の素性を女将が知らねえのか」

伊佐治は語気を強めて、女将に詰め寄った。

「知りませんね。この娘は借金のかたにうちに来た女と違って、自分から働きたいって来たんですよ。借金のない娘なら、逃げる心配をしなくていい。いちいち素性までつつきゃしませんよ」

そこで女将はにやりと笑った。

「うちの女に氏素性はいりませんからね。男を満足させる身体さえあれば充分ですよ」

「身内は？」

女将のたるんだ顔を殴りつけたい衝動を堪え、尋ねる。

「おりませんね。両親が流行り病で亡くなって天涯孤独な身の上だって言ってましたよ。作り話かもしれませんけど」

「お文の客ってのは、どれくらいいた」

「大勢いましたよ。器量はたいしたことないけど、体つきはなかなかのもんでしたからね。それに気性のいい娘でしたから、客の付きはよかったですねえ」

そこで女将は初めて、悲しげなため息をついた。

「これから、まだまだ稼げる娘だったのに、惜しいこと」

「惜しむほどの愁傷な気持ちがあるなら、丁重に弔ってやんな」

声をかけた信次郎を一瞥し、女将は土間の上で身じろぎした。

「お文を弔う？　あたしがですか？」

「おまえさんの見世の女だろう。身寄りがねえとなると、雇い主が世話をするなあ、当たり前じゃねえか」

「そんな。女の弔いを一々出してたら、うちみたいな見世はあっという間に潰れちまいますよ」

「潰してやってもいいんだぜ」

信次郎は身を乗り出し、女将の頰を軽く撫で上げた。

「おまえさんの所みてえな淫売宿を掃くのも仕事のうちだ。きれいに掃き清めてやろうか」

女将の目が険を帯びる。そうすると、たるんだ顔がやや引き締まり、暗い色香さえ漂わした。

「このごろのお侍さまは、か弱い女を相手に脅しをおかけになるんですかね」

「だれがか弱いって？　笑わすんじゃねえよ。いいか女将、おまえのやっていることは目溢《めこぼ》ししてやる。うだうだ文句をつかずに、この女を連れて帰って弔ってやりな」

「……わかりましたよ」

「そう、端《はな》から素直にしてりゃあいいんだ。さて、親分」

「へい」

伊佐治は女将の膝の上に玉簪を乗せた。

「これに見覚えがあるかい」

「これは……ええ、お文の簪ですね。ちょっと地味だけど品がいいねって誉めたのを覚えてます」

「お文はこれをどこで手に入れたか知らねえか」

「自分で買ったといってました。値を聞いたら、びっくりするぐらい安くて。元々、値のわりに品揃えも質もいいって評判の店なんですけどね、それにしても安いからいろいろ聞いて……あたしは、櫛より笄《こうがい》より簪が好きでねえ。つい根掘り葉掘り聞いちまいました」

伊佐治は軽く指を握った。指の先にひくりと伝わるものがある。皆目見当もつかぬこの事件で、初めて小さな引きがあった。

「それで、お文はしゃべったのか？」

「最初は黙ってましたよ。あたしに簪の値のことをしゃべったのを後悔してたみたいですね。

でも、あたしの前で隠し事なんてそうそうできるもんじゃありませんよ。内緒にしておいてくれって言いながら教えてくれました。なんでも、たまたま店に知り合いがいて、半値にまけてくれたとか」

海千山千の女将にかかれば、十七だったというお文の口を割らせることなど造作もなかったろう。

「知り合いがいた？　身寄りのねえお文にか？」

「ええ。幼馴染だったとか。羨ましい話ですよ。遠野屋の簪を捨て値で手に入れるなんて。あっでも、これお文の形見として貰ってもいいですよね」

信次郎が手を伸ばし、簪を取り上げる。女将の目がさらに険しくなった。

「どこの店だって？」

「何がですよ」

「お文がこの簪を買った店だ」

「森下町の遠野屋ですよ。小売もしている小間物問屋です。ここら辺りじゃちょっと評判の店ですけどね」

伊佐治と信次郎は顔を見合わせた。

くっ。

信次郎の喉の奥が鳴る。小刻みな笑いが漏れる。

「これはまた、えらくおもしれえ所に繋がったもんだ。なっ、親分」

「まったくで……」

伊佐治は目を伏せ、遠野屋の主、清之介《せいのすけ》の佇まいを眼裏《まなうら》に浮かべた。信次郎が拘り続ける男だ。商人のなりはしているが商人ではなく、尋常な人間でさえなかった。物腰も物言いも凪《な》いだ海のように穏やかであるのに、この男に会う度に伊佐治は冷や汗をかくほど緊張してしまう。そのくせ、妙な磁力があった。話していて楽しいのだ。軽口をつくわけでも、話術が巧みなわけでもない。それなのに、ついつい長話をしてしまう。聞き上手といえばそれまでだが、いつの間にか、こちらの胸の内を洗いざらいしゃべってしまいそうになる。

危ない男だった。できれば近寄りたくない相手ではある。

岡っ引という立場がまっとうであるかどうかは怪しいが、伊佐治は人としてまっとうに生きていたいと願っている。他人を愛しみ、子を養い、女房と生きる。そんな人間でありたいのだ。

遠野屋といるとそこが揺らぐ。人という生き物の底知れなさに冷や汗をかくのだ。

危ない男だった。

事件の糸がまさか遠野屋に繋がるとは……。

「そうだ」

女将がポンと手を打った。

「遠野屋にいる知り合いって人に、お文を引き取ってもらっちゃあどうでしょうね」

信次郎は女将を無視して低く笑い続けている。

「おもしれえ。えらく美味い魚を釣り上げたじゃねえか」

「は？　なんですって？」

女将が胡散臭そうに顔を歪めた。

第二章　陰

遠野屋の座敷には涼やかな微風が吹き込んでいた。どういう造りになっているのか、外の湿気を含み肌にまといつくような暑気は、ここには無い。赤い襷《たすき》の小娘が運んできた茶は程よくぬるく、微かな甘味を舌に残した。

どこの茶だろう。

伊佐治は茶をすすりながら考える。遠野屋で出される茶はいつも美味かった。訪れたその時々によって濃く渋かったり、仄かな香りがしたり、今日のように微かな甘味があったりする。どれも、もう一杯と催促したいほど美味いのだ。

茶葉なのか、淹《い》れ方なのか、何か細工があるのかと、馳走になる度に考えてしまう。うだうだ考える前に一言、「遠野屋さんの茶は、いつもえらく美味えが、どこの茶を使っていらっしゃるんで」と尋ねればいいのだ。遠野屋が茶の出処や淹れ方を言い渋るわけがない。よく分かっている。しかし、伊佐治はいつも黙って茶をすすった。

遠野屋と茶の話などしていいのかと、自制してしまうのだ。この男と何気ない世間話を交わすことを伊佐治の内にある何かが抑制する。あまり関わり合いになっちゃあいけねえ。深入りしちゃあいけねえよ。己が己に忠告する。

伊佐治は自分の勘を信頼していた。理屈でなく、道理でなく、勘だ。熟考の末の結論よりとっさに閃《ひらめ》いた感覚の方が、的を射ていることがある。けっこう、ある。伊佐治は自分の勘が、他の者より鋭く、的確であることを解していた。忠実な番犬のように危険を察知し吠え立ててくれるのだ。

あまり関わり合いになっちゃあいけねえ。深入りしちゃあいけねえよ。

それなのに月に何度かは、遠野屋の座敷で茶を飲んでいる。言い訳はいくらでもできる。伊佐治は信次郎から手札をもらった岡っ引であり、信次郎がついて来いと命じるなら、逆らうわけにはいかない。もともと、遠野屋のある森下町界隈は茂蔵という伊佐治より十ほど年配の岡っ引が受け持っていたのだが、一年ほど前、高齢を理由に手札を返した。伊佐治は、そのあとを引き継ぐかっこうで遠野屋に出入りしている。別に不自然ではない。筋は通っている。おれはおれの仕事を為しているだけだ。

自分に言い聞かせる。自分に言い聞かせなければならないほど、伊佐治は戸惑っていた。遠野屋に近づきたくなければ方策は幾らでもある。信次郎だとて、同行を無理強いしているわけではないのだ。伊佐治は伊佐治の意思で森下町の小間物問屋に足を運んでいる。関わり合うな、深入りするなという己の声に背いて、信次郎の後ろから遠野屋の暖簾をくぐっているのだ。

ただし……。

茶を飲み干し、湯飲みを置く。背筋を伸ばし、丹田に力をこめる。ただし、今日は事情が違う。正真正銘の仕事だ。三人の女を殺した下手人を燻し出す、その手掛かりを求めてここに来た。

座敷には四人の男が座していた。遠野屋の主人と手代に向かって、伊佐治は淡々と事のあらましを告げた。信次郎が玉簪を遠野屋の膝に放る。

「どうでえ？」

遠野屋は労《いた》わるように簪をそっとつまみあげ、頷いた。

「うちの品です。間違いございません」

「そうかい。じゃあ、お文って女郎がここの客だってことは確かだな？」

「これをお求めになったお客さまは、お文という名ではございませんでした」

「つたりまえだろうが。本名で切見世に出る女がどこにいるよ。金をもらって男と寝るんだぜ。よほどの馬鹿じゃない限り、名前ぐらい騙るさ」

「おいとちゃんじゃ、ありません」

信三が声を絞り出すように言った。

「おいとちゃんは、そんな女じゃありません。その、殺された……女とは、別人です」

「おいとね。なるほど、おいとって名前かい。で、そのおいとちゃんとおまえさんの関係は？」

「おっ幼馴染です。昔、同じ長屋で育って……そっ、それが、ついこの前、店でばったりと……その……出会って」

唾を呑み込み、つっかえながらの信三の説明は聞き取り難くはあったけれど、切見世の女将の話とはぴたりと合致していた。分かったという風に、信次郎が頷く。

「じゃあ手代さんよ、おまえさんの目で直に確かめてもらおうか」

「え？」

「仏さんだよ。仏さんがお文なのか、可愛いおいとちゃんなのか、確かめてくんな。なに手間ぁ取らせねえ。女の顔を見定めてくれるだけでいい」

信三の喉元が上下する。

「付き合ってもらうぜ。お上の御用だ。四の五の言わせねえ」

立ち上がろうとした信次郎を遠野屋が片手で制した。

「お待ちください。ただいま駕籠《かご》を用意いたします」

「駕籠？　いらねえよ、そんなもの」

「お使いください。白昼、遠野屋の手代がお役人さまと連れ立って大通りを歩いていたと、口さがない者が騒《さわ》がないとは限りません」

「ふふん、なるほどね。手代が女郎殺しの疑いをかけられたとあっちゃあ、遠野屋の沽券《こけん》にかかわるってことか」

「女郎殺し？　わっわたしが、ですか」

信三の顔から血の気が引いていく。黒目が落ちつかなげに左右に動く。

「そうよ、おめえだ。ついでに聞いておこう。昨夜、夜九つあたり手代さんは何をしていた」

「夜九つ……それは、もうぐっすりと寝入っておりました。わたしは、寝つきの良い質なので一度寝入れば夜が明けるまで目が覚めません」

「ふーん、で、誰が証人《あかしびと》になってくれる？」

「は？　あっ証人って……」

信三の顔色はますます青くなる。信次郎がわざとらしく、舌打ちの音をたてた。

「おめえが夜中にこの家から一歩も出てねえって証を立ててくれるやつだよ。いるかい？」

信三は口を開け、喘《あえ》ぐように息を吐き出した。自分がどんな立場に追い込まれようとしているのか、やっと思い至ったという顔だ。

「どうでえ。いるのか、いねえのか」

「そっ、それは……武市が……」

「武市?」

「信三と同じ手代でございます。二人は同室で、布団を並べて寝ておりますので」

遠野屋の説明を信次郎は鼻の先で笑った。

「それで、その武市が証をたててくれるのか」

「……それは、武市もぐっすりと寝入っていたはずで……」

信三がまた短く速い息を吐く。

「おめえが夜中に夜具を抜け出し、女の喉を捌きに出かけても気がつかねえってわけだな」

「わたしは、そんなことやってない!」

「やったか、やってねえか。お調べはこれからさ。手代さん」

「木暮さま」

遠野屋が膝を進める。信次郎は刀を手にして立ち上がった。無言のまま落とし差しにする。

それから、ゆるりとした動作で遠野屋に顔を向けた。

「何か言いてえことがあるのか、遠野屋？」

「ございます。これ以上、うちの手代をからかうのは、お止めください」

「からかう？　おれは本気だぜ。たかだか小間物問屋の手代ふぜいをからかって遊ぶほど暇じゃねえよ」

「それでは、戯れに苛《さいな》んでおられるのですか」

「本気だと言っただろう」

「木暮さまが、たかだか小間物屋の手代ふぜいに本気になっておられる？　信じ難うございますな」

「おぬしに信じてもらわなくても一向に構わぬが」

遠野屋の口元が引き締まった。信次郎を見上げる眼差しは、伊佐治が思わず腰を浮かせたほど鋭かった。浮かせた腰を落とし、軽く息を呑む。

へぇ、この男こそ本気になっている。本気で旦那に怒っているじゃあねえか。

意外だった。

遠野屋と初めて出会ったのは冬の盛り、雪が降り、霜がおり、江戸の町の全てが白く凍てつくような季節だった。冬の月が空にぽかりと浮かんだ夜、女が一人、竪川《たてかわ》に身を投げた。

当初、ただの身投げと思われた事件は思いもかけぬ相貌を見せることになる。その異相を思い出すたびに、半年以上を経た今も伊佐治は背筋が寒くなる。身を投げた女を皮切りに人が次々に死んだ。殺された。伊佐治は岡っ引だ。人の死にも殺しにも慣れている。しかし、背筋が寒くなる。死そのものより、死の陰に蹲《うずくま》っている人間という生き物の不可思議さ、冥《くら》さ、怪奇さに寒気を覚えるのだ。季節が移り、日の光が肌を刺すほどに熱くなっても、時折、我知らず声に出して呟くことがある。女房のおふじが「なんだい？」と聞きとがめるほど呟きをもらしたこともある。

怖えこった。

人の抱える闇は底無しだ。己が掘るのか神が穿《うが》つのか、人の内にはひどく深い穴があって漆黒の闇が溜まっている。大概の者は、そこへ足を踏み込むことも、そこを見つめることも、そこに気づくことすらなく過ごしていける。大概の者は……。大概の枠からはみ出して、闇の溜まりに腰まで浸かった者がいる。闇そのものをずるずると引きずりながら歩いている者がいる。

人はおもしろい。そして、怖ろしい。どんな獣より、物の怪より、生きている人間の方がずっと怖ろしい。そう思い、伊佐治は、柄にもなく身震いなどをしてしまう。

冬の月の下、二ッ目之橋から身を投げた女、その女の亭主が遠野屋清之介《せいのすけ》だった。

遠野屋が大概の枠からすっぽり外れた人間であることに伊佐治はすぐに気がついた。気がつくと言うよりむしろ、感じたのだ。ひりひりと感じた。一目見たとき、肌が寒気立ったのを覚えている。

悪人ではない。冷血でも酷薄でも非情でもなかった。うわべは、伊佐治の知っている誰よりもまっとうに生きている商人だ。小商いの小間物屋に過ぎなかった遠野屋を評判の小間物問屋にまで育てた辣腕《らつわん》の持ち主でもある。

伊佐治は遠野屋が嫌いではなかった。上り坂の商人にありがちな尊大な態度をとることも、脂ぎった貪欲さを目の端に浮かべることも一度としてなかったし、相手を見下すような振る舞いや物言いをすることもなかった。礼も節もきちんとわきまえている。

遠野屋が、これだけの身代を築けたのは遠野屋自身の才覚はむろんのこと、奉公人の誰もが主を慕って、働いているからだと伊佐治は思う。人の心と人の身体は密に繋がっているものだ。好けば軽やかに動き、忌めば滞る。遠野屋の二代目清之介が奉公人の心を捉え、遠野屋の商いを軽快に回しているのは間違いない。商いもまた、生きて人の心と繋がっているのだ。遠野屋の主は商いと人の機微を憎いほどに心得ていた。そういう意味でなら、信次郎などより幾倍もまともな男ではある。他人から信じられ、頼られるに値するだけのまともな男だ。だから嫌いではないのだ。ただ、まともな商人の皮を剝いだとき、そこに現れるものに伊佐治は、怖《お》じる。怖じてもいるし、哀れんでもいる。闇を引きずって生きねばならない若者を哀れと感じてしまうのだ。

怖れるにしろ哀れむにしろ、遠野屋が伊佐治には正体の摑めない、全貌を捉えることのできない人物であることにかわりはない。遠野屋といると、血の通った人間と接している気になれないことが度々あって、どうにも心が落ちつかなくなる。しかし今、遠野屋が見せた本気の怒りは生々しくて、露《あらわ》で、伊佐治を戸惑わせた。これは、まっとうな人間のまっとうな怒りではないか。

この男でも、こんなふうに心持ちを外に表すことがあるんだ。

「へぇ」

信次郎の唇がめくれる。いつもなら、そこに薄笑いが浮かぶのだが、今日は違っていた。唇は笑いを作らず、そのまま一文字に閉じられる。一息吐き出し、信次郎はもう一度「へぇ」と口にした。今度は僅かな揶揄《やゆ》の響きがこもる。

「おぬし、立腹しているのか？」

「いえ……」

遠野屋が目を伏せる。それから背筋を伸ばし、顔を横に向けた。

「信三」

「はい」

「駕籠の手配をしなさい」

「あ、はい」

「表座敷のお客さまは、まだ残っていらっしゃるね」

「はい。石田さまと丸根屋のご新造さまたちが何人かいらっしゃいます。ただ、もう直にお帰りかと」

主に受け答えする信三の口調にもう怯えはなかった。日々、主との間で交わされているのだろうきびきびした会話が、有能な手代としての自負を呼び戻したらしい。

「旦那さま、駕籠は幾つご用意すればよろしいでしょうか」

「四つ。わたしもご一緒させてもらおう」

「四つ、でございますね」

信三の表情がふと和らいだ。主が同行すると聞いて、安堵したのだ。

「石田さまたちをお送りする分は別だよ。分かっているね」

「はい。それはすでに手配しております。ただ、鶴七さんの駕籠が足りませんので、升角《ますかく》さんにお願いいたしますが」

「それで、けっこう」

座礼し、信三が座敷を出て行く。遠野屋はゆっくりと向き直った。

「駕籠の用意が整いますまでに、時間がかかるやもしれません。お茶をもう一杯、お淹れいたしましょうか」

「いらん」

信次郎は立ったまま、遠野屋の申し出をにべも無く断った。

「あっしはいただきます。いつものことですが、遠野屋さんの茶は美味うござんすね」

「暑くなりましたので、茶に少し甘味を混ぜてございます。口当たりがくどくはありませんか?」

「いやいや、ほんとにおいしゅうござんすよ。むしろ、後口がさっぱりしていて」

「親分」

信次郎が眉を顰める。

「何を暢気《のんき》に茶談義なんぞしてる。二人そろって隠居の真似事なんぞ、するんじゃねえよ。こうしている間に、あの手代が裏口からとんずらするってこともありだぜ」

「信三が? なぜ、信三が逃げねばなりません?」

遠野屋は茶を信次郎の湯飲みにもついだ。白い湯飲みの中で、金茶色の液が揺れる。

「女郎を殺ってるからよ」

「ばかばかしい」

遠野屋が湯飲みを伊佐治の前に置いた。

「親分さん、手盆で失礼いたします」

「ごちそうになりやす」

軽く頭を下げながら伊佐治は信次郎を一瞥した。ばかばかしいと遠野屋は言い捨てた。その声音に含まれた挑戦的な響きを信次郎が気づかぬわけがない。信次郎の感覚がどれほど鋭いか、誰よりよく知っている。遠野屋も知っているだろう。知りながら、言い捨てた。挑んでいるのか、奉公人を守ろうとしているのか、本気で腹を立てているのか。

伊佐治は茶をすすり、上目遣いに信次郎の様子を窺う。相手の挑発に易々と乗って刀を抜くような単純な男ではないが、乗ったふりをして抜刀することは、充分にありえる。もっとも、伊佐治には信次郎を止める気持ちも、遠野屋を諫めるつもりもまるでなかった。言葉にしろ、刀にしろ、この二人が相対するなら、一歩、退く。高みの見物と洒落込む気は毛頭無いけれど、間を取って傍から見ているだけにする。下手に手出しも口出しもするものか。決めていた。

信次郎は刀を抜かなかった。感情を荒らげもしなかった。

「ばかばかしいと思うのか？」

抑揚の無い口調でそう問うただけだった。

「思います」

「なぜ？」

「信三は人を殺《あや》めてはおりませぬ。それは、木暮さまが女を斬り捨てておられぬことと同様に、確かなことでございましょう」

「それをどうやって証す？　おぬしに手立てがあるのか？」

「手立てがなければ下手人になると言うなら、江戸は下手人だらけではありませんか。わたしとて一晩中、確かに家にいたと証を立ててくれる者などおりませぬ」

「ほう、そうかい。死んだ女房に操《みさお》をたてて、まだ独り寝を続けてるってわけか。若えのに律儀なこったな」

「木暮さまには証を立ててくれるお方が誰かおいでになるのですか？」

「掃いて棄てるほど、おいでになる。おれには独り寝を通さなきゃいけねえような相手はいねえからな。女房を娶《めと》ったことも、女房を死なせたこともねえんでな」

伊佐治は茶を飲みほし、空になった湯飲みを手の中で回した。

「旦那、言い過ぎでござんすよ」

さすがに咎《とが》めの言葉が口から零れた。高みの見物を決めこむことができなかった。

信次郎はいつもこうだ。相手の一番痛む箇所を真正面から突いてくる。どこに傷があるのか、どこが一番脆いのか、痛むのか、瞬時に見抜き、寸分の狂いもなく突く。天賦の才だと舌を巻くことも度々あった。取調べに使うならこの上なく効のある才だ。しかし、信次郎はときに相手を弄《なぶ》るためにそれを使う。そういう場面に出くわす度に、伊佐治は居心地の悪い心持ちになり、つい咎めてしまうのだ。

旦那、言い過ぎでござんすよ。

右衛門が生きていれば、息子の才を武器に人を弄る性癖を、声を嗄《か》らして叱責していたと思う。右衛門の代わりになれるわけもないけれど、せめて窘《たしな》めの言葉一つでもかけたい。

旦那、そこまででやす。これ以上、人を弄っちゃいけやせん。

遠野屋の女房はおりんと言う。おりんの死が遠野屋に与えた痛手の深さが、どれほどのものか伊佐治には窺い知れない。簡単に窺えぬほどに深いはずだ。癒えてはいまい。癒えることなどないのかもしれない。信次郎は「女房を亡くした」ではなく「死なせた」と言った。口を滑らせたのではない。おまえが死なせたのだという一言は、遠野屋の傷を突くだけでなく、深く抉ることを百も承知の上で舌に乗せた。酷薄だと思う。酷薄すぎる。

人は臨終の一瞬まで、心に生傷を負うて生きていく。知らぬ間に治る傷も、生涯疼き続ける傷もある。目に触れないだけに厄介なその傷を、自分の物も他人の物も労わって生きねばならない。それが世道《せいどう》と言うものだ。伊佐治は固く信じていた。

遠野屋が身じろぎする。顔色も仕草も変化しなかった。ただ伏せた目の中にどんな色が過ぎったかは、伊佐治の位置からはやはり窺えない。遠野屋は黙したまま、微かにため息をついた。信次郎が敏感に反応する。

「なんだよ。その、わざとらしい青息は」

「どうにも、解しかねまして」

「なにがだ？」

「木暮さまほどのお方が、何を迷うて信三に拘るのか、わたしには解しかねます」

「おぬし、何が言いたい？　おれが焦って、罪のねえ人間をお縄にしようとしている……そう思っているのか」

「木暮さまが、そのような愚かなことをなさるとは思うておりません。だから、お聞きしたいのです。信三をどうなさるおつもりなのですか。すでに人が三人、殺されたと聞き及びました。今日の夜には、また一人、殺されるやもしれません。それを阻むのが木暮さまのお役目かと存じます。いたずらに無実の人間に拘って、無為に過ごす余裕はございませんでしょう」

こんなところで油を売っている暇があるのなら、とっとと本来の仕事に戻り、下手人を捕らえろ。

遠野屋はそう言っているのだ。

信次郎の目の端がひくりと動いた。

「えらく、出すぎた口をきくじゃあねえか。己の分を弁《わきま》えての物言いか、遠野屋」

「むろん」

「小商人の分際で武士に説教したわけだな」

「言わなければ分からぬこともございます。そして……」

「そして？」

「聞かねば分からぬことも、また、ございます」

膝に片手を、もう一方の手を畳に突いて、遠野屋が頭を下げる。

「木暮さまのご本心をお聞かせください」

「本心か」

「はい」

「言えば、助けてくれるか？」

遠野屋の顔が上がり、目が細められる。伊佐治はあやうく湯飲みを落としそうになった。

助けてくれるか。

確かにそう聞こえた。確かに信次郎の声だった。伊佐治も目を細めてみる。長身の信次郎の横顔はやや影になってはいるが、焦燥も疲労も浮かんではいない。実際、助けを請わねばならぬほど、信次郎が疲弊していることも、追い詰められていることもないはずだ。ずっと傍にいた自分が一番よく分かっている。万が一そうであったとしても、遠野屋に、この男に縋《すが》ることなどありえない。

「木暮さま……わたしに何をせよと？」

遠野屋が顎をひく。伊佐治をちらりと見やった視線に微かな困惑と警戒が綯《な》い交《ま》ぜになっていた。

へぇと、伊佐治はまた軽く息を呑んだ。怒りといい、困惑といい、警戒といい遠野屋清之介という男は、こんなに素直に情を表す者だったのか。

うちの旦那の方がよっぽど捻《ひね》くれているじゃねえか。

遠野屋に向け、頷いてみせる。湯飲みを置き、身体をずらし、立ったままの信次郎を見上げる。

「旦那、遠野屋さんは商人ですぜ。捕り物の助けなんぞできるわけがありやせん」

「商人？　はっ、笑っちまう。親分、心にもねえ台詞を吐くんじゃねえよ」

「あっしは、心にあることしか言いやせん。昔のことはいざ知らず、今は、ひとかどのお店《たな》のご主人じゃねえですか」

「ふふっ、まあいい。百歩譲って、こやつが商人だとして……なぁ遠野屋、おぬしの商人としての鼻で、こいつをちっと嗅いでもらいてえ」

再び刀を外し、腰を落とすと、信次郎は懐から懐紙の包《つつみ》を取り出した。遠野屋が受け取る。

「これは……」

懐紙で幾重にも包まれた中身は血に染まった匂い袋だった。すでに血は変色し、腐臭を放っている。血の腐った異様な臭いに伊佐治は慌てて鼻を押さえた。

「最初に殺された女が身につけていた物だ」

遠野屋は異臭に怯む様子もなく、匂い袋を手に取り眺めている。

「ここまで汚れてしまいますと、香料の種も、布地の模様も分かりかねますが」

「この店の品じゃねえか？」

「それは、なんとも……うちでも匂い袋は扱っておりますが、品数が多く……これは、そう値の張る物ではありますまい。江戸のどこにでも売っている品かと思います」

「手掛かりには、ならねえと」

「はい」

「しかしな、遠野屋、最初の女は匂い袋を持っていた。おいとは簪を挿していた。どちらもおまえの商いと繋がっているよな」

「小間物屋と女方はいつでも繋がっておりますよ。鑿《のみ》や鉋《かんな》ならともかく、女人が匂い袋や簪を身につけていても不思議はございませんでしょう」

「確かに」

匂い袋を懐紙に包み込み、信次郎が頷く。

「確かに、おぬしの言うとおりだ。女の持ち物としちゃあ、ごく当たり前の品だ……」

「しかし、引っかかると？」

「ああ、どうにもちくちく引っかかる。その訳が自分でも合点がいかねえ。当たり前だと分かっていることに、なぜ、こうも引っかかるか……」

遠野屋と伊佐治は顔を見交わしていた。遠野屋の眼には、もう困惑も警戒も怒りも浮かんでいなかった。いつもどおり、何も読み取れない眼差しが、伊佐治に言葉を一つ呑み込ませた。

そりゃあ、旦那が遠野屋さんに拘りすぎているからじゃねえですか。

その一言を嚥下し、伊佐治は腕を組んだ。

信次郎が遠野屋に固執しているのは事実だ。しかし、己の拘りだけで物事を計るような人物でないことも事実だ。執念深くも偏狂でもあるけれど、怜悧な頭を持っている。情動のままに、事の真偽を見間違うような愚者ではないのだ。

伊佐治は、そして遠野屋も確知している。

そう、信次郎は決して情動に眩まされることはない。だとしたら……。

「旦那」

身体をやや前のめりにして、声を低めて物を言う。

「そういう曖昧な言い方、旦那らしゅうござんせんね」

「そうか？」

「へえ。旦那のお言葉はいつも、くっきりしてやす。それがこうも曖昧なのは、証物がねえからですかい？」

「そうさな……それもある。三人、女が殺されたのに、いっかな下手人の手掛かりがねえ。悩みどころではあるが……それだけじゃねえんだ」

「と、言いますと？」

「そこが、さっぱり分からねえんだよ」

信次郎が遠野屋の膝の上の簪を一瞥し、小さく呻いた。伊佐治は自分の役どころを心得ている。手下として働くことはもちろん、聞き役に徹しながら時に相槌をうち、時に短い問いかけを向ける。そうすることが、この聡慧《そうけい》な同心の内でぼんやりと見え隠れするものの尻尾を摑む手立てとなる。心得ていた。しかし、さっぱり分からねえと言い捨てられると、尻尾の影さえ見えなくなる。さて、どう仲酌するかと思案する伊佐治にかわって、遠野屋が口を開いた。ほとんど囁きのような小声だった。

「木暮さまの頭ではなく、お心の方に引っかかる……そういうことになりますか？」

「心に……か」

「勘のようなものでございましょう。この簪と匂い袋が、理屈で無く、木暮さまの勘に何かを訴えているとしたら……」

「やだね」

信次郎の顔が歪んだ。

「勘だなどと、そんなものに拠《よ》ってちゃ、同心は勤まらねえや」

「けど旦那、時には理詰めの道より勘の方が正しいってこともありやすぜ」

伊佐治は膝を進めた。情動に振り回されていては、確かに事は解決しない。しかし、己の中に閃いたもの、理を外れてなお拭いきれず在るものを疎略に扱うこともないはずだ。

「天職でございますな」

遠野屋が膝の上の簪を持ち上げ、日にかざした。

「錺職人がか？」

「いえ、木暮さまのことです。今のお役目、木暮さまの天職かと感じました」

「知ったような口を叩くんじゃねえよ。おれの天性を、おぬしに見極めてもらう必要はない」

「はい」

ゆるりと首を傾げ、遠野屋は言葉を続けた。

「ただ、木暮さまの心に何がどう引っかかるのか、わたしめには見当もつきません」

「おれだって同じよ。見当がつかねえ。しかしまあ親分の言うとおりかもしれねえ。理詰めで動けねえなら、勘処を頼ってみるしかねえよな。そういうことで、手助けしてもらうぜ、遠野屋」

「どのように？」

「しばらく、このあたりを嗅ぎまわらせてもらう。好き勝手にな。文句を言うな。それと」

「それと……」

「おぬし、血が嗅げるか」

「なんと、おっしゃいました？」

信次郎が遠野屋ににじり寄る。寄られた相手は背を伸ばし、僅かに身を引いた。

「血の臭いのする人間を嗅ぎ出せるかと、聞いておる」

「なんのことやら、分かりかねます」

「遠野屋」

信次郎が舌を鳴らす。

「いまさら、とぼけてどうするよ。長え付き合いだろうが」

「いえ……さほど長くはないと……初めてお目にかかりましてから、まだ半年ほどしか経っておりません」

「おぬしのような男との半年は、百年にもあたるってもんだ。ともかく、おれの前でまっとうな商人面などしなくていい。その澄ました面を一枚めくってな、おぬし本来の姿で嗅いでもらいてえ。血の臭いをな」

「それは……女三人を殺した者を嗅ぎ出せと仰せで」

「そうよ、ちゃんと分かってるじゃねえか。手間ぁとらせんな。下手人は三人、殺した。みんな安女郎だ。殺したとて益になる者などいねえ。しかも、三人に何の繋がりもねえんだ。つまり、下手人は……そうさな、楽しんでいる……女の喉をさばくことを楽しんでいるとしか思えねえ」

「狂うていると……」

「血に染まった狂人よ」

沈黙が落ちた。信次郎も伊佐治も遠野屋も口をつぐむ。遠くから客のものだろうか、華やかな女笑いが聞こえてきた。汗ばむ湿気も不快な喧騒もない。豪華ではないが品良く設えられた一室で伊佐治は眼前に血刀を見た。むろん幻だ。鮮やかな幻だった。記憶にこびりつき、容易に剝がれず、たまに夢にまで出てくる。

べっとりと血塗られた刀を下げ、老いた武士が近づいてくる。胸元ははだけ、帯は解けかかり、足元は覚束《おぼつか》ない。そして顔にもはだけた胸にも裾にも袖にも血が飛び散っていた。切っ先からは血が滴っている。まるで刀自体が血を流しているようだ。血にまみれ、血に染まり、近づいてくる。人なのか幽鬼なのか……あまりにおぞましい姿だった。

伊佐治は悲鳴をあげる。

「お止めください」

たいてい、自分の声で目を覚ます。たいてい、びっしょりと汗をかいていた。傍らから、おふじが手拭いを差し出してくれる。

「おまえさん、またかい」

「ああ……まただ」

また見てしまった。悪夢だ。おりんの事件を追いかけ、下手人を追い詰めたとき、出会ってしまった。人を殺める狂気に、底なしの闇溜りに、身も心も血だらけの相手に出会ってしまった。半年以上が過ぎ、悪夢はしだいに間遠くはなったけれど褪《あ》せはしない。

血に染まった狂人よ。

信次郎の一言は、白日の室内に血刀の男を浮かび上がらせた。伊佐治だけではない、信次郎も遠野屋も見ているはずだ。伊佐治よりもっと鮮々《あざあざ》しく、生々しく見ている。誰もが黙り込み、膝の上でこぶしを握る。女の笑い声がまた聞こえた。伊佐治は乾いた唇を舐め、息を吐く。

「旦那……また……あっしたちはまた、あんな男に出会うんでしょうかね」

「女かもしれねえ」

「へ？」

「女だって、喉を掻き切ることはできるぜ、親分」

「だとしたら……えらく背の高え女ってことになりやす。後ろから口をふさいで顎をあげさせ、ばっさりやってますからね」

「そういうこった。男にしろ女にしろ、素人《しろうと》じゃねえ。刃物を使い慣れてる者の仕業だ。どの女の喉にも切り損ねた傷はなかった。一つもな……。慣れてんだよ。九寸五分あたりの短刀を自在に使い、人を殺めることを苦にもしねえやつ……どうでえ、遠野屋。男でも女でも血の臭いがするやつを」

「無理です」

信次郎の言葉を遮り、遠野屋はかぶりを振った。

「無理か」

「はい」

「性懲りもなく、まっとうな商人の皮を被り続けるつもりかよ」

「木暮さまがどうお思いになろうと、わたしは遠野屋というただの商人、それだけの者でございます」

「けっ、とんだ猿芝居につき合わせてくれるじゃねえか。ただの商人だと。ちゃんちゃらおかしいや」

「おかしければどうぞ、お笑いください。木暮さまに笑われましても、痛くも痒くもございませんので」

伊佐治は肩を竦めた。今日の遠野屋はいつもの慇懃《いんぎん》さを半ば打ち棄てているようだ。言葉遣いは丁重だが、棘《とげ》がある。普段は包み隠して、時折ちらつかせるだけの棘を言葉や仕草の端々に覗かせて、座っている。信次郎の不躾な物言いやあからさまな挑発を受け流すのではなく、対しての苛立ちや腹立ちを隠そうとしない。

へぇ。

まさに、まっとうな人間のまっとうな応え方じゃないかと、伊佐治は三度、息を呑み込む。

寒月の夜に始まり烏夜《うや》に閉じた修羅を一つ潜った後《のち》、遠野屋は小間物問屋の主として生きることを選んだ。町人として生き続け死ぬことを択《と》ったのだ。その心持ちがどれほどのものか、死ではなく生を、闇でなく白日を選び取るまでに遠野屋が身の内でどれほど迷うたか、惑ったか、呻いたか、乱れたか、伊佐治にはどうにも窺い知れないし、知りたいとも思わない。知りたいことは他にある。

人ってなぁ、変わることができるもんなのかねえ。

闇溜りに沈もうが、どっぷり浸かろうが、人はその心持ちで這い出すことができるのか。闇から這い出し、白日の下で生きて、生き続け、緩やかに老いて、穏やかな死を迎えられるものなのか。

そうであって欲しいと思いながら、人はそう簡単に変われるものじゃねえよと呟く声に肯《うべな》いそうにもなる。肯いたくはなかった。伊佐治は人を信じたいのだ。

遠野屋が血も肉も骨も商家の主となり、生涯を全うすることができるのなら……人はどのようにも変われる。変わることができるのだ。そう信じられる。それは快感だった。硬く凝り固まっていたものが解《ほぐ》れていく。眼前に広やかな風景が現れる。浮雲のように自由になれる。そんな快感が一陣の風となり身体を吹き通っていく。

人は変われる。そう信じることができる。

息を吸い込んでみる。傍らで、舌打ちの音がした。

「そういう口の利き方が百族《ももやから》じゃねえって言うんだよ。ったく、こっちがちょっと下手に出りゃあ図に乗りやがって」

遠野屋の変化に気づかぬわけもないのだが、信次郎は気づかぬふりを押し通すように、悪口をつく。その口をぴたりと閉じて空を睨んだまま、何かを低く呟いた。それから湯飲みを摑み、一気に飲み干す。荒々しい動作だったが、茶は一滴も零れなかった。

「木暮さま」

「何だ」

「わたしが商人であろうと、なかろうと無理でございますよ」

「血を嗅ぐことがか」

「はい。一人なら……下手人が手をかけたのが一人なら……あるいは……」

「臭うか」

「はっきりとは言いかねますが、何かを感じるやもしれません。いや、わたしだけではない。木暮さまだとて、親分さんだとて人を殺めた者の尋常でない臭い、嗅ぎ当てることはできましょう」

確かにそのとおりだ。人を殺めれば尋常ではいられない。声に、動きに、言葉に、素振りに滲み出る。臭う。そこを見抜き、嗅ぎ当て、下手人に縄をかけたことも度々あった。

「しかし、今回は三人……それも、殺して益の無い殺し。だとすれば、わたしには無理でございます」

「どういうことだ？」

「人を殺めれば、人は揺れましょう。臭いとはつまり、人の揺らぎに他なりません」

「うむ……」

信次郎の口元が引き締まった。遠野屋の言わんとしていることが分かったのだ。伊佐治にも呑み込めた。苦い薬湯を飲み下した後のように舌の先が痺れた。

「慣れれば揺るがぬもの。揺るがねば臭うこともない……。この下手人が、人を殺めることに慣れ、人を殺めたとて、さほど……いえ、ほとんど何も感じないとしたら……」

殺しに慣れ無臭になる。狂い切れば、常人との区別がつかなくなる。百も承知のことだった。難儀なことだと今朝、信次郎と頷き合ったばかりではないか。遠野屋の言葉は下手人を捕らえることがいかに難題かを、改めて突きつけてきた。

「ほんとうに、難儀でござんすね」

思わず弱音が口をついた。信次郎が鼻を鳴らす。

「やはり、手っ取り早く、小間物屋の手代でもしょっぴくか」

「信三をお渡しするわけにはいきません。あれをこれ以上苛むのはやめていただきます。それでなくとも狼狽しております。もし……殺されたのがおいとさんだとしたら、どれほど応えるか、どうかお察しください」

「おいとってのは、あの手代の女だったのか」

「男と女の関係ではありません。先に申し上げたとおり幼馴染です。兄妹のように育ったとか。信三は天涯孤独の身、おいとさんに偶然に出会って、それはもう喜んでおりました」

「はい。おいととは寝ていない。しかし、身内同然の大事な女だった。そういうわけだ」

「はい。おいとさんに出会ってから、信三は目に見えて生き生きとしてまいりました。商いを習い覚えることの他に、励みができたのでしょう」

信次郎が僅かに顔を伏せる。俯いた顔の陰からくつくつと小刻みな笑いが漏れてくる。

「遠野屋、笑えるよな」

「何がでございます」

「おぬしの店の手代よ。あやつ女郎殺しの下手人だと言われたとき、どんな顔をした？　え、どうだ？　恐ろしさに真っ青になってたじゃねえか」

「それは……誰だとて濡れ衣を着せられれば動揺するもの」

「それよ、それ。あの怯えた顔には、おいとへの憐憫も恋しさも欠片《かけら》もなかったぜ。あるのは、殺しの罪を着せられる恐ればかりよな。大事な幼馴染を思うより、どうすればおっ被せられた濡れ衣から逃れられるか、死に物狂いで考えていた。そういうこったろう。なあ、遠野屋」

信次郎は鐺《こじり》で遠野屋の肩を軽く突いた。

「そんなもんだろう。いざとなりゃあ、誰だって自分がかわいい。おいとの死体の前で、信三がおいおい泣くようなことがあれば、おまえは、おいとのことなんぞ、きれいに忘れて震えていたじゃねえか。そう言ってやんな。いい慰めになるぜ」

「木暮さま」

「旦那」

遠野屋と伊佐治、二人の声が重なる。それぞれに咎める響きを存分に含んでいた。信次郎はまるで意に介するふうもなく、続ける。

「睨まれついでにもう一つ、遠野屋、おぬしはおいとが身を売って生きている女だってこと、むろん見抜いていたよな」

「だとしたら、どうなるのでございますか」

「だとしたら……どうにもならねえよ。信三はおいとの正体を知らなかった。おぼこだとは思わなかっただろうが、切見世の女にまで堕ちているとも思わなかったろうよ。堅気の女だと信じていた。もしかしたら所帯の一つも持つ気だったかもしれねえ。女の正体も知らず浮き立つ奉公人をおぬしは、どういう目で見ていたのか、ちょいと気になっただけのことさな。哀れんでいたのか、小馬鹿にしていたのか、おもしろがっていたのか、さてさて」

「遠野屋さんは、旦那とは違いますよ」

堪らず伊佐治は口を挟んでしまった。

「何も知らねえ相手を馬鹿にしたり、おもしろがったりなんぞするもんですかい」

「おや、えらく肩入れするじゃねえか、親分」

「旦那が無茶苦茶、言うからですよ。まったく、そんな嫌味ばっかり口にしてたら、今に舌が腐っちまいますぜ」

信次郎がすっと真顔になる。真顔のまま遠野屋に向かって顎をしゃくった。

「こやつは、おいとが女郎だと勘付いていた。案外、大事なことかもしれねえ」

「大事といいますと？」

「ある程度、鼻の利くやつなら、あるいは女と遊びなれているやつなら、おいとの正体を見抜けたってことさ」

そこまで言って信次郎は口をつぐんだ。自分の言葉に触発されて思考が動き出したのか、腕組みして黙り込む。伊佐治は身体を遠野屋に向けた。

「遠野屋さんは、一目見たときから気がついてたんで?」

「一人で生きている人だとは思いました。自分で自分を養っている気丈さがありましたから。そのくせ、怯えてもいた。信三を見る目にどこか怯えが覗いていて、落ち着かなげでした。親分さん、おいとさんは、いつから切身世に?」

「一年ほど前からです。女将によれば、自分から働きたいと見世に来たとか。けっこう客がついていたみてえです」

「そうですか」

遠野屋が短く息を吐き出した。

「遠野屋さん」

「はい」

「遠野屋さんは、おいとの商売に気がついていた。それを信三さんに伝えようとは思わなかったんで?」

答えにしばらく時間がかかった。

「そうですね。そういう気はありませんでした。いずれ、おいとさんが自分で告げると分かっていましたから」

「信三さんが騙されるとはお考えにならなかった?」

「それは考えもしませんでした。おいとさんは、信三を騙ったりはしなかったはずです。何時になるかはわかりませんが、そう遠くない時期に、真の事を自分から告げたでしょう。そういう方だとわたしは見受けました」

玉簪が遠野屋の手の中でゆっくりと回った。ふと、黒髪の匂いが漂った。艶やかな黒髪に玉簪は控えめな色香を添えただろう。

黒髪が匂う。簪を握り締め、自分を恥じるものかと唇を噛む若い女の立ち姿を垣間見た気がした。同時に、さっき遠野屋が見せた露な怒りが何であったのか、思い至った気もした。

女郎であろうと酌婦であろうと、己の口を己で養い、己の生を必死に生きてきた女がいた。遠野屋はおいとが女郎であることも、懸命に生きていたことも見通していたのだ。落ち込んだ奈落の底で、それでも騙らず、謀《たばか》らず、貶《おとし》めず生きていた。そういう女だと看破していた。そういう女が殺された。意味も無く、ただ女郎だというだけで、虫けらのように潰された。

その理不尽に、その定めに、その横虐《おうぎゃく》に怒っている。

うん、まっとうな男だ。まっすぐに怒ることができるほど、まっとうな男じゃねえか。

難儀だと萎《しお》れそうになった心が奮い立つ。

そうだ、おれも怒っていた。理不尽な定めや横虐な者に心底、腹を立て挑んできた。難儀だなどと悠長なため息をついていなかった。老いて足腰は痛み、息は切れ、根《こん》は続かなくなったけれど、まっとうに怒ることを忘れたわけじゃない。忘れちゃいけねえんだ。

「遠野屋さん、下手人は必ずお縄にいたしやす」

語調を強める。遠野屋が無言で深く頭を垂れた。

足音が近づいてきた。

「旦那さま、駕籠の用意が整いました」

障子の陰で信三の声がする。

「石田さまたちは？」

「間もなくお帰りになります。お座敷の方にご挨拶に来てほしいと黒田屋さんがおっしゃっておいでですが」

「そうだね。ご挨拶だけはしておかないと。木暮さま、親分さん、ちょっと失礼いたします」

遠野屋が廊下に出て行く。それが合図のように女たちの笑い声が一際賑やかに聞こえてきた。

「なんだ？」

目を閉じていた信次郎が腕を解き、不快な表情を浮かべる。

「やたらうるせえじゃねえか。それこそ、裏で女郎宿でもやってんのか」

「表ですよ」

廊下に顔を出し、様子を窺ってみる。こういうのを岡っ引根性というのだろうが、一応、探ってみなければ気がおさまらない。立ち上がり、遠野屋が去った廊下のあたりを見回す。障子の陰に控えていた信三がぼんやりと伊佐治の動きを目で追っていた。いつもなら、伊佐治の探索癖を眼差しや顰めた眉でそれとなく詰《なじ》る信三だが、さすがに今日はその胆力は無いらしい。魂の半分を削られたような鈍い顔つきのままで座っていた。

中庭に沿って廊下が伸び、その先に店とつながる座敷があった。この春、新しく造られたもので奥の質素さに比べると、かなり華奢な一室のように見受けられた。

障子が開き、数人の女たちが出てくる。いずれも裕福な家の者だと分かる姿だった。賑やかに笑い、上機嫌な様子で店の方へ歩いていく。その後ろから、商人風の男たちが現れる。遠野屋もいた。

「誰でえ?」

問うてみる。信三がのろのろと顔をあげた。

「へ?」

「あの座敷から出てきた女や男は誰かと聞いたんだよ」

わざと荒々しい口を利いてみる。どすのきいた、荒くれた口調は時に気付け薬の役もしてくれるのだ。

信三が目を見開き、微かに後ずさった。

「あ……はい。うちのお得意さまで……伊野屋さんや丸根屋さんのご新造さまたちです」

「丸根屋ってのは……材木問屋の？」

「はい」

「大店じゃねえか。で、後ろの男たちは？」

「太物《ふともの》店の黒田屋さんや足袋屋の吹野屋さんたちで」

「太物店や足袋屋がなんで、遠野屋に集まっている？」

「それは……合わせております」

「合わせ？」

信三が背筋を伸ばし、胸をはった。声はまだかすれているけれど、気は挫けていないらしい。

「はい。うちの旦那さまのお考えになったことで、お客さまの組み合わせのお手伝いをしております」

「手代さん」

伊佐治は語調を緩めた。ほとんど優しげにさえ聞こえる声音を出す。

「あっしにも分かるように教えてもらえませんかね。組み合わせってのは、何のことで」

「はい。うちは小間物屋ですが、おいでになるお客さまがどのようなお召し物にどのような小物をあしらうのがいいか相談を受けることがよくありまして……はい、お客さまの中には品の選び方に迷われる方が、けっこういらっしゃるのです」

「なるほど。そりゃまあ女の買い物は迷い、迷われってのが相場と決まってやすから」

「迷われるのはいいのですが、お召し物によってはせっかくの品が生きないこともありまして……いっそ、着物も帯も足袋も小物も何がどう似合うのか、どう釣り合うのか、その組み合わせをお客さまに合わせて探してみようと……まあ、そういう集まりを月に一度程度、うちで行っております」

「はあ？」

「月ごとにお客さまをお招きして、ご相談に乗るのです。お手持ちのお召し物に合わせて小物をそろえたり、お着物を新調するとき、古い小物を上手くあしらったりと……旦那さまが声をかけられて黒田屋さんや吹野屋さんが加わって、まだ始めたばかりですが、評判は上々でして、招かれたいというお客さまがたくさんいらっしゃいます」

「はあ、上々ねえ」

「はい。旦那さまは、いずれ分限者の方ばかりでなく、たまに小物を買いにこられるお客さま方の相談にも乗れるようにしたいとおっしゃっておられます」

我知らず首を傾げていた。伊佐治にはとんと合点のいかない世界だ。そういえば、おふじもよく着物を見てくれという。

この櫛とこの柄は合うかしら。この帯はどうかしら。ねえ、あんたどう思う。いつも生返事しかしない。着物と帯をどう組み合わせようと、ご面相が変わるわけじゃあるめえと苦口《にがぐち》をつくこともあった。

一膳飯屋に近い小料理屋の女将だから、着物など年に一度も作れまい。だからこそ、その一枚に必死になる。帯を合わせ、櫛を合わせ、足袋を新調する。それが女なのかもしれない。

廊下に出てきた男たちはみな若かった。店を起こした者というより、その二代目、三代目の世代なのだろう。若者たちによって、商いのやり方も変わってくる。

伊佐治には合点のいかない世界だが、新しい息吹きの高揚を感じる。若いという高揚だ。

こういう所に身を置いていたら……。

ふと、喉を裂かれた女たちを思う。

誰も死なずにすんだろうに。

お米やお吉は分からないが、おいとはもう少しでここまで登ってこられたのではないか。手を伸ばし、その手を信三が握り、引き上げる。一歩手前で力尽きた。いや、命を毟られた。

歌声が聞こえた。

か細い女の声だ。信三が目を伏せる。

「あれは……おしのさんで、やすね」

「はい」

おりんの実母、おしのの歌う声だった。童女のようにあどけない声だ。娘を失い、正気を失った母親の声だった。風に乗って伊佐治の耳に届いた声は、風が凪いだとたんかき消すように聞こえなくなった。

表の華やぎと奥の悲惨。光と影はいつも一番《ひとつが》いになる。目映《まばゆ》い光と黒々とした影に彩られて、遠野屋はここに在るのだ。

伊佐治は、座敷に顔を向けた。

信次郎は一人、坐像のように動かず、黙し、何かを一心に思いふけっていた。

筵の下のおいとを見たとたん、信三は蒼白になりしばらく動こうとしなかった。血の気を失った唇が細かく震える。

辛えこったな。

伊佐治は嘆息する。やっと出会えた幼馴染の末路がこれでは、泣くに泣けまい。おいとに出会ったことで、おいとのいない孤独がより濃く染みてもくるはずだ。辛い日々を背負い込んでしまった。誰も替わってはやれない。

「おいとさんを引き取らせていただきます」

遠野屋が言った。信次郎が頷く。

おいとは次の日、茶毘《だび》に付された。

皮肉なほどに空の青が美しい、晴れ渡った一日だった。

第三章　定

女は密やかに息を吐き出した。

男と交わった後の気だるさも、とろりと絡みつく艶もなく、それでいて妙に心に残る吐息だった。女の乳房や肌や髪の匂いや秘所がどうであったのか過ぎていく時の中に霞み、朧《おぼろ》になり、ほとんど消え去ったとしても、この吐息の音だけは生涯ついて回るような、忘れようとして忘れられないまま、拭い去れないまま、やがて耳奥で残滓となり澱みとなってしまう、そんな呼気の音だ。

女は信次郎の傍らで密やかに吐息をついた。

「おまえは……」

夜具の中で身じろぎする。今夜は、枕元に灯りがある。粗末な角行灯がぼんやりと辺りを照らしていた。四方を包む漆黒の闇に対して、あまりにささやかな灯火ではあったが、その薄明かりの中に女の顔は意外なほどくっきりと浮かび出している。肌が白いのだ。満開の桜が星明かりにさえ淡く照るように、女の肌は闇に浮いた。

「いかがなされました？」

閉じていた瞼を上げ、女はまた、密やかに息をもらした。

「名は？」

「わたくしの……名でございますか」

「そうだ」

「お玉と……」

「それは店での通り名だろう」

名など問うつもりはなかった。問うてみても返ってくるものに真などありはしない。客との間で弄ぶだけの新たな虚名が告げられるだけだ。女郎宿の女に名前など無用だ。あの女将が言ったように、男と交わることのできる身体さえあれば充分なのだ。

お文と名乗った女の本名が、おいとであったように、ここで語られることの大半は、紛い物でしかない。名も境涯も交わす言葉のあれこれも全てが虚仮《こけ》だった。虚仮の上に夜具を敷き、男は女に沈み込む。百も承知の上で名を尋ねてしまったのは、女の吐息が耳朶にふれたからだろうか。

「菊乃と申します」

女は抑揚の無い小さな声で告げた。

「菊乃……か」

「はい」

真の名だろう。ふと、そんな気がした。

この女、嘘はついていねえ。

くすっ。ふいに菊乃と名乗った女が笑った。

「ようございました」

「何がだ？」

「また百足かと……」

思わず頸の付け根を押さえる。体質なのか、茶葉の効き目なのか疼きも腫れもさほど長引くことはなく失せた。ただ変色した肌だけはなかなか治らず、今も浮き島のように円く残っている。

「この部屋は、ちょくちょく百足がお出ましになるのかい？」

「はい。雨の夜は特に」

今度は信次郎が苦笑する番だった。

「おまえさん、ちっと正直すぎやしねえか。百足が這いずり回る部屋で目交わっていたなんて、あまりいい気分はしねえがな」

「だいじょうぶでございます。百足が出るのは、夜も更けてからのこと……今宵は、お帰りになるのでございましょう」

「ああ」

「遊びが過ぎると、お叱りをうけましたか」

図星だった。二日前、支配役から呼び出しをうけた。

「木暮、そなた何をしておる」

座敷にかしこまった信次郎の頭上に支配役与力南雲新座衛門《なぐもしんざえもん》の怒声が浴びせかけられた。貧弱な体軀に釣り合わぬ声量を持つ南雲は、大げさでなく鼓膜が痺れるほどの大声を出す。美声でもあり、謡《うたい》は、趣味の域を超えて能舞台に立てるほどの業前《わざまえ》だとうわさされていた。

「御支配役」

頭を上げ、信次郎は耳孔に指をつっこんだ。

「それがしの三戸《さんこ》は全て尋常でござる。そのような声を出されずとも、充分に聞こえまする」

「ならば、答えろ」

やや声を落としたものの、顔つきにも声音にもたっぷりの苛立ちと怒りを滲ませて、南雲がにじり寄る。

「いったい何をしておる、えっ？　さっさと答えろ」

「何をと申されましても……それがし、日もなく夜もなく、お役目一筋に精進しておりますが」

「だまらっしゃい。どの口がそのような騙りを申すか。木暮、下手人はいかがした？　次々、女が殺されたというにまだ下手人の髪の先さえ見えぬではないか」

「ですから、そのために日夜、お役目に励み」

「どのような励み方をしておる。いかがわしい界隈に足繁く通い、組屋敷にも帰らず、色情に溺れておって、何がお役目だ。亡き右衛門が知れば、どれほど嘆くか、思い及ばぬか」

「はあ……色情に溺れるとは、ちと言葉がすぎますな。それがしには、それがしの考えがございます」

「申し開きができるのか」

「むろん」

背筋を伸ばし、信次郎はゆるりと笑ってみせた。

「殺された女は三人とも、場末の女郎でござった。此度《こたび》の件、いかがわしい界隈に足繁く通わぬことには埒があきませせぬ」

「あくまで、お役目のためだと言い張るか」

「それがしに徒心《あだごころ》は一切ございません」

「木暮」

ふいに声を潜め、南雲は信次郎の前に片膝をついた。

「おまえは警動《けいどう》を執る側の者だ。そのような立場の者が、私娼窟に入り浸れば、思わぬ弊害もおこりうる。ゆめゆめ忘れるな」

「重々承知しております」

「そして、一刻も早く下手人をひっとらえよ。今はまだ、遊女ですんでいるが、いつなんどき堅気の者が襲われるやもしれぬ。そうなれば、われらが負うべき責めは大きい」

治安を司る組織の一端を担う者として、支配役がその責任を全うしようと意気込んでいるのか、保身のために足掻《あが》いているのか、さてどちらだと信次郎は脂気のない南雲の貧相な横顔を見つめた。おそらく二つの感情は分かちがたくあるのだろう。人々のために治安の乱れを正そうとする意気と、己のために一刻も早い解決を望む心は何の不自然も無く一人の男の中に混在している。

信次郎が女郎宿に通うことで、自分に累の及ぶ失態を為さぬか深用心しているのは、保身のためだろうが。

保身……か。別に責められることじゃない。己の地位や名誉に固執する。守ろうと必死になる。そう、別に責められることじゃない。それに南雲の保身の内には己かわいさだけではなく、情愛とか憐憫とかもろもろの夾雑物《きようざつぶつ》があると、信次郎には分かっている。己かわいさが幾分勝ってはいるとも分かっている。

吉田敬之助《けいのすけ》、病のため錯乱。奉公人を斬り捨てた後、切腹。

それが、あの事件に関し南雲の下した判断だった。

吉田敬之助は病のため己の務めを遂行できぬことを苦にするあまり、さらに病を深め、錯乱に達したと思われる。奉公人を斬り捨てたるはぬぐい難き罪なれど、吉田の心情、また、正気に返った後、腹を切り武士の分を通したこと、これ慮《おもんぱか》るにまことに憐れにて涙するところあり……。

一人の愚直な老いた男が腹を切った。要はそれだけのことなのだと、南雲は言った。それで、あの事件の幕は閉じられたのだ。殺された町人たちの件は、下手人不明のまま処理された。江戸の治安をあずかる同心が丸腰の町人を何人も斬り捨てていたという醜聞をかろうじて食い止めたのだ。同時に吉田の名誉をぎりぎりで保ち、南雲自身の負うべき責をかわした。見事というか、狡猾というか。どちらにしても、真実が葬られたことだけは確かだ。見事に狡猾に消し去られた。おそらく、今までもそうだったし、これからもそうなのだろう。

しかし、おれは忘れるわけにはいかぬ。おれだけではない、伊佐治だって、遠野屋だって
……遠野屋など、墓の中まで背負っていくだろうさ。忘れることなどできぬ。どうしてもな。

吉田さま。

狂うたのか狂わされたのか。希代の殺人鬼となり果てた男に思いが及ぶたび、信次郎の眼裏に浮かぶのは、血に染まり虚ろな眼差しで立つ吉田の姿ではなく、父と碁を打ちながら和やかに談笑していた顔だったり、剣の指南に竹刀を握ったときの引き締まった目元だったりする。どちらも穏やかであり、凛々しかった。あの面の下に、狂気はいつ巣食い始めたのか。それとも人は誰でも、狂気を隠し、抱えているものなのか。

「木暮」

黙りこんだ信次郎に、南雲の声がやや荒くなる。

「わしの言うことを聞いておるのか」

「南雲さま」

信次郎は表情を引き締め、上役を見上げた。

「それがしをお信じくだされ」

「下手人の目星がついているのか」

「それを言うはまだ、時期尚早かと。ただ……」

「ただ？」

南雲が身を乗り出す。

「ただ、それがしをお信じになって悔やまれたこと、今まで一度もないはずでございます」

ぐっとくぐもった声が支配役の喉奥で聞こえた。その目をかしこまったまま見据える。今口にしたことが強がりや虚言ではないと、南雲自身が誰より心得ているはずだ。

喉の奥から声をしぼりだすような南雲の呟きが聞こえた。

「大口を利きおって……」

探索の方法がどれほど歪《いびつ》であったとしても、信次郎は結果的に誰もが納得するに足るだけの働きを為してきた。動かしがたい事実だ。南雲の渋面から怒りが消える。

「木暮、くれぐれも己の立場をわきまえて動け」

「はっ」

「ぐずぐずしている猶予はない。そのことも、しかと心せよ」

「はっ」

「急げ」

「はっ」

立ち上がり背を向ける直前に南雲は信次郎を見下ろし、僅かに笑った。

「おまえのことだ、心配には及ぶまい。しかしな、まあ言うておく。木暮、女に溺れるなよ」

「は?」

「女子《おなご》は怖いぞ。一度溺れてしまえば、なまじなことでは這い上がれぬ。ようよう心しておけ」

「御支配役は、溺れたことがございましたか」

「わしか? わしは泳ぎが達者でな。溺れ死ぬ前になんとか、逃げおおせたのよ」

呼びつけたときとはうって変わり、上機嫌な笑いを残し支配役は部屋を出て行った。


女に溺れる……か。

闇に沈む女郎宿の天井を凝視しながら、独り言《ご》ちてみる。

女に溺れて堕ちるのも、女と共に生きるのも似たようなものだ。しょせん、束の間の夢でしかない。

悪夢なのか幻夢なのか逆夢なのか、人それぞれではあるけれどいつかは覚める。覚めた後に残るのは己一人のみ。己一人で己の定めを生きる。それしかない。

そうだろう、遠野屋。

いつしか、また男に語りかけていた。

女に溺れようが、縋ろうが、守られようが、女を慈しもうが、支えようが、百夜《ももよ》抱き合おうが、何も変わらない。定めは定め、蝸牛のように生涯背負うて生きるまでのことさ。

闇の中で遠野屋清之介が真正面から惑わぬ眼差しを向けてくる。信次郎の言葉を否むようにかぶりを振る。

木暮さま、日々を生きるということは夢などではございません。そんな儚いものとは無縁にございます。今日一日を泣き、笑い、明日また同じように泣き、笑うて過ごす。定めとはそういう日々の積み重ねにございましょう。どのようにも変わり、いかようにも変えられます。

おぬし、そんな戯言を本心から信じているのか。

木暮さま、人の定めは人のもの。変えられぬわけがございません。

闇を裂くほどの声をたて笑ってやりたい。痛いほどの衝動に見舞われる。

いまさら足掻くな、遠野屋。毒虫に生まれついたものがどう足掻いてみたとて、花に舞う蝶にはなれまいよ。足掻くな、足掻くな。この世は蜘蛛の糸と同じ。足掻けば足掻くほど、絡め捕られ巻きつかれ動けなくなるぞ。

胸元に冷たい手が滑りこんできた。横になっているだけで肌がじわりと汗ばんでくる。それほどの暑気が重く澱む夜なのに、手はあまりに冷たかった。血の通ったものとは思えない。刃を胸元に突きつけられた感触がした。

刃のような手が胸元をまさぐる。

「誰のことを考えておいででした」

信次郎の上に重なり、菊乃が耳元に囁く。

「わたくしがお傍におりますのに、誰か他の方のことを想うておられましたな」

白い顔が浮かび出る。白眼が底光りしていた。指は胸から腹へ、さらに下へとゆっくりと這っていく。指だけは、まぎれもなく遊女の動きをしているのに、眼の光も物言いも客に対する媚をいささかも含んではいない。むしろ、男の不実を詰《なじ》る女の狂おしさがあった。

「誰のことを思うておいでです」

信次郎の胸に顔を伏せ、指を動かし、菊乃は微かに息を吐き出す。それはそのまま呟きとなった。

「伊織さま」

信次郎は菊乃の手首を摑み、自分の身体から引き剝がした。

「残念だがな、おれはそんな名じゃねえよ」

「あ……」

「誰でえ、その男。おまえさんの亭主か？　恋しい相手か？」

「お許しくださいませ」

「おめえは遊女だ。遊女が、閨《ねや》の中で他の男の名を呼ぶってのは、料簡違えもいいとこだぜ。え？」

「お許しを」

摑んだ手首は細く、露《あらわ》になった腕も細い。菊乃は顔を伏せ、ひたすら許しを請うた。先ほど垣間見せた狂おしさは影を潜め、ただ嫋々《じょうじょう》と哀れなだけの姿態だった。

女ってやつは。

背中の辺りがうそ寒い。

どいつもこいつも鵺《ぬえ》みてえだ。いや……、鵺ならああも容易く殺られはしねえか。お米、お吉、そしておいと。どの女もこうやって夜を過ごしてきた。挙句の果てが、鵺どころか虫けらに等しく潰された。

菊乃の背後から手を伸ばし乳房を摑む。強く揉みしだく。菊乃は小さな声をあげ、身をよじった。

下手人は女を苛みたかったのか。どの女でもいい、行き合うた女を殺りたかったのか。それで満足しているのか。身体どうしを摺り寄せるのではなく、一息に喉を掻ききる。そこに目交わう以上の悦楽を感じるのか。それとも……それとも……なんだ？

何かが痞《つか》えている。何かが引っかかり蠢いている。それが何かが分からない。例えば歩き慣れた道を何故か違えたような、眼前の相手の名がどうしても浮かばぬような、もどかしさが募る。

なんだ？

ぬるりと指が滑った。生温かい液に乳房を掴んだ手が濡れる。

血ではない。血ほど粘りつくこともなく臭いもしない。

「なんだ？」

手を灯りにかざしてみる。薄い白濁色の滴が指を伝った。米のとぎ汁のような色だ。

「乳……か？」

菊乃が襦袢の襟を合わせ、身体を縮める。

「おめえ、子がいるのか？」

少し呆れていた。女を抱いて乳に濡れたのは初めてだ。今までは、閨に入る前に自分でしぼっていたのだろうか。あの生臭く甘い匂いの元はここにあったのか。

「お許しを」

「許すとか許さねえとか言ってやしねえ。まだ乳を飲むような赤子がいるんだな」

身を縮めたまま菊乃は黙って頷いた。

「商売に出ている間は、どうしてるんだ？」

「お隣に……あずけてあります」

「つたく」

夜具で乳を拭うと、信次郎は立ち上がり手早く身支度をした。

「お帰りで……ございますか」

「おめえも早く帰んな。とっくに引けの刻だ」

「お武家さま……」

「野暮なことだがな、菊乃」

「はい」

「ここに借金があるのか？」

菊乃の視線が揺らぐ。緋色の長襦袢の胸がぐしょりと濡れて、乳と女の匂いが混ざり漂う。

「ございません」

そうか、おいと一緒か。自分の意思で苦界に身を投じたわけだ。子を養うために、それしか術がなかったのか。

「悪いこたぁ言わねえ。早く、足を洗いな。こんなところで身を売っていちゃあ、幾つ命があっても足りねえぜ。男にやっかいな病をうつされて、ぼろ屑みてえになって死んでいく女たちが大勢いるんだ。てめえ一人が死ぬのは勝手だが、子がいるなら死ぬわけにはいかねえだろう。産んだからには育てなきゃならねえ。それに……」

夜道で喉を掴かれるなんて目に、遭うことにもなるんだ。

「早く帰りな。ただし、一人で歩くんじゃねえ。二人、三人、できるだけ多く連れになって帰るんだ。主人からそう言われてんだろう」

「いえ……」

「何も聞いてねえのか」

「はい」

町役人を通じて、女郎商売の店には触書が回っているはずだ。しかしそれは、表向き料理茶屋や一膳飯屋の看板をあげながら女を食わせる裏商いの店にまで届いていないのか。あるいは、店の主人が商いへの支障を忌んで知らぬふりをきめこんでいるのか。どちらにしても、あまりに切迫感が無さすぎる。動きが鈍すぎる。

殺されるのは、しょせん女郎さ。

そんな思いが世を取り仕切る男たちの中に拭い難くあるのかもしれない。

しょせんは女郎、人の範疇に入りはしないよ。

男たちに、いや堅気の女たちにも巣くっているこの蔑如《べつじょ》、侮侮《しんぶ》が下手人をさらに唆《そそのか》してはいないか。女郎を人で無いと思うているなら、殺したという意識は薄いだろう。

人を殺めて揺れる心が臭いを放つのだと遠野屋は言った。だが、最初から些々《ささ》も心揺らすことなく女を殺められる者がいたとしたら、まるで無臭のまま血に塗《まみ》れることができる。血に塗れても何の臭いを放たぬまま紛れることができる。

もう一度、今度は強行に達しを出さねばならない。早急にだ。

「お武家さま」

「帰れ。そして、二度と足を踏み入れるな」

信次郎は菊乃の膝に紙包みを投げた。今朝、顔見知りの商人から手渡されたものだ。仕入先との間で拗《こじ》れに拗れ、動きの取れなくなっていた揉め事を強引に治めてやった、その礼金だった。かなりの金子が入っている。女と子ども一人なら、細々ながら一年近くは暮らしていける額だ。

菊乃は包みに手を出すでもなく、受け取れぬと拒むわけでもなく、どこか虚ろな眼差しを自分の膝に注いでいた。乳がまだ零れている。

「子は男か女か？」

「娘にございます」

娘か。

信次郎の脳裏に華やかな小間物の数々が浮かんだ。いつもは商人のなりをしながら決して商人には見えぬ男が、品物を手に職人と思しき男と熱心に語らっている。それは、確かに商家の主の顔つき、眼差し、仕草だった。いつ目にした光景だろう。

遠野屋の手の中には簪があった。おいとの髪から抜いた玉簪がぶれて重なる。

「森下町に遠野屋という、羽振りのいい小間物屋がある」

ふっと、言葉が口をついた。戯れ口に続けてみる。

「どうにもならなくなったら、そこに寄ってみな」

菊乃は返事をしなかった。行灯の灯りの中でうなだれたまま、動かない。信次郎の言葉が耳に届いていないようだった。

まあいい。野垂れ死にしねえだけの才覚はあるだろうよ。

これ以上、この女に関わるつもりはない。そそられる女ではあったが、のめりこむ気は毛頭起こらなかった。このまま縁が途絶えたとしても、なにほどのこともないのだ。

障子を閉める。ふいに行灯の灯りが消えた。闇に閉ざされた部屋の中で、菊乃が何かを呟いたようだ。

年季明けしたばかりの若い職人が怖いほど張り詰めた眼差しを向けてくる。居職《いじょく》とは思えぬ見事な体軀の若者だった。大きな身体を縮めるようにかしこまったまま、清之介の手元を見つめていた。

遠野屋の店の内には、ビードロ細工の風鈴の涼やかな音が響いていた。その音が座敷にまで伝わってくる。客や客に応じる奉公人の声、挨拶、行きかう足音。生き生きとした賑わいもまた届いていた。

清之介は、手の中にあるビードロの簪を光にかざした。青みを帯びたビードロの玉が光を弾く。

「どうでしょう」

清之介の沈黙に焦れたのか、耐えられなかったのか、若い職人は膝を進めた。簪は若者の手がけた品だった。

「芳蔵さん」

清之介は簪から視線をあげ、若者の四角張った顔に微笑みかけた。

「そんなに硬くなっていては、足が痺れてしまいますよ。もっと、楽になさい」

「へい……どうも」

そう返事はしたものの芳蔵は膝を崩す気配も無く、生唾を呑み込んだだけだった。

「信三」

後ろに控えていた手代に簪を渡す。

「これはおまえの受け持ちだ。どう思う？」

信三が両手で受け取る。芳蔵の視線が引きずられるように信三に向かって動いた。息がやや荒くなる。

遠野屋では、商売の拡張とともに、品ごとに担当する者を決め、仕入れから店先売りまでほとんど全てを任すようにしていた。最終的な決定と責任は主である清之介が負うが、担当者の意見を耳にした上での決め事とする。その取り決めが浸透したころから、奉公人たちの目の色が変わってきた。小間物問屋といっても、遠野屋ほどの身代になると扱う商品の種類も多岐にわたる。大名、大店から長屋住まいの娘まで客の層も幅広い。どの客にも同じように丁重に接しながら、客の納得のいくまで品の説明を続ける。取り扱う品に対して無知でも無関心でもやっていけない仕事だった。

信三は櫛、笄と簪を受け持っている。

清之介は芳蔵に茶を勧め、自分も一口すすった。信三が小さく息を吐き出す。

「どうだ？」

「美しいですね。これから夏に向けてビードロ細工の品が並べば、見た目も映えますでしょう」

「品そのものは？」

「もう少し凝った物の方が大概のお客さまの好みには合うかと」

「地味すぎるか」

「ビードロは若い方が特に好まれます。このごろのお嬢さま方は、きらびやかな品がお好きなので……ただ、ビードロの場合、独特の光がありますので何とかなると思います。傷もないし、色合いの斑《むら》もない。形の歪みもありません。遠野屋の品として充分に通用すると思います」

信三が進み出て、簪を芳蔵の膝前に置いた。芳蔵はぴくりとも動かない。

「とりあえず、この月の末までに十本、納めてもらえば」

「二十」

信三の顎が持ち上がる。

「旦那さま、端《はな》から二十でございますか」

「おまえの言うとおりだ。良い品だよ。確かに派手やかではないが、品がある。粋でもあるし可憐にも見える。歳にかかわらず手にとっていただける簪だと、わたしは思うが」

清之介の言葉に信三は目を瞬かせ、しばらく黙っていたがつと身を起こし、もう一度簪を手にとった。それから、芳蔵に向かって頷く。

「二十本、納めてもらいましょう」

「にっ二十本も」

「時季のものでもあります。品納めの期限は守ってもらえますね」

「へっ、へい。もちろんで」

「ご存知かと思いますが、うちは店先売りに力を入れております。芳蔵さんの品も大半は店先に並べさせてもらいますよ」

「へい」

「その方が、お客さまの手応えがいち早く分かるので」

「へい」

「仕入れ値については、後ほどご相談ということでよろしいですか」

「へい」

「うちは現金掛け値なしの商いです。仕入れについても一括でお払いいたします。ただし、品の質がこちらの物差しに足らなければ、その場で返品することになりますが」

「それで、けっこうです」

芳蔵の肩から力が抜けた。張っていた身体の線がふるりと緩み、一回り凋《しぼ》んだようにも見えた。よほど緊張していたのだろう。信三の表情も緩む。商談は成立した。清之介は俯いたままの何気ない口調で話しかけてみた。

「芳蔵さん」

「え？　あ……へい」

芳蔵の肩がまた強張る。

「いや、少し四方山話などしたいと思いましてね」

「へい……四方山話で」

「そうです。だからもう少し楽になさい」

この若い職人の腕がなかなかのものであることは簪一本見れば分かることだ。後は気質、それを見極めねばならない。

職人として一途なあまり、納期のことなどまるで眼中になくなる者がときにいる。息を呑むほど見事な品を突きつけられれば、これが神業、これが天与の才かと感嘆するしかないのだが、職人がみなそれでは商いはなりたたない。異彩を放つほどの品でなくていい。職人の思いのこもった丁寧で良質の品が欲しい。そういう品をこちらの望む期限までにきちんと納めてくれる職人が欲しい。腕と矜持と常識とをほどよく併せ持った人間かどうか見定めた上で、付き合い方を考えなければならない。見定めるには言葉を交わすのが一番だ。

「芳蔵さんの奉公先は、今川町と聞きましたが」

「へい。上の橋ちかくの徳枡って店でやす」

「徳枡さんから品を卸していただいたことは一度もないはず。なぜ、わざわざ、うちへ品を持ってこられたのです？」

芳蔵は、鼻の頭に浮いた汗を拭い、ついでに首筋も拭った。

「それは……試してみたかったんで」

「試す？」

「遠野屋さんでは、年季の長え短えや歳に拘らず、品さえ良ければ買い上げてくれると聞きました。逆さに言やあ、遠野屋さんの店先に品が並ぶのは職人の腕の証でやす。あっしは年季が明けたばっかりで、まだ通いの職人でやすが何とか近えうちに店を持ちてえ、店を持つからには、遠野屋さんに品を納められるようになりてえと……ずっと思ってきました」

阿諛《あゆ》でも世辞でもなく、芳蔵が本気で言葉通りに思い込んでいることは、訥々《とつとつ》とした、しかし熱のこもった物言いから容易に窺えた。相手の逸る心を御するように清之介は、短く問うてみる。

「簪二十本、通いながら作れますか」

「やりやす。親方とは窯と硝子を借り受ける約束ができてます。遠野屋さんに品卸ができるならと喜んでくれるはずです」

「さっき、手代が申しましたとおり、品の質がこの簪より僅かでも落ちるようなら、引き取りはいたしませんよ」

「分かっておりやす」

「窯も原料も無代というわけにはいきますまい。この取り引き、芳蔵さんにとってかなりの博打になるのでは……」

「いや、ご心配にはおよびやせん」

芳蔵の口元が引き締まる。そうすると、この男の生来の姿だろう気嵩者《きがさ》の素顔が覗く。

「二十本、全て納めてごらんにいれやす」

自信と自負にあふれた一言だった。さっきまで芳蔵の全身を覆っていた萎縮も緊張も掻き消えてしまう。かわりに己の腕一本を頼りに己の人生を拓こうとする意志と高揚する情動が若い職人の頰を紅潮させていた。

そういえばこの男、ただの一度も品の解釈をしなかったな。

信三から返されたビードロ簪をもう一度、光にかざしてみる。

ここがこうだ、あそこがこうだと余計な言葉を挟まなかった。こちらに見る目さえあれば、言葉など無用というわけか。

口元が緩みそうになった。

これは案外……。

清之介は簪から目をそらし、中庭の上に広がる夏空を眺めてみる。やや赤みを帯びた光に満たされた空だ。長い夏の昼がそれでもゆっくりと終わりに近づく時刻となっていた。

真の職人とは、いつもこのように爪と牙を隠し持つ。相手を傷つけ倒すためではなく、己を誇るために爪を磨《と》ぎ、牙を剝く。

これは案外、拾いものかもしれない。

信三とほんの束の間、目を見合わせる。信三も同じように感じていたらしい。

店を構えて独り立ちする前に、遠野屋で丸ごと抱え込んでしまう手もある。この男、それほどの価値があるかもしれない。

清之介は、光に満ちた外から座敷に目を移した。ほんの一瞬、座した芳蔵が黒い塊になる。

そうやって抱え込んだ職人が幾人かいた。仕事の場と生活を保障するかわりに、上質の品を確かに受け取ることができる。明日の糧に心を砕く必要が無くなったとき、己の職にひたすら没することができたとき、職人たちがどれほどの品を生みだしてくるか、度々目にしてきた。これから後、さらに頻度は増すだろう。「遠野屋でしか手に入らない品」が人々の口の端に上るようになっていた。遠野屋の抱え職人という立場が野心も技量もある職人たちにとって、一流の証、象徴のように噂されているとも聞いた。

試したかったんで。

さっき芳蔵が口にした一言にもその事実は知れる。

家族をも含めた職人の丸抱えは、手間も金もかかる。何より相手の技量を見定める力がいる。しかし、今の遠野屋の地力からすれば、そう難しいことでも重荷でもないはずだ。商いの歯車は滑らかに回り続けている。

財力も人材も充たされて、これから先、この店はさらに伸び、さらに育っていくだろう。爛漫の桜のように艶やかに花開くはずだ。

それがお前の望みだったのかと問われれば、清之介は一分の躊躇いもなく肯《うべな》っただろう。まさに、それこそが我が宿望。

遠野屋という店が永劫揺るがぬ基《もとい》を作りたい。

清之介の胸底で息づく決意だった。

自分の命が果て、土に還り、時が移り、時代がどのように動乱しようとも揺るがぬ礎を築きたいのだ。桜木が吹く風に潔く花を散らしながらも地に根を張り、季節が巡り来たとき、また新たな花を開くようにしぶとく、したたかに生き抜く店を作りたい。

本懐を遂げて死にたいと思う。

生き急ぎたくはなかった。遠野屋の成熟とともに生きて、暮らし、老いていきたい。いや望みではない。石にかじりついても果たさねばならない務めだ。

「うめえ」

茶をすすり、芳蔵が感嘆の声をあげた。伊佐治の物言いにどことなく似ている。伊佐治同様、率直で生真面目な気質なのだろう。

「芳蔵さんは、召し上がるので？」

「酒ですか？　それが、さっぱりで。一口で目が回りやす。親方からは酒も飲めねえで職人がつとまるかって、よく怒られやすが、こればっかりはどうにも……親方は、えらい飲み助なんで。あの……酒が飲めねえと品の注文に障りがあるとか……」

「いやいや、まさか。むしろ酒に飲まれて品納めを忘れることが無いだけ、手前どもは安心できます」

芳蔵がほっと息を吐いた。腕に覚えはあっても、身の処し方、日々の取り捌き方には疎いのだろう。まだ若いのだ。若く不器用なのだ。それは、職人としての美質をいささかも損なうものではない。微笑ましくさえあった。

「今川町の親方の下で何年、奉公なさったので？」

「あっしは……へぇ、まる十年になりやす。十五の歳から弟子入りしたんで」

十五。

軽く唇を噛み締める。

おれは十五のとき、何をしていた。

初めて人を切った。すげという名の老女《ろうじょ》だった。母親代わりに赤子のおれを育ててくれた老女《おんな》だ。その老女を殺した。すげは息絶えた後も微笑んでいた。おれに向かって笑っていたのだ。おれに殺されるなどと思うてもいなかったろう。二人目は……二人目は武士だった。どんな男だったか皆目、思い出せない。そう若くはなかったはずだ。したたかに酔っていた。それだけしか分からぬ。名も顔も気質も身分も何一つ知らぬまま、ただ一刀で切り捨てた。それから後は……。そうだ十五のときだ。初めて人を殺めた。

月が浮かぶ。皓々と地を照らす見事な月だった。夜空に浮かぶ月に見送られて出奔した。

あのときに戻れるのなら……。

あのときに戻れるのなら、惜しむものなど何一つないものを。

あのとき、おりんはまだ生きていた。時を遡り、月下の道に帰ることができたのなら、おりんという娘に決して近づきはしない。橋の上ですれ違っただけの女にする。

戻れるものならば……。

耳元でくぐもった笑い声がした。幻聴だ。清之介の思いが過去に捉われるたびに聞こえてくる声だった。幻聴と分かっているのに、身体が身構えてしまう。耳にするだけで緊張を強いられる。

遠野屋、振ったさいころの目は二度と元には戻せねえよ。足掻くな、足掻くな。どう足掻いたって無駄なこった。

あからさまな揶揄を含んだ声だ。

木暮信次郎か。

どこまで、どう見透かしているのか。なぜ、こうまで執拗に絡んでくるのか。

厄介で生《き》の顔の知れぬ男だった。商人として性別も身分も年齢もさまざまな多くの人間に接してきた。その経験が教える。

人は一人一人、違う顔を持ち、別個の人生を過ごし、異なる気質を有している。その反面、どこか似通ってもいるものだと。芳蔵と伊佐治、赤の他人の二人に同質の身性《みじょう》を感じるように、人と人は重なり合う部分があるものだ。黒と白のごとく相容れなくもあり、紅と朱ほどに肖似《しょうじ》でもある。

信次郎にはそれがなかった。他の誰とも似ていない。他者と重なる部分が微塵もないのだ。いつか、信三があの方は蛇のようだと評したことがある。言いえて妙だ。確かに知性をもった蛇が化身すれば、ああいう姿になるに違いない。

そういう男が何故か足繁く、店に出入りする。出入りして何をするでもない。一杯の茶を飲んだだけで引き上げる。いや、茶を飲みながら、斬りかかる。刀ではなく言葉の切っ先を向けてくる。突きも払いも踏み込みも異様に鋭くて、一撃にたびたび息を詰めてしまう。白刃ならどのように動こうともかわすことはできる。言の葉ではそうはいかなかった。避ける間も身構える隙もない。

信次郎と対していると、全てを見透かされていると感じることがときにあった。

この男、何もかも見通しているのではないか。この胸底にある決意も覚悟も思いも、常に夜しか浮かばない過去の風景も、償いきれない罪業も、みすみす死なせてしまった女房への未練も慚愧《ざんき》も愛着も悔恨も、独りに耐えかねくずおれそうになる脆さも全て見通したうえで、茶をすすっている。

ぞくりと背筋が震えるではないか。自分よりはるか手練の剣士と白刃を交えれば、こういう寒気を覚えるのかもしれない。経験はないが。

毒蛇には近づかぬが得策。しかし、向こうからやってくるとなると、さてどうしたものか。頭を切り落とすわけにも、皮を剝いで干すわけにもいかない。

「正直、わたしには木暮さまのお心が、よく……いえ、まるで計り知れません。金子や付け届けの品をお望みではない。そういう欲はまるでお持ちじゃないですよね。そのくせ、茶の質が悪いの、菓子が安物すぎるだの来られる度に文句ばかりで。どう扱えばいいか途方にくれております」

伊佐治に愚痴るともなく愚痴ったことがある。

「申し訳ねえこって」

伊佐治はいつものように恐縮し、頭を下げた。

「ただ、うちの旦那のことなんざ、わざわざ計り知らなくたってよござんすよ。まともに相手にしてちゃ、遠野屋さんの身が持ちやせんから。そこらあたりの聞き分けのねえガキが騒いでいるとでも見過ごしておいてくだせえ」

「聞き分けのないガキですか」

「ガキにしちゃあちと険があり過ぎやすが」

「ちとどころでは、ございません」

「ちげえねえ。ちとどころの険じゃねえです。でもね、遠野屋さん」

清之介をちらりと見やり、伊佐治は手をぱたぱたと横に振った。

「でもね、どうしてどうして……あれで、なかなかにかわいいとこもござんしてね」

「かわいい……木暮さまがですか？」

「へえ」

伊佐治が真顔で首肯する。つい身を乗り出してしまった。

「親分さんのお言葉ですが、失礼ながら」

「信じられねえでしょ」

「信じられません。いったい、どこが……」

伊佐治は指を立て、舌をぺちゃぺちゃと鳴らした。

「うちの旦那、実は飴に目がねえんで。それで、飴細工売りからもらった飴を……まあ、もらうったって、脅し半分でやすがね。飴を強請《ゆす》るお武家ってのも、いささか困りもんですが」

「はあ……飴をですか」

「その飴をしゃぶりながら平気で大通りを歩いたりしやす。それも、しょっちゅう」

「飴をしゃぶりながら……木暮さまが……」

「しかも、もらうときに、散々注文をつけたりしやしてね。達磨の形がいいの、犬は舐めにくいのと。着流し巻羽織の格好で、ですよ。腰の後ろにゃ朱房《しゅぶさ》を差してまさあ。飴細工売りが呆れて、ぽかりと口を開けてやしたね」

堪らず吹き出していた。抑えようとしても抑えきれない。笑いが零れ落ちる。

「おかしゅうござんしょう」

「はい……それはもう……おかしくて……」

「そうなんで」

腕組みして伊佐治はおもむろに頷いた。

「うちの旦那は、なかなかにおもしれえお方なんで」

「確かに、奥が深うございますな」

さすがに得体が知れないとは言明しない。

「遠野屋さんも」

「え？」

「旦那に負けねえほど。奥行きはありやす」

初老の岡っ引は腕をほどき、にやりと笑った。

何の話をしているのだと、手水《ちょうず》から戻った信次郎が顔をしかめる。

「飴細工は達磨に限るって話でやすよ」

さらりと伊佐治が言うのが、また、おかしい。笑えば何かと絡んでくると承知しているから、込み上げる笑いを必死に嚙み殺していた。

そう奥が深い。そしておもしろい。毒蛇ではあるけれど、いつ羽を生やして飛んでいくのかと見入るようなおもしろさがある。

結局、楽しんでいるのか。

信次郎の執拗さ、歪さ、危うさがおもしろい。毒を潜ませる牙を持ちながら飴を舐める滑稽さが、怜悧さと怜悧さを持て余すあまりの苛立ちがなかなかにおもしろい。心得顔に寄れば手酷く打たれ、そ知らぬ振りをしていれば斬りつけられる。近づくことも遠ざかることも許さぬ他人との程の取り方はあまりに奇異であり、信次郎に出会わなければおそらく一生知らずにいた人の在りようだった。

そう、結局楽しんでいるのだ。

世は広い。未知のものに溢れている。

信次郎や伊佐治と接していると、時折、ふわりと思いが浮かび上がることがあった。おれの知らぬ世界が、思いを超えた者がこの世にはごまんと存在しているのだ。生きていれば、命さえあれば未知の世界に、者に出会うことができる。

思いもかけず、心地よい風を感じる。心が風に乗りさらに浮遊する。浮遊の感覚は未だ知らぬものへの憧憬へと結びつき、快感へと変わる。心地よい風、風に乗る快感。もしかしたら、人はこういうものを希望と呼ぶのかもしれない。それはまだ淡く形さえ朧であったけれど、儚くはない。心底に根を張って明日へと誘う。

そういえば……。

清之介はビードロの簪を持ち上げる。

このビードロも元は海を越えてやってきたものだ。遥か海原の向こうにはまだ見ぬ国がある。異国の人々が生きている。遠く果てなく広がる世界がある。

なあ、おりん。一緒に海を越えてみようか。遠野屋の礎が磐石となったとき、然るべき者に譲り渡すことができたとき、手を取り合ってこの国の外へ漕ぎ出してみようか。そのころには、おれはもうすっかり老いぼれているだろうが、それでも、もう一度、もう一度おれと生き直してくれるか……おりん。

引きずるような足音がした。女の声が女の名を呼んでいる。芳蔵が湯飲みを置いて、声の方に首を伸ばした。

「芳蔵さん」

信三が腰を浮かせる。

「店の方で番頭さんにも引き合わせますので。どうぞ。細かい約束事はその後で」

「へい」

「旦那さま、大谷さまへお納めする品はわたしめが運びます。ごいっしょさせて下さい」

「分かった。あと半刻もすれば出かける。品揃えを確かめておいておくれ」

「はい。では、芳蔵さん、行きましょう」

芳蔵を急かし、その背を押すようにして信三が出て行く。ほぼ同時に隣の座敷を隔ててい
た襖が開いた。

「清さん」

絣入り縞の単《ひとえ》を着たおしのが入ってくる。

「おっかさん。どうしました？」

「おりんがいないんだよ」

おしのは乱れた鬢《びん》の毛を撫でつけ、眼差しをそこここに迷わせる。

「ずっと捜しているのに、おりんがいないんだけど。清さん……あの娘《こ》、どこに行っちゃっ
たのか……どこぞで道に迷っているんじゃないのかねえ。ねえ清さん、迎えに行ってやらな
くても、だいじょうぶだろうかね。もうすぐ日が暮れてしまうのに……」

「おりんは……当分帰ってきませんよ」

「帰ってこない。なぜ？　ねえ、なぜ？」

「おっかさん……」

「いつ帰ってくるのかねえ。どうしよう、清さん。どうしたら、おりんは帰ってくるの」

おしのは崩れるようにしゃがみこみ、清之介の膝を揺すった。

「早く、早く帰るように伝えておくれな」

「おっかさん、もうすぐだから。もうちょっと我慢してください」

「もうすぐって、いつのこと？　いつまで、待てばいいんだい？」

「それは……」

「桜は散った。牡丹も咲いた。いくら待っても、おりんは帰ってこないじゃないか」

いやいやとおしのが、かぶりを振った。だだをこねる子どもの仕草だ。

「早く帰ってこないと、日が暮れちまう。真っ暗になってしまうじゃないか。清さん、怖いんだよ。日が暮れるまでに戻らないと、あの娘に悪いことが起きそうで怖いんだよ。胸騒ぎがして、ならないんだよ」

「悪いことが……」

「胸騒ぎだよ。あの娘がこのまま帰ってこないような気がして……どうしよう。どうしよう。ねえ清さん、後生だからあの娘を迎えに行っておくれな。連れて帰っておくれな。清さん、この通り、後生だから……」

おしのの目から涙が零れる。拝むように手を合わせる。いつもこうだった。夕刻が近づくころ、おしのは乱れる。それまでは、部屋から出ようともせず魂のない人形かと疑うほど動かずにいるのに、光が赤みを帯び始めるころ、娘を捜して彷徨《さまよ》うのだ。おりんを失ってから、ずっと彷徨っている。堪らなかった。己の罪の深さをこれでもかと突きつけられる。

おしのはひたすら手を合わせ、懇願するのだ。

清さん、お願い。

清さん、後生だから。

清さん、おりんを連れて帰っておくれよ。

おまえが殺したのだと詰られた方がましだった。声を限りに誹《そし》られる方がまだ耐えられる。

おしのに縋られるたびに、きりきりと臓腑が痛んだ。骨がきしんだ。肌が粟立った。業火に炙られているようにも、万力で締め付けられるようにも感じる。泥犁《ないり》の底を這いずるように生きたとしても償いきれない。どのようにも償いきれない。

人を殺めるとはこういうことなのだ。

「おっかさん、ほら」

清之介はおしのの髷にビードロの簪を挿した。

「よく似合いますよ」

「これは……」

「おりんからの音物《いんもつ》です」

「あたしに……おりんから？」

おしのの手が簪を抜く。色の無い唇が横に広がった。

「まあ、きれいだこと。でも、あたしには少し派手じゃないかしらね。こんなに白髪があるんだもの」

「そんなことないですよ。おみつに髪を梳《す》いてもらうといい。この簪、おっかさんの髪によく映えます」

おしのが首を傾げる。その横顔がおりんに重なる。目元と頬から顎にかけての線がそっくりだった。

ああ、この人がおりんを産んでくれたのだ。改めて思う。

おりんと所帯を持って、清之介は生まれて初めて母と呼べる人を得た。先代が没し、おりんがいなくなった今。

もうこの人しか残っていない。

おしのの指を軽く握ってみる。

遠野屋とともにこの人の生涯を守りぬかなければならない。おれにはもう、この人しかいないのだ。

「女将さん」

女中頭のおみつが襖の陰から顔をのぞかせた。ほっと息を吐く。

「ここでしたか。お部屋にいないから心配しましたよ」

「おみつ。ほら、これ」

「おやまあ。きれいですねえ」

「おりんがくれたんだよ」

おみつは笑顔になり、へえへえと何度も頷いた。

「おじょうさまがねえ。そうでしょう。おじょうさまは、親思いの優しい方ですからね。じゃあ、おみつが髪を直してさしあげましょう。もう少し涼しくなったら簪をつけて、ちょっと庭でも歩きましょうよ、女将さん」

促され、素直におしのが立ち上がる。

「でもあの娘、いつになったら帰ってくるんだろうね」

「もうすぐ、もうすぐ。便りの無いのは達者の証《あかし》ってね」

簪を両手で包み込み、おしのが部屋から出て行く。

「おみつ」

女中頭の背に声をかける。おみつが振り向き、膝を折った。

「すまないね」

「すまないなんて……旦那さま、そんなことおっしゃらないでください。おみつは女将さんの世話が生きがいだと思ってます」

下唇を噛んでしばらく黙り、おみつはすっと膝をすすめた。

「旦那さま……女将さん、少し分かってきているんじゃないでしょうか」

「分かってきてるとは？」

「おじょうさまがお亡くなりになったこと、少しずつ分かってきている……そんな気がするんですよ。この前も、ぼんやり外を見てらして、もう帰ってこないんだろうねなんて……おっしゃってました……女将さん、だんだん分かってきて……」

おみつが袂で涙を拭う。

「そうか」

もしおしのが正気に戻るとすれば、それはめでたいことなのだろうか。おしのが全てを受け入れて、懇願することも縋って泣くことも無くなれば楽にはなる。けれど、おしのは、生身を切り裂かれるより辛い現《うつつ》を甘受しなければならないではないか。いっそ、今のままで、現が霞んでいる今のままで生涯を終える方が幸せなのでは……。

おしのをこれ以上、苦しめるわけにはいかない。全力で守り通したい。しかし、そのためにはどうすればいいか。清之介には皆目、見当がつかなかった。剣の腕も商人の才覚もまるで役に立たない。

腕組みをし、目を閉じる。

話を聞いてもらおうか。

伊佐治の顔が眼裏に浮かんできた。あの老獪ではあるが、温厚実直な親分に話なりと聞いてもらおうか。

瞼を上げる。

ずいぶんと弱くなったものだな。

そう思い、苦笑がもれた。他人にいとも容易く頼ろうとしている自分を笑ってみる。

弱えほうが、ようござんすよ。

伊佐治が傍らで囁いたような気がした。

強がってみたって、いいことなんてありゃあしません。あっしはね、強え人間ってやつが、どうにも信用できねえんで。弱くて、情けなくて、自分にすぐ負けそうになっちまって、ぐずぐず足掻いている。そんなやつの方がいざとなったら信じられる気がしやす。遠野屋さん……、あっしも遠野屋さんも弱くていいじゃねえですか。

遠く蟬の声が聞こえた。つられて、視線を外へと向ける。

夏の庭は、夕焼けに薄紅く染まろうとしていた。

武家屋敷の続く道は薄闇に包まれ、すでに人通りは絶えていた。塀に沿って植えられた松の大樹が風に、僅かな葉摺れの音をたてている。しかし空はまだ暮れきってはおらず、この刻特有の多彩な青に彩られていた。藍、群青、濃紺、茄子紺。束の間眼をそらした間に、空は刻々と色を変え、光を失い、やがて星の光を宿す黒となる。

闇が深くなれば音が響く。松の葉音と自分たちの足音が、塀に跳ね返り昼間の倍も大きく聞こえてくる。

その音々を遮るように、信三が弾んだ声を出した。

「旦那さま、大谷さまが品を全て気に入ってくださって、ようございました」

「そうだな。大谷さまのお眼鏡にかなうよう、品は選んだつもりだったが……一つ残らずお買い上げいただけるとは、正直、わたしも思っていなかった。ありがたいことだ」

はいと信三は答え、そのまま口をつぐんだ。風音が一際大きくなる。

「どうすれば、よろしいでしょう」

「なんだって？」

「あ……はい、あの、どうすれば旦那さまのように、お客さまのお好みやお眼鏡にかなう品を選ぶことができるようになるのかと思いまして」

どうすれば、よろしいでしょう。

この手代が聞きたいことは商いの術ではあるまい。失ったものを求めて疼く心をどうすればよいかと問わず語りに呟いてしまった。

「信三」

「はい」

「夜は、眠ることができるか」

「夜……でございますか。それは……」

「眠れないか」

「はい。あまり」

「食事はちゃんと取っているね」

「はい。それは、ちゃんと」

空箱を背負い、信三が薄闇の中で笑う。白い歯が仄かに浮かんだ。

「どうした？」

「いえ、この前、おみつさんとおくみちゃんが二人がかりで、食べろ食べろと飯を盛ってくれまして。番頭さんまで、『特別におれより先に食べていいぞ』と……」

「喜之助が？」

そうか、あれもそういう心遣いをするようになったかと、清之介は一人、頷いた。喜之助は遠野屋がまだ小さな小間物屋に過ぎなかった昔から、先代に仕えてきた奉公人だ。妻子を持たず、主家に住み込んだまま歳をとった俗に白鼠と呼ばれる古参番頭だった。

あれは、先代からの子飼いの番頭じゃねえのか。遠野屋の身代に割って入ってきた二代目を快くは思ってねえ顔つきだったぜ。

信次郎にそう看破されたとおり、最初、喜之助はことごとく若い主のやり方に異を唱えてきた。足を引っ張り、溝を掘り、壁を作る。それがこのところ、おとなしい。四六時中、仏頂面で帳場に座ってはいるけれど、清之介のやることに口を挟むことは、ほとんど無くなった。遠野屋の身代が肥えた分奉公人の数を増やさなければならない。いずれ信三を二番番頭にあげ、喜之助を筆頭番頭とする。喜之助の思う通りに働けるところまで働いたら、後は遠野屋が責任をもって恙《つつが》無《な》い隠居生活を約束するつもりだ。

そう伝えてあった。喜之助は納得し、満足したようだ。老いていく先の憂いが一先《ひとま》ず無くなったことで、余裕ができた。その余裕が、他者への気遣いとなる。良い兆候だった。喜之助から棘が抜ければ、遠野屋を内側から突く者はいなくなるのだ。

清之介は腕組みし、頬を赤らめた。信三の身を案じているつもりが、いつの間にか店の差配のことを考えていた己に赤面する。生身の人間のことより商いの利を先んじさせてしまう。商人としてはともかく、人としては恥じねばなるまい。生身の人間に思い至ってこそ、商いは成り立つのだと、先代から教え込まれたではないか。そして、遠い昔、遠い故郷の川辺で兄に言われた。

清、人は人だ。人が人そのもので計られる世が、いつか来る。

武士も町人も女も男も、人は人だ。忘れるな。義父の遺言と実兄の言葉。共に深く刻み込まれている。人は人、鬼でも蛇でも神でも仏でもない。ならば、僅かでも人の道に外れることを恥じよう。恥じながら一日でも長く生きてみよう。

おっかさんを看取り、遠野屋を育て、いつかおまえと二人、海原へ漕ぎ出す……おりん、それでいいか。おれは、そうやって生き続けても構わないか。

生涯でただ一人の女に語りかけてみる。これからもこうして、日々の折々に、時の節々におりんに語りかけ、声を聞こうとするのだろう。

生涯でただ一人の女に、おれは巡り逢えたのだな。

空を仰ぐ。その空の中ほど、藍を流したあたりに星が一つ、瞬いている。身体を包む風は松と土と夜の匂いがした。

「旦那さま、ご心配をかけまして……。あの、おいとちゃんのことでは……」

「信三。しっかり食って、しっかり寝る。そしてしっかり働くんだ。それしかない」

「あ……はい」

「おまえは商いに向いている。わたしはそう思うよ」

信三が短く息を吸う。声に力が戻った。

「ほんとで、ほんとでございますか」

「おまえに嘘などついてどうする」

「ありがとうございます」

「礼を言われるようなことじゃない。思ったことを口にしたまでだ」

そのとおりだ。日頃、思っていたことがふっと口をついた。

信三は商いに向いている。このままいけば、ひとかどの商人になるのは間違いあるまい。

本物の、いい商人になれ。

胸の内に呟く。それは先代の遠野屋から清之介に向けての呟きでもあった。

清之介さん、本物の、いい商人におなりなさいよ。

息を引き取る間際の一言だった。死病に罹りやせ衰えながら、先代の眼は穏やかに凪いでいた。口元には笑みさえ浮かんでいた。

清之介さん、本物の、いい商人におなりなさいよ。

おまえさんなら、きっと……なれる。だから、遠野屋を……おりんとおしのを……頼むよ。

義父の遺言だ。手を握り、必ず守ると誓った。その誓いに背いた。おりんを守りきれず、おしのを傷つけ……。

顔を上げ、大きく息を吸う。

だからこそ、本物のいい商人になる。おりんがおれを天職へと導いてくれたのだ。

先代に手ほどきされ、踏み出した商いの道は清之介を夢中にさせた。それまで生きてきた世界とはまるで異質のものがここにある。

品を仕入れ、売る。それだけのことが目も眩む異世界だと感じる。剣のかわりに、筆や算盤を握る。白刃を振るうかわりに、頭を下げ、人とやりとりする。斬るかわりに言葉を交わす。一太刀で断ち切るわけにはいかない人との関係や煩雑な仕事を苦労と感じたことはなかった。日々の暮らしのどこにも血の臭いはせず、忙しいけれど平穏な時が移ろっていくだけだ。

そういえばあれはいつのことだったか。思い出せば笑みがこぼれる。

「旦那さま？　何か？」

「いや、信三、あれはいつのことだったかな。おまえが田の子屋に泣かされたのは」

「あ……いや、あれは……」

やはり夏だった。激しい驟雨《しゅうう》の後、雲が足早に流れる夏空に淡い虹がかかったのを覚えている。

外回りから帰ると信三が目を赤くして、店の奥で肩を震わせていた。他の手代やおくみが懸命になだめている。信三は蒔絵職人の田の子屋に今日が納期の品を受け取りにいっていたはずだ。聞けば、その田の子屋に犬畜生のごとく追い払われたらしい。田の子屋は、腕は申し分のない一級の職人なのだが、ときに常軌を逸する行いに出る。その日も注文の文箱をできあがっているにもかかわらず渡そうとしない。出来が気に食わない、やり直すと言うのだ。信三からすれば、見事に完成した品としか見えず、これで充分、いただいて帰りますよと頷いた瞬間、横っ面を張り飛ばされた。おめえみたいな小僧に何が分かる。その目ん玉は節穴かと罵倒され、目の前で文箱を踏み壊されたのだ。あまりの仕打ちと品を持ち帰れなかった悔しさに、信三は号泣していたのだ。

あのとき、身体の力が抜け、ふわりと浮き立つような幸福感を味わった。文箱一つに真剣に拘る職人がいて、文箱一つに泣き崩れる商人がいる。何という安らかで、まっとうな風景だろう。信三の涙声も、おくみの慰めも、表から伝わってくる賑わいも、全て言祝《ことほ》ぎの詞のように聞こえたものだ。

「お互いに、まだまだ精進しなければな、信三」

主の顔にもどる。信三は深く頷いた。

「旦那さま。わたしの父親は、その日暮らしの棒手振《ぼてふ》りでした。大酒飲みで、しょっちゅう酔うておりました。顔は酒焼けして、目は濁り、道端で眠りこけることもしょっちゅうで……わたしは、そんな父親が恥ずかしくてたまりませんでした」

「ああ……」

「でも、父親が死んだとき行李《こうり》から、紐に通した小銭が出てきたんです。わたしのために貯めた銭です」

「おまえが一人前の商人になったときのためにと、こつこつ蓄えてくれていたわけか」

「はい。わたしがいっぱしの商人になる。それが、父親の夢だったのだと、後におふくろから聞きました」

「そうか。そうだろうな」

「旦那さま、わたしは遠野屋で、先代と旦那さまから商いのイロハを教わりました。品の売り方、仕入れ方だけでなくお客さまとどう接するか、商いをどう愛しんでいくか、教えていただきました。わたしは……わたしは、旦那さまのような商人になりとうございます。そうしたら、どれだけ父親が喜ぶか」

「信三。おまえは、わたしを買い被りすぎている。わたしはおまえが思っているような人間じゃないよ。お互い精進しなければと言ったろう。わたしもおまえもこれからなんだよ。第一、おまえが遠野屋に奉公したとき、わたしはまだ、店とは何の縁もなかった。商人でさえなかったんだ。商いを覚えたのはおまえの方がずっと先だ。歳だってそうかわりはしない。そんなに大層に言うほどのことじゃないだろう」

「年月のことではありません。口幅ったいようですが、旦那さまには天賦の才がおありです。わたしは、旦那さまに会えてはっきりと目当てを持てました。旦那さまのような商人になりたい。いえ、なるつもりでおります」

「分かった、分かった。そう向きにならなくてもいい」

こうまで一途に慕われるとかえって面映《おもはゆ》い。この一途な手代がおれの全てを知ったとしたら、どんな顔をするだろう。

ふと思い、清之介は密かに笑った。

おやおや、やけに皮肉なことを考えているじゃないか。少し木暮さまに毒されたのかもしれない。

「おまえは、小さい頃から商人になるつもりだったのか?」

話題を変えたくて、それとなく尋ねてみる。

「はい。昔から商いの真似ごとなどが好きな子どもでした。相撲よりかくれんぼより好きでした。隣の家が薄商いの行商人で端物を売り歩いていたので、わたしも手伝って長屋の人たちに小裂《こぎれ》を売ったりしてましまして。まだ五、六歳の頃です」

「それはまた、ませた子どもだな」

「あ？」

信三が息を詰めた。足が止まる。

「旦那さま……」

「どうした？」

「あの……変なことを思い出しまして。いえ、きっと思い違いなのですが……おいとちゃんのことで……」

「おいとさん？　おいとさんが何か？」

「はい。あの……その小裂売りの家ってのが、おいとちゃんの家でして……そうお隣だったんです。でも、でも、あの頃……」

信三が言いよどむ。

清之介はその顔を見下ろしていた。闇が濃くなっていく。しかし眼を凝らすまでもなく、信三の案じ顔を捉えることはできる。闇の中で鍛えられた視力はまだ衰えていない。

「信三、落ち着いて思い出すんだ。おまえ、とても大切なことを」

ずくり。

背中に気配が刺さる。

これは……殺気だ。

振り向く。塀に囲まれた道には、犬一匹通っていない。

「旦那さま、あの、小裂売りには」

「しっ」

「は？」

「信三、荷物を降ろせ」

「はい？」

「荷物を降ろして、走るんだ」

「旦那さま、何のことで？」

「いいから、今来た道を灯りのあるところまで走れ」

一人、二人、三人、四人……前は塞がれている。

気づくのが遅すぎた。何という不覚。

「旦那さま」

「早く、走れ」

「嫌です」

「なに？」

「何事か存じませんが、旦那さまを置いてなどいけません」

「行け。おまえがいると、かえって足手まといになる」

忠誠心とやらも時として足枷となるものだ。清之介は羽織の紐を解いた。

目の先の闇が揺れる。松の樹の陰から人影が現れた。信三の背から空荷の箱が滑り落ちる。

「走れ、早く」

信三を突き飛ばす。この先を走れば尾上町だと気がついた。

「走って、人を呼ぶんだ。尾上の親分さんに知らせろ」

「あっ、はい」

信三が走り出す。影が一つするりと動いた。足音も立てず動く。

闇に白刃が鈍く浮いた。

第四章　男

小料理屋『梅屋』の奥で伊佐治は珍しく魚を捌いていた。もともとは料理人だ。一膳飯屋の娘だったおふじと所帯をもってから、もう三十年近くになる。その年月の大半を、包丁を握り、菜を刻み、魚を捌いて暮らしてきた。もっとも、右衛門と知り合い、ひょんなことから手札を預かる身になってからの十余年は小料理屋の主人として板場にいるときより、岡っ引として市井《しせい》のあちこちを走り回っている時間の方が長いかもしれない。かもしれないなどと口にすれば、おふじに、

「なにが、かもしれないだよ。長いに決まってるじゃないか。人が死んだの、殺されたの、揉め事が起こったの、治まったのと日がな一日走り回っているくせに」

と、鼻の先で笑われてしまうだろう。かといって、おふじは亭主を責めているわけでも亭主に怒っているわけでもない。むしろ、「尾上町の親分さん」として余人から掛け値なしに頼りにされている伊佐治を誇りに思ってるふしさえある。

「所帯をもったときから、この人は板場でおとなしく包丁を握っていられるような人じゃないってね、薄々分かってはいたんだよ。分かったうえで、いっしょになるって決めたんだから、いまさら四の五の言ったっておっつきゃしないよ。おとっつぁんには、今の生き方が一番、性に合っているんだろうよ」

おっかさんがそう言っていたぜと、息子の太助が苦笑交じりに語ったことがある。なんでえ、おれの苦労もしらねえで。あの旦那の岡っ引を務めることが、どのくれえ難儀か教えてやりてえぜ、まったく。と、わざとらしい舌打ちをしたものの、内心のさらに奥では女房に手を合わせていた。よくもそこまで見極めてくれたと、心底ありがたかったのだ。信次郎といると気骨が折れる。それは確かだ。何を考えているか、何も考えていないのか、どう動くのか、なぜ動かないのか見当がつかないことはしょっちゅうで、いったいどういうお人なのだ、まっとうな性根ってやつをどこに置き忘れてきたんだと呆れ惑うことはさらにしょっちゅうで、時に呆れ過ぎ、惑い過ぎてこめかみの辺りが鈍く痛んだりもするのだ。

信次郎は共にいて楽しい相手ではない。尊敬する気持ちはもとより、太助と同い年の若い同心を支えてやろう、助けてやろうという庇護の思いも失せて久しい。それでも岡っ引として市塵の中を奔走しているのは、やはり、おふじの読みのとおり、性に合っているからだ。そうとしか思えない。

人ってのは、おもしれえ。

齢五十に手の届くようになった今、伊佐治はしみじみと思うのだ。鬼より怖ろしく、蛇よりおぞましく、物の怪より剣呑だ。そのくせ、健気で温かく純で、神々しくさえある。

わたしにとって、おりんは、弥勒《みろく》でございました。

弥勒……。

そういう女でございましたよ。

遠野屋と交わした短い会話を思い出す。人という生き物に心を馳せる度に、浮かんでくる言葉だった。

弥勒にも夜叉にも、鬼にも仏にもなれるのが人なのだ。身の内に弥勒を育み、夜叉を飼う。鬼を潜ませ、仏を住まわせる。

ああ、おもしれえ。ぞくぞく背中が震えるじゃねえか。

小料理屋の板場にいては、決して見ることのできない、触れることのできない多くの人の本性を岡っ引としてなら垣間見ることも、触接することもできる。

板場より市塵の方が何倍も性に合っている亭主の正体を見極め、寛容してくれているおふじがありがたくもあり、愛しくもあった。もっとも、おふじの寛容は息子の太助によるところが大きい。かなり大きい。伊佐治は太助のような息子を授かったことを、神にも仏にも心ひそかに感謝していた。

太助は十にもならない子どもの頃から、包丁を握っていた。いずれ、料理人になるのだからと伊佐治が自分の隣で菜を刻ませ、魚を捌かせていたのだ。遊びたい盛りにもかかわらず、太助は父親の傍らにぴたりとくっつき、食い入るように伊佐治の手元を見つめていた。本当に食い込むような眼差しだった。

「おめえ、そんなに見つめていると、目ん玉が落っこちちまうぞ」

とからかっても、太助はにやりともせず、ただひたすら見つめている。おふじに似た福相で、丸顔、垂れ目の、どちらかというと実年齢より幼く見える顔つきが板場にいるときは、きりきりと引き締まり年齢不詳となる。それは怖いほどの目つきであり、変わり様だった。さっきまでの太助が確かに持っていた子どもとしてのあどけなさや柔らかさはきれいに払拭されている。

こいつは……。

伊佐治は息を呑み、まじまじと息子を見返してしまう。

こいつ、いつかはおれなんかより、ずっとましな料理人になるんだろうな。

その「いつか」は意外に早く、十二の声を聞く頃には、太助はいっぱしの包丁使いになって腰の落ち着かない父親の穴を十二分すぎるほど埋めるまでに成長していた。そして、数年間浅草にある料理茶屋に奉公し帰ってきたとき、伊佐治など、もう足元にも及ばない料理人になっていたのだ。奉公先である老舗の料理茶屋からも、いずれは台所を統べる料理人として抱えるからと残留を幾度も促されはしたのに、太助はそれを固辞し、小料理屋『梅屋』に戻ってきた。

「おまえね、いいんだよ。おとっつぁんもおっかさんも、おまえに『梅屋』を継いでもらおうなんて、これっぽっちも思ってないんだから。継ぐも継がないも、それほど大層な店じゃないし。おまえの将来のためなら、浅草に残った方がずっといいんじゃないのかい。いや、いいに決まってる。せっかく残れと惜しんでくださってるんだ。あっちにお残りよ」

おふじが諭しても、太助は首を縦には振らなかった。一国《いっこく》なのは父親譲りらしい。それでも、おふじは翻意を促し続けた。亭主には寛容でたいていのことをさらりと受け止めるおふじが、息子に対するとたん狭量で執拗になる。これもまた、人のおもしろいところなのだが、家内の問題となるとおもしろがってばかりもいられない。

「おれは、もう決めたんだ。決めて『梅屋』に戻ってきたんだから」

憮然とした表情で太助が答える。

「だって、浅草に比べたらうちなんて、ほんと大層な店じゃないし……」

「大層な店にするんだよ」

「は?」

「おれ……『梅屋』を大層な店にしたくて戻ってきたんだ」

「そんな、おまえ大層な店って言ったって、店構えを変えるようなお金、うちにはないよ」

「そういう意味じゃねえよ、おっかさん」

太助が苦笑いする。伊佐治はおふじと太助のやりとりを黙ったまま傍で見ていた。

いい面構えになったじゃねえか。

そう思う。いい面構えになった。芯の一本通った男の面だ。

「豪勢でなくってもよ、美味くて安くてって……そういうとこで大層な店にするんだ。あっ、今までがそうじゃなかったって言ってるわけじゃねえよ。けど、もっと料理の品数を増やして、銭のねえ……おれやおとっつぁんやおっかさんみてえな連中が、それでも楽しみに暖簾をくぐれるような店にしてえんだ。あっちは……浅草はよ、確かにすげえ店だけど、なんて言うか、やっぱり銭のある人たちの店で……そういう人ってのは、どこでも美味えものが食えるし、金にあかして他の楽しみだってできるわけで、だけどよ『梅屋』の客じゃそうはいかねえだろう。だから、おれ……一膳飯屋でもいいんだ。蕎麦と同じ銭で、おつけと飯と一品食わせる。そんな店でいいんだ。けど、そのおつけや飯や一品が唸るほど美味えって……そんな店にしてえんだよ」

さして口上手ではない太助がつかえ、つかえ、それでも最後まで言い切ったとき、大きく息を吐き出したのは、しゃべった太助ではなくて聴いていたおふじだった。息を吐き出し、おふじは伊佐治に顔を向けた。

「いいじゃあねえか」

伊佐治は立ち上がる。信次郎から調べごとを一つ、二つ、命じられていた。手下の源蔵にそれを伝えねばならない。

「そこまで言うのなら、好きなようにしな」

「けど、あんた」

「ぐだぐだ言うな」

おふじが顎を引く。二重になった顎の線がふるりと揺れた。

「こいつが、ここまで考えて決めたこった。つべこべ言わねえで好きにさせてやれ。こいつは、まっとうなことを言ってるぜ。金の亡者になって、ほいほい金の匂いになびくより、よっぽどまっとうじゃねえか」

「なにが、まっとうかまっとうでないか」

おふじが指で襟をしごく。

「蓋を開けてみなきゃ、分からないよ。まっいいさ。あたしだって別に、『梅屋』を潰したいわけじゃないからね。さてと、太助」

「うん？」

「さっき金が無いって言ったの、あれ嘘だからね」

「は？」

「おまえが本気で『梅屋』を継ぐつもりなら、店をもう少し大きくするぐらいの金は貯めてるんだよ」

「は？」

おふじは腰をあげ、茶簞笥の奥から袱紗《ふくさ》包を取り出し、太助の前に置いた。ずしりと重い音がする。

「好きにお使いな」

「おふじ、おめえ、いつの間にこんな金を……」

「太助が生まれたときからだよ。いつか、この子が一人立ちするときにって、こつこつ蓄えてたのさ」

伊佐治は文字通り口をあんぐりと開けてしまった。太助も似たような顔つきになっている。こんな金が在るなどとおふじは一度も口にしなかったし、伊佐治は気づきもしなかった。

まったく、女ってやつは……。

どうにか口を閉じると、顎の周りを意味も無く撫でさすってみた。呆れてしまう。顎の関節がぎしぎしと音をたてているようだ。

女ってやつは、化け物だな、まったく。さっきまで、あれほど反対していたくせに、太助を産んだときから今日の日が来るのをちゃんと見通しておりましたって、わけかい。化け物だ。でなきゃ……うん、やっぱり化け物だ。男が敵うわけがねえや。

太助が手をつき、深々と頭を下げた。

「ありがたく、お借りします」

「なにを他人行儀なこと言ってんだよ。親じゃないか。おまえの役に立てるなら、これ以上の使い途はないんだからね」

「おっかさん」

太助の目が潤む。頰が紅潮する。

なんだぁ、こいつもまだまだ若ぇな。女が化け物だってことを知らねえんだ。

艶さえ含んで微笑む女房と落涙を堪えている息子を見下ろしながら、伊佐治は我知らずため息をついていた。

その金と自分なりに蓄えていた金を足して、太助は『梅屋』を土間と上げ床の席のある作りに変えた。それでも一膳飯屋をやや上等にしただけの小料理屋にはちがいないが、小奇麗で安価で何より汁も煮付けも飯も文句無く美味いと評判になり、飯時には列ができるほどになっていた。

「親分はどうにも食えねえが、太助の料理なら幾らでも馳走になるぜ」と、あの信次郎でさえ半ば本気で称賛するほどの太助の腕のおかげで、評判は堕ちもせず、翌年の暮れには橘町の茶飯屋の娘おけいを嫁に迎えた。気働きのできる実に良く働く嫁で、おふじとの間に些細な確執も無いようだ。実の母娘のようにきゃらきゃらと賑やかに笑い合っている。もっとも化け物同士のこと、男には計り知れない暗面での闘諍《とうじょう》がないとは言いきれないが。それはそれとして、来年あたりには、初孫の顔が見られるかもしれない。

順風に帆をあげると豪語するには、あまりにささやかではあるけれど、『梅屋』の住人が明日をさほど憂うことなく暮らしているのは事実で、明日を憂うことのない日々がどれほど貴重か知りすぎるほどに知っている伊佐治としては、自分の手にしている幸福の度量に充分満足をしていた。

人の明日ほど危ういものはない。命も日々の暮らしも人の繋がりも明日には露と消え失せることもあるのだ。お大尽や高位の武士ならともかく、伊佐治たちのように市井に生まれ、市井に死んでいく者はみな危うい明日を見据えて生きている。ほんのちょっとした躓《つまず》きで、手にしていたもの全てが失せていく。指の間から零れ落ちる砂のように、僅かな痕跡だけを残して消えていく。

伊佐治は父親の死でそのことを嫌というほど味わった。料理茶屋を営んでいた父親が流行り風邪を背負い込み、ほんの一月足らず寝込んだだけであっけなく逝ったとたん、それまでの満ち足りた暮らしが一変したのだ。借金取りに追われ、路頭に迷い、ひもじさと寒さにこのまま死ぬのかと冬空を見上げる日々に落ちてしまったのだ。

あの頃のことを思い出す度に、身体の真ん中を雪交じりの風が吹き抜ける。寒くて、辛くて、心細い。憂惧と絶望に押し潰されそうだった。

明日は危うい。奈落に落ちる穴はどこにでも開いている。自分たちの運命などいとも簡単に捻じ曲げられ、折れ、砕かれてしまう。だからこそ、今手にしている幸福を愛しまねばならないのだ。掌中の珠として守らなければならない。誰よりも分かっている。分かっているのだ。

おれは今、幸せなのだ。よくここまで来た。幸せだと心底から思えるところまで、よく来られたものだ。

自分に言い聞かせ、自分が納得し、自分を褒《ほ》める。しみじみと褒める。しみじみと……それなのに、『梅屋』だけでは満たされない。女房がいて、息子がいて、嫁がいて、身の丈にあった暮らしがある。これ以上なにを望むのだと己の声を聞く。分かっているのに、誰よりも分かっているのに、満足できない。うずうずと心の一隅が蠢き、疼き、『梅屋』にはない何かを捜し求めるのだ。その蠕動《ぜんどう》や疼痛に煽られるように伊佐治は『梅屋』の板場を抜け出し、死体や揉め事やさまざまな人間のひしめく巷に足を運ぶ。

性《さが》さ、親分。

そう看破された。

昔のことだ。季節はたぶん今よりやや長けていたと思う。秋の兆しを含んだ日差しが、くまなく通りに降り注ぐ昼下がり、街中を歩きながら信次郎が欠伸《あくび》をもらし、目尻を指で拭いた。

「つまらねえな、親分」

「へ？　つまらねえって？」

「退屈じゃねえか」

退屈だとの一言は、信次郎の口癖だった。信次郎はいつも退屈しているのだ。それは居然《きよぜん》として時をすごす楽隠居が暇を持て余し、つい口にする言馴《ことな》れとはまるで異質のもの、もっと冥《くら》い、もっと粘度のある一言だった。耳にするたびにどろりと粘りつく冥みが伊佐治の内へも入り込んでくる気がする。それで、少し慌てて早口に問うてみるのだ。

「退屈って、旦那は退屈してなさるんで？」

「堪んねえほど、退屈してる。やってらんねえぜ」

柄にたらりと手首をかけて、信次郎はさも憂鬱そうに一つ、息を吐き出した。

「なんで、誰も死なねえのかな」

「へ？」

「誰か、おもしれえ死に方をしてくれりゃ、少しは無聊《ぶりょう》も慰められるってもんさ。なっ」

「なっ、じゃありやせんよ。まったく、もうちょっと自分のお役目ってのを考えて物を言ってくだせえ。旦那が死人を望んでどうしやす。町中が安泰ってのは、何よりじゃねえですか」

信次郎が振り向く。口元にどこか歪《いびつ》でそのくせ妙に冴え冴えとした薄笑いが浮かんでいた。独特の笑いだ。

「親分、ほんとにそう思ってるのか？」

伊佐治は顎を引き、半歩、後ろに下がる。信次郎の笑みは危ないのだ。剣呑極まりない。この若者は相手に親愛の情を示すために、相手を和らげ包み込むために決して、微笑んだりはしない。その笑みはいつだって、鋭利な刃先となってこちらを突き、ときに抉る。だから、微笑みかけられる度に伊佐治は構え、気持ちを張りつめるのだ。

「あたりまえじゃねえですか。安泰が一番。そうに決まって……」

信次郎の笑みがさらに広がる。一見、優しげな顔つきともとれる。

「嘘つきだな、親分」

「嘘つき？　あっしがですか？」

「そうだよ、大嘘つきだ」

「旦那、憚りながらあっしは嘘と借金と昼間の酒ができれえなんで。そんなこたぁ旦那だって先刻、ご存知でしょう。え？　いつ、あっしが嘘なんてつきやした？」

「たった今だよ。安泰が一番なんて思ってもねえことを口にしたじゃねえか。嘘じゃなければ建前ってやつか？　似たようなもんだがな。なぁ親分、おれにまで建前話なんかしなくていいんだぜ。そんなものは、退屈の上に退屈を重ねるだけだからよ。どうせしゃべるんなら、親分の」

信次郎は真正面に向き直り、伊佐治の胸に指を差した。

「そこんとこにある本音を聞かせてもらいてえもんだ」

「本音って……」

「親分だって退屈してんだろ？　まっ尾上町の親分は人品卑しからざるお人だからよ、死人が出ろとまでは望んじゃねえだろうが。けどよ、人と人とが絡み合うおもしれえ事件を待ってるんじゃねえのかい？　喉から手が出るほどにな。そうだろ、親分。凪いだみてえな安穏な日々にうんざりしてるんだろ？」

「旦那……あっしは」

「性さ、親分。おれもあんたもな」

伊佐治が言い返す間もなく、信次郎が笑みを消し背を向ける。再び欠伸をもらし歩き出す。

立ち止まったまま伊佐治は遠ざかる背中を見つめていた。いつの間にかこぶしを握っていた。

爪が手のひらに食い込むほど固く握りこんでいた。

図星だ。あのとき、伊佐治もまた退屈していたのだ。とろとろと過ぎていくばかりの刻に倦んでいた。

人と人とが絡み合うおもしれえ事件。

確かにそれを待っていた。退屈な日々や穏やかな日常や常識や常軌をばりばりと食い千切り、食い破り、人の被った皮を剝がす。そんなおもしろい事件を食いたいと、心は餓えていた。

性さ、親分。

冗談じゃねえよ。おれはあんたとは違うんだ。あんたみてえに、外れ者じゃねえ。おれはまっとうな生き方を……。

性さ、親分。

おれもあんたもな。

信次郎の眼つきや含み笑いを感じながら、伊佐治は秋の兆しを含む光の中に立ち尽くしていたのだ。秋、あれは何年前の秋のことだったろう。

そういえば……。

ふっと思いが過《よ》ぎった。このところ、とんと旦那の口癖を聞いていねえな。

ああ、退屈だと独り言つことが無くなった。そうだな、確かに聞かなくなって久しい。いつからだ？　この事件のせいではない。もっと以前から、冥い欠伸をもらすことが無くなった。

遠野屋か。

いつも僅かに目を伏せて座す商人の横顔が浮かぶ。

ああいう男といると、退屈しなくてすむじゃねえか。

雪を従えた夜風寒風の中で信次郎が満足げにつぶやいたことがあった。忘れてはいない。闇と雪と、色彩にはあまりに乏しい黒白の一幕を鮮やかに覚えている。あれは、おれの獲物だ。おもしれえ狩りができるかもしれねえと続けた声も残っている。信次郎の狩りはまだ終わっていないらしい。獲物はなかなかにしたたかで、しなやかで、容易に捕らわれてはくれないのだろう。それはそれで、いやそれでこそ狩る醍醐味もあるのだと信次郎の舌なめずりの音が聞こえるようだ。人を狩るほどおもしろいことはない。獲物がしたたかで、しなやかであればあるほど、おもしろさは倍加する。信次郎は、極上の相手を得た。なるほど退屈する隙などありはしないのだ。

うむ。やっぱり人ってのはおもしれえ。どこで誰とどう繋がるか。まるで分からねえから、おもしれえ。

「あんた、だめだよ」

おふじの声が耳に飛び込んできた。

「小あじは背開きにするんだから。おろしちまってどうすんだよ」

「え？　あっいけねえ」

「もう、いやだね、この人は。何を考えて包丁を握っているのやら」

「面目ねえ」

おふじはくすくすと笑い、酢漬けにするからいいさと小あじの片身をつまみあげた。そのとき、

「おとっつぁん」

店の掃除をしていたおけいの顔がのぞく。丸い愛嬌のある鼻の上に汗をかいている。おけいはのんびりとした陽気な性質で、どちらかと言えば口下手で性急な太助とは真反対だが、

そこが上手く合わさっているのか、夫婦仲はすこぶる良いようだった。その、のんびり屋のおけいが慌てている。頬が紅潮していた。ふっと嫌な予感が走った。包丁を乱暴に置く。小あじの片身が足元に落ちた。

「どうした？」

「男の人が……遠野屋さんの手代だって人が。なんだか、様子が変なの」

「遠野屋さんの手代？」

おけいを押しのけ、まだ暖簾をあげていない店に飛び込む。

「信三さん」

入り口近くに立っていた信三が伊佐治を見たとたん、ぐらりと揺れた。膝からくずおれる。

「あぶねえっ！」

両手を差し出すと、信三の身体が腕の中で骨を失ったようにくたくたと崩れた。

「親分さん……た、助けて……」

「いってえ、どうしたんだ。何があったんで、信三さん」

「親分さん」

信三の指が肩に食い込んできた。思わず唸ったほど強い力だった。

「旦那さまを助けてください」

「遠野屋さん？　遠野屋さんがどうしなすった」

「襲われて……旦那さまが、襲われて。早く、親分、早く助けてください」

息を呑む。

遠野屋が襲われた。どういうことだ？

「おふじ」

「あいよ。源蔵だね」

「そうだ、すぐに旦那を呼びにいかせろ」

「あたしが行きます」

おけいは襷を解くと、店を飛び出していった。

「旦那さまを早く……親分さん」

口の端に血を滲ませて、信三はさらに強く伊佐治の肩に指を食い込ませてきた。

闇に白刃が鈍く浮いた。

清之介は白刃の動きより一歩早く前に回りこむ。清之介の動きを読み取れなかった相手が一瞬、気息を乱した。わずか半拍の揺らぎ、それで充分。脱いだ羽織を相手の腕に巻きつける。そのまま懐に飛び込み、肘を鳩尾《みぞおち》あたりにめり込ませた。

ぐふっとくぐもった呻きがあがる。確かな肉の手ごたえがあった。意識を失い倒れこんできた男を盾として松の大樹に背をまかせる。

ああっと悲鳴が響いた。

「信三！」

視界の隅で信三がもんどりを打つように、地面に転がった。切りつけられたのではなく、足をもつれさせたようだ。

何をしている。早く逃げろ。

いえっいっ。裂帛《れっぱく》の気合をこめてしかし無言のまま、左右から二振りの刃が襲い掛かる。男の身体を左に突き放し、右に飛ぶ。左側の影が男にぶつかりよろめいた。右の白刃を掻い潜り背後に回る。鋭い太刀筋ではあるけれど見切れぬほどの速さではない。

僅か半拍それで充分なのだ。相手を倒すためには刹那で事足りる。手刀を項根《うなね》に叩き込む。抜き身の刃が地に落ちた。その刃を追うように声もたてず男が一人、清之介の足元にうずくまった。町人のなりをしている。むろん町人ではない。一声もあげず、襲い掛かり、切りおろす。仲間を盾にされても微かも意に介さず白刃を打ち込む。町人であろうはずがない。なにより、太刀筋に覚えがあった。間髪を入れず左右に動き、斜交《はすか》いに切り込む。死角を突き、横斜に刃を流す。

た。

剣はあるのではないと言ってのけた。ただ相手を斬り伏せる。そのためにのみ抜けと、命じ

父が教えてくれた剣の動きだ。父は己を守るためにも、磨くためにも、鍛えるためにも、

殺せ。

殺すのだ、清弥《せいや》。

剣はそのためにのみ在り、おまえはそのためにのみ生まれてきた。

殺せ。

剣を振るう一瞬前に、相手の身体に深緋の線痕を見た。一瞬後に自分が切り裂く刃の筋だ。

肩口から脇腹にかけて、胴を真一文字に、背中を断ち割って、手首に太腿に鮮やかに紅い線状の痕が走る。ここを斬るのだと相手の身体自らが声を放っているようだった。

昔、まだ幼かった頃、すずが紙を折ることを教えてくれた。

「清弥さま、ほれこのようにここを折って裏返すと……」

水仕事で荒れた無骨にも見える指先から紙の鳥やら虫やら兜やらが、次々に現れる。手妻《てづま》のようだった。

「どうして、どうして……すずにはどうして、そんなことができるの?」

「清弥さまだって、おできになりますよ」

「ほんとに？　わしにもできるのか？」

「できますとも。清弥さまなら、造作もないこと。すげがお教えいたしましょう」

すげは目尻の皺をさらに深くし笑いながら、自分の折ったばかりの兜を開いてみせた。

「ほれ、ここに折り目ができておりましょう。まずは、この通りに折ってごらんなさいませ」

すげのつけた筋にそって紙を折り畳んでいくとただの紙が、兜になり、鳥になり、虫に変わった。歓声をあげていた。すげが笑う。満足げに小さな声をあげて、笑う。

それと同じだ。すげではなく、妖魔なのか悪鬼なのかともかく人の心を持たぬものが、人の身体に筋をつけ手引きする。

ここを斬れ。

殺すためにここを斬れ。

相手が上段に構え踏み込んでこようと、逃去のため背を向けようと、必ず手引きする。従えば相手は全て倒れた。逃れえた者は誰一人としていなかった。ただの一人も逃さなかった。

父に打ち明けたことがある。何故か緋の筋が見えるのだと。父は天を仰ぐように顎をあげ、珍しく朗笑した。

「そうか、そなたには見えるか」

「はい」

「天賦の才じゃのう、清弥」

からからと故郷の夜空に響いた笑声がふとよみがえる。

頬を風が掠めた。一瞬早く身を引き、刃をかわす。同時に相手の足をすくった。斬りつけてきた相手はたたらを踏み、片膝をつく。

その背に深緋の筋が現れた。足元に真剣が転がっている。刀身が輝いた。輝く、光を放つ。その輝きに意識が吸い寄せられる。深い緋色の筋が見える。ここを斬るのだと声がする。

柄を握る。刃が煌めいた。硝子の簪より燦々と目を射るほどに煌めく。

「清さん」

手の甲に白い指が触れた。

「清さん」

「おりん……」

おりんの指は右手の紅指し指だけ、やや歪な形をしていた。子どもの頃の怪我がもとで先が僅かに潰れているのだ。おりん自身、それを恥じている風はなかったし、日々に不便をかこつこともなかった。その歪で、しかしこの上なく美しい指が清之介の手をそっと包み込む。

「おりん」

幻ではない。手の上におりんという女の息遣いと熱が伝わる。生々しく伝わる。女房の指を求めて、清之介は柄を離し五指を広げた。

もう一度、あと一度、ここにその指を絡ませてくれ。重ね合わせて硬く握り締めてくれ。おりん。

背後から微かな足音と濃い殺気が伝わってくる。息を吐き出し、清之介は身体の力を抜いた。膝を整え、両手を腿の上に置く。

頰に抜き身の刃が触れた。

信三は？

たぶん、無事に逃げおおせただろう。こやつらは執拗に信三を追おうとはしなかった。だとしたら、目当てはおれだけ、おれを殺すことだけなのか。何のために？　まあ、いい。ともかく信三を巻き込み、命を果てさせずにはすんだのだ。

刃がすっと遠のいた。毛一筋の間をとって引かれた刃は清之介の頰に僅かの傷もつけなかった。

「これは、これは、驚きもうしたな」

磊落《らいらく》な声が背に降りかかってきた。

「貴公、それがしにあっさりと斬り捨てられるおつもりか？」

訛りがあった。語尾が上がり、微かに濁る故郷の訛りだ。清之介は跪《ひざまず》いたまま、身体を回した。

頭上で松風が鳴る。夏の宵は刻の進むのを忘れたかのように暮れずのまま、薄い闇だけを地に這わしていた。肌に当たる風がどこか湿り気を帯びているのは間もなくの雨を知らせているのだろうか。風の過ぎてきた地では、すでに村雨が降り注いでいると告げているのだろうか。遠雷が聞こえた気がした。

一人の男が立っている。小袖に袴。軽装だが武士のいでたちだ。大兵だった。腰を落とし、見上げる格好になっているから、なおさら雲をつくような偉軀に見えた。目の前に壁が立ちはだかっているようだ。この男はこの体軀で、ほとんど物音を立てず背後に迫ってきた。唇を心持ち強く嚙み締めてみる。丹田に力を込めて、嚙み締めた唇を開いてみる。

「意味も分からず斬り捨てられるつもりなど、毛頭ございません。ただ」

「ただ、何と？」

「丸腰の商人が、お武家さまを相手に抗《あらご》うても詮無いことではございませぬか」

「これはこれは、また異なことを。貴公が素手で倒した一人、あれでなかなかの……そう、なかなかの遣い手でござるぞ。それをあっさり打ち倒しておいて、そういう神妙な口をきかれても、それがしにはそうさな、戯言か渋口としか思えませせぬな」

男は笑い声を響かせ、刀を鞘に納めた。

「お斬りにならぬのですか」

「斬られたいとご所望か？」

「お戯れを」

男は懐手《ふところで》になり、再び天を仰いでからからと笑声を発した。白い歯が闇に浮かぶ。殺気は跡形もなく消えうせ、男の纏う空気がふいにだらりと弛緩する。

隙だらけだった。

清之介はゆっくりと、身体を労わる病み人のような動作で腰を上げた。着物の前をやはりゆっくりと叩く。男が清之介の脱ぎ捨てた羽織を差し出す。黙して受け取り、袖を通す。男は僅かににじり寄ってきた。

「ご同行、願いたい」

「どちらへ？」

「今申し上げるわけには、いきませぬ」

「行く先も告げずついて来いとは、あまりにご無体な申されようでございますな。お武家さまが一介の町人をかどわかすなどと」

「ちょっ、ちょっとお待ちくだされ」

男は慌てた様子で、団扇《うちわ》ほどもありそうな手をばたばたと横に振った。ほんとうに団扇だ。清之介の頬に男から風が送られてくる。

「かどわかしなどと、それは貴公の考え違いというもの。それがしは、ご同行願いたいと申し上げたはず。これ、このとおりでござる。お頼み申す」

男はひょいと屈みこむようにして頭を下げた。無防備な項背《こうはい》が目の前に晒される。清之介は、そこを見据えたまま気息を整える。先ほど、おりんの指が確かに触れた甲はまだ仄かに熱い。

とぼけることなど、ごまかし通すことなど、到底無理だろう。だが、認めるわけにはいかなかった。とぼけ、ごまかし通さなければならない。

「お武家さま。お人違いをしておられるようなので申し上げます。わたくしは、森下町の小間物問屋の主で」

「あいや、そこまで」

男が団扇手を広げ遮る。わざとなのか本気なのか、声音に苛立ちがこめられる。

「あまりぐずぐずしておると、貴公の従者が人を連れて戻るやもしれぬ。それもちと、厄介でな。茶番はそこまでとして、どうかわれらに順行していただきたい」

「嫌だと断れば、いかがなされます？」

「断る？」

男は顎に手をやって、清之介の返事がさも意外だったというふうに両目を瞬かせた。うーんと一声唸り、頸筋を掻く。

「それがし、貴公をお連れするようにとお役目をおおせつかった。果たせぬとなると腹を切らねばならん」

「それはまた、大仰な」

「武士の役目とは大仰なものでござる」

松枝が揺れる。男は顔を上げ、ざわめく松を見やった。

「風が出てきもうしたな」

独り言ちる。

「雨が近いと思われる。さて、それにしても江戸はやたら火事の多いところと聞き及んでおりますが、森下町のあたりはいかがなもので、ござる？」

「それは……どういう意味でございますか？」

問わずとも意味は分かっている。男は刀ではなく言葉で清之介を追い詰めようとしている。刀より効を発すると踏んだのだろう。違えてはいない。刀ならかわすこともできようが、言葉は否応無く降りかかる。

「意味もなにも、今宵は風が吹く。森下町の小間物問屋とやら、火の始末はいかがなものかと問うたまでのこと。火が出れば、ひとたまりもござらんでな。少々の雨など役にもたたず、全て灰燼に帰す。いやいや、江戸はまことに怖いところでござる」

男が視線を松枝から清之介に移した。真正面からその眼を見返す。ただの脅しではない。ふと目を閉じて見る。眼裏に紅蓮の焔があがった。遠野屋が燃え盛る焔の中に崩れ落ちていく。熱風に煽られ鳴り響く硝子風鈴の音色、いや悲鳴まで耳にこだましてくるではないか。全て灰燼に帰す。遠野屋を、先代からおりんとともに譲り受けた店を、自分が心血注いで育んだ肆店《してん》を火刑に処すとこの男はほざいた。

背中に汗が滲んだ。吐き気を覚える。恐怖のためでも狼狽のためでもない。それこそ紅蓮の焔に似た怒りのためだ。獲物を狩るためなら手段を選ばない。帰趨として、夥《おびただ》しい数の町人が死のうと、家を失おうと、路頭に迷おうと意に介さない。支配階級特有の傲慢と残酷。腸《はらわた》が炙られるような瞋恚《しんど》がわきあがる。頭蓋にぎりぎりと軋む音が響くほど、奥歯を嚙み締めていた。

微かな音がして背後に二つの黒い影が回りこむ。やや乱れた気息は、さきほど打ち倒した男のものだろうか。

「つたく」

舌打ちしてみる。信次郎を真似てみた。相手を侮蔑するように、嘲るように、揶揄するように舌を鳴らす。信次郎ほど高らかに響かない。

どうも、木暮さまのようにはいかないな。

年季が違うかと苦笑して、清之介はもう一度、膝のあたりを片手で叩いた。怒りは治まらないけれど、動揺しているわけではない。激情に翻弄され冷静を失ってはいないのだ。

「まさか、お武家の口からごろつきまがいの強請《ゆす》り言葉を聞くなんざ、思ってもいなかったぜ。武家の威信とやらも地に落ちたもんだ」

背後の気配が動く。無礼なと声がした。

「無礼？　闇に隠れ待ち伏せて、突然に襲い掛かる。そういうのをまさに無礼って巷じゃ言うんですぜ、お侍さん」

男が大きく長く息を吐く。

「闇に紛れて獲物を一太刀で仕留める。そこもとの最も得手とするところではなかったかの」

声を低め、さらに続ける。

「ご同行願いますぞ。清弥どの」

清之介も深く息を吐いた。

「ぎゃあぎゃあ泣くな。うるせえ」

信次郎は遠野屋の手代を怒鳴りつけた。隣に伊佐治がいなければ蹴り上げていたかもしれない。

信三は松の樹の根元にしゃがみこみ、嗚咽をもらしている。

「旦那さまを……旦那さまを木暮さま、どうか……助けて……」

「ったく。猫の手ほども役にたたねえ野郎だぜ。泣いている暇があったら、手燭でおれの手元を照らせ」

源蔵から報せを受け、遠野屋が襲われたという武家屋敷の裏手に着いたとき、雨がぽつりと頬に当たった。

そこに人影は無く、人の気配は無く、あるのはただ闇と松風の音だけだった。そして、雨が加わろうとしている。

まずいな。

雷鳴が近い。夜の雨、しかも驟雨《しゅうう》がやってくる。それは瞬く間に地を濡らし、あらゆる痕跡を流してしまう。

「灯りだ。できる限りの手燭や提灯を集めろ」

時間との勝負だった。伊佐治たちが走り回り、吉原なみの高額な蠟燭まで調達してきた。昼の光には到底及ばないが、何とか、跡を拾える明るさだ。

四半刻、信次郎は這いずるようにして地面を調べた。

「旦那……どうですかい？」

伊佐治が小声で尋ねてくる。手燭に照らされた顔はいつもより、やや老けて見えた。

「四人だな……たぶん」

「四人。賊は四人いたってことですか」

「たぶんな。主に動いていたのは三人。残りの一人はこの樹の陰から真っ直ぐに歩いただけだ。えらくでけえやつだぜ。歩幅が信じられねえぐれえでけえや。ふーん、それにしても、かなりの立ち回りだな。むちゃくちゃに足跡が入り混じってらあ」

「旦那、遠野屋さんは……まさか、やられちまったなんて……」

「無傷だな」

立ち上がる。頰に、肩に、足元に雨粒が落ちてきた。

「少なくともここでは、傷を負ってはいない」

「そうなんで？」

「血が一滴も落ちてねえよ、親分」

愁眉を開いたのか、伊佐治が息をついた。

「それにな。たかが四人だぜ。あやつがたかが四人を相手にして、おめおめやられるような玉かよ。そんな、かわいいネンネじゃねえ」

「確かに……でも、それじゃあ遠野屋さんはどうなったんで」

「どこかに連れていかれたんだろうよ。おそらく、駕籠か何かで連れ去られた」

「遠野屋さんが、おめおめかどわかされたりしますかね」

「そうさな、それよ。あやつほどの男が何故……親分」

「へい」

「あやつの生国の藩邸。少し探ってみてくれねえか。今夜の人の出入りだけでいい。何か動きがなかったかな」

「旦那」

伊佐治が微かに顎を引く。声が上ずる。

「お武家がからんでるんで？」

「十中八九な。この足跡。遠野屋を襲った相手は剣の心得がある。しかも、かなりの遣い手だろうよ」

「足跡から、そんなことまで分かるんですかい？」

「まあな。そこら辺のごろつきを相手にして、遠野屋がここまで派手に動き回るたぁ思えねえ。もっとすっきり地味な動きでこと足りる。親分、あやつは動かざるをえなかったんだ。そうしないと自分を守れなかった。間違いねえよ。相手は武士だ。白刃を握ったな」

「商いの帰りだ。遠野屋さんは丸腰ですぜ」

伊佐治が身震いする。丸腰？　ああ、そうだなと信次郎は頷く。

遠野屋は丸腰だった。しかし、相手から刀を奪い攻勢に出ることもできる。赤子の手を捻るよりとまでは言わないが、あやつからすれば造作もないはず。しかし、それをしなかった。斬られもせず斬りもせず……血は一滴も流れなかった。

あやつは誰も斬らなかったか。

「旦那？」

信三の耳を慮《おもんぱか》ってか伊佐治の声がすっと萎む。

「何を考えていなさるんで？」

「え？　いや……まあ、丸腰でちょうど手頃な勝負にはなったろうぜ。ともかく、この件、二本差しがからんでいる。それだけじゃねえ。遠野屋は死体になったわけでも、深手を負ったわけでもねえのに大人しくかどわかされた。遠野屋に抗う意志が無かったってことだ。いや、最初はあったろうさ。これだけ動いてんだからな。けど結局、大人しく従うことにした。

何でだ？　何故、最後まで抗わなかった？　何故、逃げなかった？　そんなに難しいことじゃねえだろう」

「それに、何で遠野屋さんがお武家に襲われるか、でやすね」

「そうだ。そう考えると、遠野屋の『今』より……昔、まだ侍姿をしていた頃の方が引っかかってくるとは思わねえか」

「まったくで。分かりやした。すぐに手下を張り付かせやす」

「頼む。それと、もう一人を遠野屋にやってくれ。それで……ふむ、そうだな。得意先での手代が目眩を起こした。それで、大事をとって一晩、泊めてもらうことにしたからとかなんとか……そういうあたりで上手な謀《たばか》りのつけるやつを使いに出してくんな」

「遠野屋を動揺させねえように、でやすね」

「そうだ。主一人で持ってるような店だからな。その主がかどわかされたとあっちゃあ、商いどころじゃなくなるだろうぜ。今、あれこれ騒ぎだされちゃ、面倒だ」

「けど旦那、その謀りごと、いつまでもってわけにはいきませんぜ」

「明日一日もてば充分だ」

「明日には、遠野屋さんが帰ってくると？」

「明日帰ってこなかったら、遠野屋はもう二度と帰ってこねえよ」

「旦那」

「武士がからんでるってことは、そういうこった。覚悟しとくんだな。明日遠野屋を見つけられなかったら、生きた姿で会うことはねえだろうよ」

伊佐治の喉仏が上下する。

「木暮さま」

信三が縋りついてきた。

「旦那さまは、旦那さまは……どうなるんですか。まさか、まさか……旦那さまは、もう……」

「うるせえ」

抑制の糸が切れた。思いっきり、縋りついてきた身体を蹴り上げる。信三が地面に転がり、呻いた。

「てめえは何をしてやがって。主を置いて、一人逃げやがって。今さら、喚いて何になる」

胸元を摑み、引きずり起こす。凶暴な感情が身体中を巡っている。

「えっ、喚く暇があったら考えろ。手掛かりになるようなことを一つでも二つでも、思い出すんだよ。この役立たず」

信三の頭ががくがくと揺れる。

「旦那、もう勘弁してやってくだせえ」

伊佐治が割って入った。信三を庇うように、その肩を抱く。

「信三さんだって必死なんで。必死であっしのところに助けを求めてきたんでさ。それに、信三さんは逃げたんじゃねえ。遠野屋さんが逃がしたんだ。そうしねえと、かえって……」

足手まといになる。伊佐治の呑み込んだ言葉が聞こえる。

「旦那、旦那だって、そんなこたぁ百も承知でやしょ。信三さんをなぶるのはお門違《かどちげ》えってもんじゃねえですか」

雨脚が強くなる。身体に夜雨が沁みてきた。

「信三さんは、今夜、あっしが預かりやす」

「勝手にしな」

空を見上げる。むろん、月も星もない。勢いをました雨だけが豪儀に降りかかってくる。

土と松の香りが強くなる。

遠野屋、どこに行った。

雨粒が顔の上で滴となり流れとなって滑り落ち、足元の闇に消えた。

第五章　縁

駕籠が止まった。

雨の音が聞こえる。

駕籠は法仙寺駕籠で、塗りの屋根に落ちる雨音がどこか重く、耳に響いてくる。まだ、さほど激しく降り注いではいないらしい。担ぎ手の男たちが優れ者なのか、駕籠はいささかも不安定に揺れることがなく、一定の律動を保ったままここまで来た。

目を塞がれることも猿轡《さるぐつわ》をかまされることもなかったから、三方についたすだれを開ければ外を覗くことは容易だ。しかし、清之介は腕を組んだまま座していた。

外を覗いても、外の気配に耳を澄ませても、そう意味はあるまい。用意された駕籠に乗り込んだからには、運ばれるまでだ。

覚悟とか、決意とか、断念とか、そんな大仰なものではなく、なるようにしかなるまいと開き直り、心腑の力を抜く。身体までも弛める。その弛緩のこつを町人として生きた日々の間に会得した。

「ほらほら、清さん、また肩の所が角ばってるよ」

おりんと所帯をもった頃、おしのによく、笑われたものだ。笑ったあとに、おしのは遠慮なく清之介の肩を叩き、また笑う。

「角ばって……おりましたか」

「おりました、おりました。まるっきり裃《かみしも》をつけておいでてございました。遠野屋は殿中じゃないんだから、もうちょい力を抜いたって、誰も咎めやしないよ」

「しかし、覚えねばならぬことが多々あって」

「力を入れりゃ覚えられるってもんじゃないだろう。清さんの後ろ姿を見てると、こっちまで肩が張っちまう」

若い頃、深川で芸者をしていたというおしのは、おっとりとした見目に合わない鉄火な口のきき方を時にした。最初、珍しくもあったその口調にすっかり慣れる頃、清之介はなるようになるさと弛緩、脱力するこつを覚えたような気がする。

気掛かりがないわけではない。

夜が更けてもこの身が帰らなければ店の内は動揺するだろう。朝が来てなお、主が不明となると動揺はさらに深くなる。二晩目もとなると、さらに……。

二晩目はないか。

二晩、留め置かれることはないだろう。明日中に遠野屋に戻れぬとなると、それは文字通り不帰の客となることを意味する。

明日の夜は、寄り合いがある。その次の日は、太物店『黒田屋』、履物問屋『吹野屋』、帯を扱う『三郷屋』たちと共に催す例の集まりがあった。座敷に様々な反物、帯、小物、履物を並べ客の好み、齢、姿形に合わせて、品の組み合わせを試してみる。

最初は何気ない思いつきだったが、『三郷屋』の二代目吉治《きちじ》と知り合い俄《にわか》に現のこととして動き出した。吉治の紹介で『黒田屋』の三代目由助《ゆすけ》、『吹野屋』の謙蔵《けんぞう》たちと繋がり、動きはさらに加速することになった。

一人の女が身につける品全てをこの座敷で揃える。手持ちの帯に小物を合わせる。母から譲られた小袖に新しい帯を添わせてみる。それができる場所と機会を提供する。

まっすぐに商いの利ざやに結びつくとは限らないけれど、清之介はこの試みに手応えを感じていた。何より、習うことが多くおもしろい。反物の手触り、色合い、鼻緒の種類、帯の流行の結び方……小間物問屋の枠を越えて知見が広がる。それは、ほんのささいなことに過ぎない。世の動きとも人の生死とも何ら関わることはない。それでも愉快だった。座敷の中の品々は人を飾り、引き立てるものであって、人を殺めるものではない。血を求め、肉に餓える美しい刃ではなく、ささやかな日々をささやかに彩る品々を見事とも大切とも思うのだ。

膝の上においた手を見つめてみる。ここに伝わる刀の感触、生身の肉を断ち切った感触を時折、忘れることがある。それは、算盤を弾いているときであったり、簪を握ったときであったり、由助に促されて反物の手触りを確かめているときであったり、様々ではあるが、ふと気がつくと手のひらは刀を忘れ、算盤や小物にしっくりと馴染んでいる。

「遠野屋さん、どうなさいました？」

由助に声をかけられたことがある。

「は？　なにか？」

「いや、急に黙り込まれたものですからね。なにか、考え事がおありなのかと……」

由助は大柄ながっしりした体軀の持ち主だったが、温和な気質らしく物言いもどこか緩やかだった。

「あっ、いや、なにも」

「お加減が悪いんじゃや、ないですよね」

「ええ、もちろん。ご心配なく」

「なら良いのですが、遠野屋さんがぼんやりされるのも珍しいので」

「我々の話がおもしろくなかったんでしょう」

謙蔵がけたけたと男にしては高い笑い声をあげた。謙蔵は鼠のような細く尖った顔つきの小男だが、評判のやり手商人でまだ三十を幾つも越えていない若さで吹野屋を起こし、育てあげた人物だ。あくが強く、皮肉も嫌味も遠慮なくちらつかせ、物言いや態度も鼻につくほど尊大になることがしばしばあるのだが、こと商いに関する嗅覚は鋭く、迷いがなかった。

「遠野屋さんは他処から来たお人だ。我々の昔話なんぞ聞いてもおもしろくもなんともないでしょうよ」

「おいおい、謙蔵。またお得意の嫌味かい。いいかげんにしときなさいよ」

吉治が眉を顰めてみせた。丸みのある童顔で、実年齢よりかなり若く見える。この顔のせいで商人としての箔も重みもなかなかつかなくてと、本人は真面目に悩んでいるふしもあるのだが、清之介は三郷屋吉治の面体《めんてい》に表れた善性、性根のすわった人の良さを好ましく感じていた。好ましくもあるし、頼りにもなる。

人が良いばかりでは、商人は務まらない。しかし、根となる場所に淳良な質がないと、真の商人にはなれない。

淳良な質とは何かと問われれば言いよどみもするのだが、少なくとも儲けだけに執着していては根は腐るはずだ。儲けは儲け、一分でも売り上げを伸ばすために日々あれこれと思いを巡らす。他方、そういう日々を突き抜けて、想念を明日へと伸ばす。二律する商人の気概を過不足なく内に保った人物だと思えるのだ。

謙蔵とは古くからの知り合いで、そのあくの強さも商いの才覚もちゃんと呑み込んでいるようだった。

清之介は軽く頭を下げる。

「いやいや、失礼いたしました。ただ、みなさんの話はちゃんと聞いておりましたよ。江戸の火事というものは、そこまでおそろしいものなのかと、正直、胆が冷えました」

吉治たちの話題が十五年ほど前に罹災した火事に及んでいることだけは、耳に留めていたのだ。

「化け物ですよ」

謙蔵が口元を窄《すぼ》め、身を縮めた。そうすると、ますます鼠に近しい顔つきになる。

「あれは化け物だ。丑三つ刻に跋扈《ばっこ》する魑魅魍魎《ちみもうりょう》よりよっぽど怖い」

由助がその言葉に頷く。

「ほんとにねえ。あの火事のとき、わたしはまだ十一、二の子どもでしたが、いまだに夢をみますよ。空一面が真っ赤に染まって、人々が逃げ惑って……怖ろしくて大声をあげて、飛び起きたりします。汗びっしょりになってねえ……なにしろ、わたしは二親を火事で失くしましたので」

「そうだったんですか」

吉治が短く息を吐いた。

「火は怖ろしいです。何もかもをあっという間に灰にしてしまいますからねえ。家も人も……何もかもをです」

「だけど、由助さんはそれで遠縁にあたる黒田屋さんに引き取られたわけでしょ。黒田屋ほどの身代を三代目として、ぽんと譲られたんですからね。わたしからすれば、涎が出るほど羨ましいですよ。うちなんか、あの火事じゃなくて、その翌々年の火事で焼け出されちゃって、親父は瀕死の火傷を負うし、おふくろは半分、頭がいかれちまうし、散々でしたよ。丸焼けって言いますけどね、ほんとに店はきれいに焼け落ちましたからねえ。なーんにも残らなかったですよ。なーんにもね」

苦労話をしているようで、その実、おまえたちは先代から店という拠り所を譲り受けての商いだろう、おれは一から吹野屋を建てたのだと、謙蔵は己の自負を語っていた。

「おまえさん一人が苦労してるわけでも、偉いわけでもねえよ」

吉治が蓮っ葉な口調になり、謙蔵の肩先を叩いた。

「黒田屋さんにしたって、遠野屋さんにしたってそれぞれに苦労はしてなさるさ。それはそれ、苦労は苦労、ひとまず棚上げにして、まずは若い者で新しいことをやってみようってのが旨なんだからよ。自慢話や愚痴のために集まってるわけじゃねえんだ」

「分かってるよ、そのくらい」

謙蔵がぷいと横を向く。こうやって、しょっちゅう三郷屋に釘をさされているのだろうと清之介は思い、少しおかしかった。吉治は真顔になり、その顔をやや突き出してしゃべる。

「商う品の違うもの同士こんな風に集まってるとね、老い手の面々からは、ちくちくやられるよ。ちくちくはこれからだからね。みなさん、お覚悟をってとこさ」

「三郷屋さん、何か言われたわけで？」

由助が身を乗り出す。吉治は長いため息をついた。

「親父からね、散々ですよ」

「先代にしゃべったんですか？」

「酒に酔ってつい口が軽くなって……今、こんなことを考えてるって、触りだけちらっと……そしたら、親父の血相が変わりましてね。しまったと酔いも醒めたけれど後の祭りってやつですよね。それからずっと、わたしの顔を見れば、まっとうな商いをしろ、まっとうな商いをしろと、そればっかりで。この前なんか飯の席で半刻近く、商いの心得とやらを説かれましてね。おまえは三郷屋の商いを変えてしまう気かって……まったく、こっちがどう説いても聞く耳もたないんだからね。挙句の果てに希代の親不孝者呼ばわりですよ。わたしの目の黒いうちは、おまえの好きにはさせないよときた。年寄りってのは何であぁも頑固なんでしょう。まったく、嫌になるぐらい頑固なんだから。ちょっとでも新しいやり方ってのを受け付けない。自分の古いやり方が一番だと言い張ってばっかりで。だいたい、息子の歳を幾つだと思ってんでしょうかね。主人として一人前にやっていると」

「愚痴」

謙蔵が指をたてた。

「へ？」

「吉治、あんたもしっかり愚痴を言ってるよ。ここは愚痴のはけ口、捨て場じゃないんだからね」

「うへっ、こりゃ、やられたね」

大げさに吉治が顔を歪めた。由助が天井を仰ぐように顎を上げ、笑う。清之介はゆっくりと指を握りこみ、やはりゆっくりと座敷に座る若い商人たちに視線を向けてみた。

吹野屋謙蔵、黒田屋由助、三郷屋吉治。それぞれ人となりも生き方も生きてきた道のりも異なってはいるけれど、おもしろい商いをしてみたい、そう望んでいる点だけは、ぴたりと一致していた。

吉とでるか凶とでるか商いのさいころは振ってみなければわからない。ここに博徒は一人もいないけれど、挑む者はいる。旧弊に挑み、新路を拓こうとする者だ。

この試みは、上手くいく。刹那の仕掛け花火ではなく、じっくりと刻をかけて熟成させることができる。実を結ぶ花をつけることができる。

激しい高揚でなく、静かに満ちる思いがあった。

あれは何時のことだったか。まだ、夏にはまだ少し早かった。春が長《た》けて、長けて、爛熟の匂いを放っていた頃だ。新築したばかりの座敷には畳と木の香が漂い、さらに絡みつくほどに甘い花の匂いが融けていた。

帰らねばならない。どうしても明後日までには遠野屋に生きて戻らねばならない。

腕を解く。駕籠は地に置かれたまま動かない。雨音がやや強くなる。殺気も人の気配も伝わってこなかった。誰もいないのか。いや……。

微かな足音がした。近づいてくる。

「もし、旦那」

女の声が呼びかける。ほんの僅か掠れてはいるけれど、その掠れが女の声音に心地よい艶を与えていた。

「お出になられませ。ご案内いたします」

駕籠から出ると傘が差しかけられた。花の香がふと強くなる。

傘が差しかけられる直前、雨は頬を濡らし、目に沁みてくる。

「こちらへ」

女が歩き出す。

「わたしは、かまいませんよ」

女のなだらかな肩が濡れそぼっている。清之介は軽く傘を押し返した。

「あら、お優しいこと」

女の語調から艶が消えた。からりと乾いた色合いになる。

「でも、よござんすよ。あたしは雨が苦にならない性質ですからね。どうぞ、お気遣いなく」

そこは四つ目垣に囲まれた町家だった。一部が小さな木戸になっている。畑でも作っているのか、垣根に沿って二間ほど土が黒々と掘り返されていた。蛙が草陰で鳴き交わしている。

「暗うございましょ。足元、お気をつけになって。あら……でも」

でもと言葉を切って、女はやはり乾いた小気味よい笑い声をもらした。

「少しもご不自由はないようですねえ」

「確かな案内人がおられますゆえ」

「あらまぁ、落ち着いていらっしゃいますこと。ここがどこかご存知なので?」

「いっかな、見当もつきません。江戸は広うございますから」

「見当がつかない？　それなのにここがどこかとお尋ねにもならないのですね。豪胆なこと」

「尋ねてお答えいただけるなら、いくらでもお尋ねいたしますが」

今度は声を立てず女が笑う。闇に包まれた女から楽しげな気配だけが伝わってきた。ふっくらとした柔らかな頬をしている。唇が厚く、ほんのりと紅い。唇と身を包む闇が女に妖艶な色香を与えていた。

その闇の中に、微かな灯りが見える。雨戸を開け放した廊下があり、腰付障子を通して部屋の灯りが庭までこぼれていた。

「どうぞ。こういうところでございます」

紅殻色の赤壁の部屋だった。床の間に一幅、枯山水の掛け軸が掛かっている。行灯の灯りに紅殻の壁はどこか妖しく紅を濃くしていた。しもうた屋というよりお茶屋に近い座敷の作りだ。掛け軸の前の刀掛けに黒鞘が一振り飾ってある他は。

清之介が腰を落ち着けるのを見届けると、女は障子を閉め、立ち去った。反対側は襖になっている。引手には七宝が使われているようだ。そういうところも、どことなく玄人好みの趣があった。ぴたりと閉まった襖の上に清之介自身の影が揺れている。

雨音が響く。雨に囲まれ、雨に囚われているようだ。

店の方はだいじょうぶだな。

ふいに思った。信次郎の顔が浮かんだのだ。信三は『梅屋』まで行き着けただろう。信次郎にも事の次第は伝わったはずだ。だとしたら、たぶん、上手くおさめてくれる。少なくとも、今夜、自分が『遠野屋』に帰らない辻褄を合わせてくれたはずだ。抜かりはあるまい。

信次郎を好ましいなどと草葉の露ほども思わないけれど、頼りにはなる。

頼りになる？

腕を組み、一つ短い息を吐いていた。

おれは、木暮さまを頼りにしているのか？

とんでもないことだ。ちらりと心に思うだけで、肌が粟立つ。木暮信次郎という男を頼りにするなど、虎の口中に頭をつっこむに等しい。虎ならまだ、仲間や子を慈しむことがあるやもしれないが、信次郎にそういう情があるとは思われない。頼ることも頼られることも、縋ることも縋られることも、他人をよすがとすることも、他人と縁を結ぶことも、疎ましくてならないのだ。望んで焦がれてなお手が届かぬゆえに背を向けているのではない。信次郎さえその気になれば妻を娶ることも子を持つこともできるはずだ。それを拒む。端《はな》から人との真っ直ぐな関わりを厭うている。

歪形《いびつなり》の男だ。

この上なく捩れ、歪んでいる。その歪み方が特異でおもしろい。他人を拒み、厭いながら、執拗に人に絡みつく。妙に生真面目に一本気に対してくる。

伊佐治が信次郎のことをかわいいと言い表したことがあった。

あれで、なかなかにかわいいとこもござんしてね。

かわいい……木暮さまがですか？

晴れ渡った碧空と蝙蝠《こうもり》ほどにも不釣り合いだと感じたから、思わず聞き返してしまった。ああ見えて、飴には目がないのだと伊佐治は冗談めかして答えたけれど、顔つきは意外に真剣だった。江戸の片隅で歳を重ね、人の裏も表も見透かしてきた初老の岡っ引は、碧空と蝙蝠の取り合わせも、人の世にはままあるのだと清之介にそれとなく教えてくれたのかもしれない。

遠野屋さん、うちの旦那ってのはそういうお人なんで。青え空も天鼠《てんそ》も一つ身の内に、携えているんですよ。

木暮さまか……。

碧空も蝙蝠も携えているあの男を頼るわけにはいかない。しかし、信じることはできる。

足音が聞こえる。女ではない。遠慮の無い強い踏みしめ方をしている。この歩の進め方、急くことなく乱れることのない足の運び……、もう二度と耳にすることはあるまいと思っていた足音だ。

少し肥えられたのか。

障子が開く。

清之介は両手を膝の前についた。

「清」

懐かしい声が頭上から降ってきた。記憶にあるものより、やや太くくぐもっている。

「お久しゅうございます……兄者」

「まことにな。息災であったか」

「はい」

「清」

「はい」

「顔を上げろ。久々の兄弟の邂逅《かいこう》ではないか、そんなにかしこまることはない」

片手を膝の上につき、ゆっくりと身を起こす。

そうだ、いつまでも伏せているわけにはいかない。顔を上げなければならないのだ。

久々の兄弟の邂逅ではないか。

兄は言った。しかし、あの月の夜、全てを捨てて生き直せと命じたのも兄なのだ。全てを捨て別の者となり日の下で生きよと、命じてくれた。

清弥、おまえは、全てを捨てて、生き直さなければならんのだ。これまでのことは、全て夢として忘れろ。忘れて、新たな生を生きるのだ。

相まみえることなど二度とないはず、兄と弟の人生が交差することは、草も木々も屋敷も佇む人も、地にあるもの尽《ことごと》くを青く包み込んだ夜を境に絶たれたのではなかったのか。

それが、何故……。

身を起こし、顔を上げる。

兄が座っていた。脇息に肘をかけゆるりと座している。単の着流し姿だ。

息が詰まった。呑み込んだ息が塊となり気の道を塞ぐ。

「兄者……」

兄、宮原主馬《みやはらしゅめ》は破顔し、さも愉快そうな笑声をたてる。

「驚いたか、清弥」

「いささか」

「さもありなん。面相が様変わりしたからのう」

主馬は自分の頬を軽く撫で、やや声を低めて再び笑った。

右頬、耳の付け根から口元にかけて引き攣れた傷痕があった。一目で刀傷と知れた。その傷のせいで、顔面の右側が歪んでいる。口を開くたびに、小さな蛇が頬に張り付いたような傷痕は、それ自体命を宿しているかのごとくひくひくと動いた。

「いえ、さほど変わられておられません」

指と笑声が止まった。

「そうか？」

「はい。やや お肥りにはなられましたが、あまりお歳もめしていない。昔のままの兄者にございます」

偽りではなかった。右頬の傷痕と鬢に混ざる白髪と僅かに丸みを帯びた顎をのぞけば、主馬は驚くほど変わってはいなかった。

聡明怜悧を映した眼の色も穏やかな声音も明朗な笑いも何一つ変わってはいなかった。

確かに兄がそこにいた。

「昔のまま……そうか。おまえには、そう見えるか？」

「はい」

兄も弟も口をつぐむ。雨音と蛙の声が座敷に沁みてくる。二人の影が襖の上で揺らぐ。

「おまえも変わらぬ」

主馬はその影を見つめながら、囁きに近い微声で言った。

「おまえも、変わっておらぬよ、清弥」

「いえ」

背筋を伸ばし、姿勢を正す。

「わたしは変わりました。もはや昔の名残はございません」

主馬の視線が緩慢な動きで清之介に向けられる。その眼を見返す。父上に似ているだろうか。

見返す直前にふと思った。

宮原中左衛門忠邦《ちゅうざえもんただくに》。清之介自身が斬った。振り上げた太刀を握ったまま父は地面に転び、やがて動かなくなったのだ。

父上に似ているだろうか。

忠邦の、奥深くに狂気と我欲と強靱な志を潜めたあの眼に似ているだろうか。

出奔の後、北方に連なる山々を、南に肥沃な平野と果てなく広がる海を持つ生国で何があったのか知る術も意思もなかった。ただ、藩政の中枢に主馬が上り詰めたとしても、少しも不思議ではない。兄にはそれだけの力量も才幹もある。

父と同じ座を主馬が手にしたとすれば、同じ眼もまた我が身のものとなる。

「兄者」

清之介は顎を引き、気息を整えた。我知らず、指を強く握りこんでいた。

主馬の双眸には狂気も我欲も志も宿ってはいなかった。そこに何が蹲っているのか清之介には読み取れない。人が己の眼の中にちらつかすものは数多《あまた》ある。

狂気、我欲、志、矜持、悲憤、憐憫、殺意、驚愕、善意……「こんなことってあるのかね」「あぁ嬉しい。夢のようだ」「ちきしょう。見てやがれ」「あの人、あたしに気づいてくれるかしら」「これ、ちょっと気にくわないけど……」。

眼は語り、色を変え、人の内にあるものをほろほろと零す。あるいは、滲ませる。眼から相手の思いを窺うことは、商人の才覚の一つだ。客ならばその色が少しでも晴れやかになるように、心を尽くすために、職人に対するときは気質に紛い物が混ざっていないか、見通すために、奉公人であれば体調や心の在りようを掴むために、それとなく眼を探る。眼は存外、口よりも素直に人を語るものだと、清之介は商人になってから知った。

相手を斬り倒すだけならそんな面倒はいらない。己に見える紅い線痕に沿って刃を振るうだけで事足りる。商人はそうはいかない。人というややこしく、時に厄介な生き物を相手にあれこれと手立てを尽くさねばならないのだ。商人として生きていくことの煩雑さ、手間隙は人として生きていく奥深さに繋がっていた。刃を握っていては知ることのなかった深邃《しんすい》だ。

刀を捨て、生きている人々の眼に向かい合って、ここまで来た。黙した口が伝えぬ諸々を感じ取る力は持っているはずだ。しかし。

狂気、我欲、志、矜持、悲憤……。

兄の双眸からは何一つ伝わってこなかった。何も語らない。新月の闇のようであり、光に眼を射られた瞬間、眼裏に広がる皓白《こうはく》の世界のようでもある。見通せない。ただ、息を詰めるだけしかできなかった。

さっきまでの、昔と寸分変わらず生き生きと見えたあの眼は何だったのだろうか。

「どのように変わった？」

主馬が問うてくる。

「なあ清、おまえ、この江戸でどんな風に変わったんだ」

「どんな風に……」

「そうさ。確かに形《なり》は町人だがな。おれには、おまえが名残もないほど変わったとは思えん」

「握ることができなくなりました」

「なに？」

指を広げ、兄に向かって差し出す。

「ここに、刀を握ることができませぬ」

「握れぬとは？」

「算盤や筆に添いすぎて、忘れてしまったようです」

人の斬り方を。

主馬が微笑む。頬の傷痕が動く。草の葉先をくすぐる風に似た微かな、微かな笑みだった。

それでも、傷痕は蠢いた。

「酒を飲むか？」

「いえ」

「飲まぬのか？」

「たしなむほどなら。しかし、さきほどお客さまに馳走になりましたので、今宵は控えます」

「まさか、弱いわけではあるまい」

「酔うたことはありませんが、酔いたいとも思いませぬ。というか、酔うのがちと、怖ろしゅうございます」

「酒が怖ろしいと？」

「はい。うちの番頭がかなりの酒好きで、よく飲んでおります。それだけならよいのですが、時折、ひどく悪酔いして、あられもない醜態をさらしたりもして。しかも、次の日、ひどく具合が悪くなって……吐き気はするわ、顔からは紙ほどに血の気が無くなるわ、頭は疼くわと、このまま果てるのではないかと案ずるほどに苦しみます。この前など、ついに寝込んで、丸二日唸っておりました。それを見て酒も過ぎれば怖ろしいと店の者がみな、胆に銘じました。おかげでうちの店の者は、誰もほとんど酒を口にいたしません」

「その番頭以外はな」

「その通りでございます」

障子が開いて、さきほどの女が入ってくる。後ろに小女を従えて、膳を運んできたのだ。朱塗りの膳には酒の用意がしてあった。女は地味な薄鼠《うすねず》の小紋を身につけていたが、その地味な色合いが女の肌の白さを引き立てている。紅い壁にも揺れる灯火にもしっくりと似合う白さだ。

女は黙したままに膳を主馬の前に置くと、やはり無言で酒をついだ。清之介の盃に酒を満たしたとき、仄かな笑顔を向けた。口元に黒子がある。あまりに小さく、傍に寄られるまで気がつかなかった。おりんと同じ場所にある。眼が引き付けられた。

「酌はよい」

主馬が手を振ると女は頭を下げ、出て行った。一言も口をきかないままだった。

「酒を飲まなくて商人がつとまるものなのか」

「商いに酒が欠かせないと、わたしは思いませんが」

「そういうものか」

「はい。芯から酔うてしまえば、商いのことを忘れてしまいます。それもまた、怖いと思いますが。酒の上での過ちが元で潰れた店もいくつか知っております。酒に身体を蝕まれた者も……」

小さく息をつく。世間話、差し障りのない話を交わしているのに、身体が汗ばんでくる。湿気を含んだ夜気のせいではない。

「うーむ。酒毒と申すからな。しかし、過ぎれば毒にもなるだろうが、過ぎねば百薬になるやもしれんぞ」

「どこまでが酒を飲んでいるのか、どこからが酒に呑まれているのか、その見極めが難しゅうございます」

「おまえは飲めるさ。素地があるからな」

「は？」

「忘れたのか。二人、台所脇の納戸に忍び込んで酒を浴びたことがあったろう」

「あ……」

「おまえ、まだ五つにもなってなかったな」

主馬が身を乗り出す。喉元がくつくつと揺れた。

「戯れに樽の栓を抜いたのはいいが、うまく嵌《は》まらなくなって、二人、慌てに慌てて、そのうち栓そのものがどこかに転がってしまってなあ」

「覚えております。兄者もわたしも酒にまみれて、着ている物全てがぐっしょりと酒に濡れて……後で、すげにどれほど叱られたか」

「そうさ、おれが焦って、半泣きになりながら栓を捜しているのに、おまえはその間、両手に酒を受けて飲んでたりしていた。『兄さま、おいしいです』なんて喜んでたぞ」

「そうでございましたか？　いや、すげに叱られたことしか、はっきりと覚えておりませんが」

「とぼけたやつだな。おれは翌日から熱は出るわ、腹は下すわで、数日寝付いたけれど、おまえはけろっとしていたではないか。あのとき、零れ出る酒をおれより、よほど多く飲んだにもかかわらずだ」

「そんなことが、本当にありましたか？」

「そうだとも。いまさら、とぼけるな。五つであれだけ飲めるんだ。おまえはきっと底無しだぞ」

主馬が一気に盃を空ける。清之介も飲み干す。膳の上には青柚を添えた鮎の焼き物と香の物が載っていた。

「清」

「はい」

「金を工面してもらいたい」

「いかほど」

「五千」

膳と同じ朱塗りの盃を戻す。諸白の上質の味わいが口中に広がっていく。

「無理でございます」

「無理か？」

「あまりに大き過ぎます」

「では幾らなら用意できる」

「二千両、それがぎりぎりかと」

「四千」

「兄者。遠野屋はただの小間物問屋にございますぞ」

「ただの小間物問屋なら二千両も出せまい」

「ぎりぎりと申し上げました。それ以上は、遠野屋を潰すことになります」

「潰せばよいではないか」

「兄者」

「いやか？」

主馬が正眼に構えたまま、つと踏み込んできた気がした。丹田に力を込める。

「遠野屋を潰すわけにはいきませぬ」

「なぜに？」

「あの店はわたしの命に等しいもの。いや、それ以上に大切なものでございます。むざむざ潰させたりはいたしません」

「命を懸けて守ると申すか」

「守り通してみせます」

「笑止よのう、清弥。たかだか小間物屋の店にそれほどの執着をみせるとは。見苦しいとは思わぬか」

「商人が店に執着しなければ商いは成り立ちませぬ」

「屁理屈を言うな」

「世の理《ことわり》です」

主馬が音もなく立ち上がった。床の間の太刀を摑む。

斬り捨てるおつもりか。

ほんの一瞬、心内をそんな思いが過《よ》ぎる。ほんの一瞬で掻き消えた思いの跡を辿るように、雷鳴が響いた。黒鞘の太刀が膝の上に投げられる。清之介は手を出さなかった。膝を滑り、畳に転がるに任せていた。

「斬ってもらいたい人物がおる」

「…………」

「国許にな」

襖の上で影は揺れ続ける。激しい雨音と雷鳴がさらに轟く。蛙の声は怯みもせず、ますます喧《かまびす》しくなっていく。

「筆頭家老、今井福之丞《ふくのじょう》義孝《よしたか》。名は存じておろう」

「いえ……」

「そうか、まっ、知らずともよい」

主馬は再び座り、盃に自分で酒をついだ。

「飲むか？」

「飲みませぬ」

「清弥。これから国許に発《た》て。今井を斬り捨ててもらう。よいな」

「お断りいたします」

主馬が盃を口に止め、上目遣いに弟を見やった。

「おれは思うんだがな、清弥。父上は狂うておった。狂うてはおったが、あながち、全て間違うていたわけではなかったんだ」

「……」

「おれたちは、父上を葬るのがちと早過ぎたんだよ。もう少し、生かしておかねばならなかった」

主馬が盃を重ねる。胸奥から激しい衝迫が突き上げてきた。痛いほどに情がうねる。

帰りたい。

遠野屋の店に帰りたい。

吹き込んでくる風に涼やかに鳴る風鈴。季節に合わせた小物をずらりと並べた棚。毛氈《もうせん》の上で煌めく簪、櫛、笄。丁稚の安吉と末助が店先を掃いている。帳場では喜之助が大福帳を睨み、その後ろを信三が急ぎ足にすり抜けていく。おくみが赤い襷をかけ、おしのに茶を運んでいた。

職人が荷を運んでくる。客が入ってくる。

田の子屋からやっと品が届いた。見事な蒔絵の紅板だ。見事な、それしか言いようがないほどに見事な品だった。

ため息が出る。同時にこういう品を扱えるという怡悦《いえつ》が胸を満たしてくる。

遠野屋に帰らねばならない。

「父上は病死ということで届けを出した。あっさりと認められたよ。で、おれは家督を継いで、父上の名、忠邦を名乗った。子も生まれた。男の子だ。幼名を明丸とした。明月の夜に生まれたからな。ああそうだ……おまえが出奔した翌々日だったな。あの夜ほどではないが、見事な月の夜だった。そういえば、目元がおまえに似ておった。まだ幼いが剣の筋もなかなかのようでな。藤江が時折、おまえが傍らにいないのを残念がっておったよ。おまえに剣の手ほどきをして欲しかったとな」

「兄者……わたしは……」

「ああ、分かっている。おまえの剣は他の者に伝えるようなものではない。ただ、藤江はおまえのことを好いておった……変な意味でではないぞ。それとなく話したおまえの生い立ちを哀れと思うていたのだろう。情の深い女だったからな」

主馬の眼に陰が差した。声音も眼差しも暗みに沈んでいく。鼓動が速まる。

まさか……。

「まさか、義姉上は……」

「死んだ」

ひどく短い答えが返ってきた。

死んだ。

「亡くなられた……義姉上が……」

「明丸もだ。二人、共に亡くなった」

遠縁の娘にあたる藤江を妻にと望んだのは主馬自身だった。

「声がよいのだ」

祝言を終えて間もなく、兄が耳元で囁いたことがある。

「声に妙なる美しさがある。それが娶った故なんだ」

「声が？」

「そうよ。まさに鈴の如くだ。清弥、女というのは顔でも身体でもない、やはり声だな」

「声、ですか。へぇ」

義姉は美しい人でもあったから、その容貌より声質を褒める兄が歳の差以上に大人に感じられた。確かに藤江の声は涼やかによく通り、心地よかった。その声で藤江は、

「清弥さん、何か召し上がられましたか？」

顔を合わすたびに、そう訊いてきた。食べていないと答えれば、義弟が腹を空かしていることが耐えられないとでもいうように、顔をしかめる。そして、焼いた餅やら握り飯やらを手早くこしらえてくれるのだ。

「義姉上は、何故、殺されたのです」

襖へと流されていた主馬の眼居《まなこい》が清之介の上に戻ってくる。

「殺されたと思うのか」

「ご病死では……ありますまい」

問うべきではなかったのかもしれない。後ろ背に捨てた故郷のことは一切何も尋ねぬまま、耳に蓋していなければならなかったのかもしれない。それができなかった。

主馬は膳を横に下げ、脇息を前に回して両肘をついた。

「そうよ。おまえの言うとおりだ。藤江は殺された。夜分に忍び込んだ賊にな。明丸ともども斬殺された。詳しく聞きたいか」

「いや……」

「聞け」

主馬はそこで、にやりと笑った。その面容に忠邦の俤《おもかげ》が重なる。少しも似ていない顔立ちなのに、いささかもぶれず重なるのだ。

「藤江のことはいい。話を父上のことに戻そう。要は、父上が為されようとしたことは間違いではなかった。手段を誤ったにすぎぬという……いや……それも違うな。父上は己の権勢のために動いた。志を忘れた。間違うていたのは、ただそこのみよ」

父、忠邦が何を思い、何を為そうとしていたか、兄ほどに摑んでいるわけではない。ほとんど知らぬままだった。しかし、父が手段を選ばず、己の思いや欲を叶えようとしていたことは知っている。

暗殺、闇討、密殺、誘殺……兄はそれを間違いではなかったと認めたのだ。

「父上は間違うてはいなかった。やや性急に事を為そうとして綻《ほころ》びたのだ。おれはな、清、上様のお側近くにあがり藩政に深く関わることとなって初めて多くを知った。父上が何と戦っておられたかということもな。父上も鬼だったが、城内には魑魅魍魎がうようよしておったよ。みな、己の欲のために人の皮を被った化け物と成り果てていた。権勢を奢り、富を蓄える。思いのままに藩政を動かすことに腐心する輩を父上は排そうとして、半ば上手くいっていたのだ。おれたちが、殺らなければな」

雨と雷と蛙の声を掻い潜り、三味の音が聞こえてきた。あの女が奏しているのだろうか。こんな夜に三味を弾く女がいるのだなと清之介は目を閉じた。

三味の音は途切れ、兄の声が耳朶に触れる。

「父上という重石がとりのぞかれたことで、逼塞《ひっそく》していた魑魅魍魎どもがまたぞろ穴倉から這い出すことができたわけよ。その筆頭が今井だ。なかなかの切れ者でな。お畏れながら先代藩主……殿の伯父君に当たられる盛景《もりかげ》公は暗愚なお方であった。女色にふけり、音曲を好み、政を省みられることがなかった。今井はそこに付け込んだのだ。盛景公の信を厚くし、己の意のままに藩政を牛耳ろうとした。娘を盛景公の側室にあげ、お世継ぎの外戚になることまで企てたのだ。お漣《れん》の方さまだ。しかし、天の眼ってのは確かにあるのかもしれんな、清弥。お漣の方さまは子をなさず早くに亡くなった。自害されたとの噂もあるが真偽は定かではない。お漣の方さまだけではなく、数多《あまた》いる側室のどなたも子をなすことがなかった。たぶん、子種がなかったんだろう。そして、盛景公ご逝去の後、お血筋である殿が藩主となられた。その後ろ盾となったのが父上よ。そのあたりからではないのか、父上が闇の者を使い、闇の中で事を片付け始めたのは」

「………」

「今井は重臣中の重臣。藩内きっての名門、藩祖、盛光公の時代から続く譜代の家柄だ。さすがの父上もそう簡単に誅するわけにはいかなかったのだろう。今井自身、異様なほどに用心深い男でもあるし、かなりの遣い手でもある。若い頃は横須町にある三崎道場で師範代をつとめたこともあるそうだ。剣の腕前と人品とは一致しないものらしい。そういえば父上も神刀一流の剣士であったな」

清之介は顔を横に向けた。父から授けられた太刀筋は身に沁み付いて肌となり肉となっていた。しかし、それにどういう流派の名がつくのか教えられたことはない。

名など無用。

父はそう考えていたのだろう。

名など無用じゃ。太刀もそなたもな。

生々しく忠邦の声が聞こえる。主馬のそれと縺れ合った。

「今井は城下の豪商と結託し、私腹を肥やしていた。よくある話だがな、驚くほどの蓄財だ。お濂の方さまが城奥に入られたときの支度の豪奢さは、いまだに語り草になっておるぐらいだ。まっ、それは余談だがな。今井はまさに俗物そのものだ。己の欲心のためなら娘さえ差し出す。父上も似たようなものだがな。娘を差し出すか、息子を利用するか。その違いだけだ。ともかく、父上は今井を蟄居《ちっきょ》に近い形にまで追い込んだ。おまえもその頃、今井派の要人を幾人か斬ったのではないか？」

盃の底に薄く残った酒の中に羽虫が飛び込んできた。塵かと見間違うほどの小さな虫は、それでも生きている物の証のようにしばらく足を動かしたけれど、すぐに静かになった。

「おれの話が退屈か？　清」

「いえ……」

「先はもう読めているだろう？」

「いえ」

「なんだ、しばらく会わないうちに、しらりと嘘がつけるようになったのか。嘘も方便ってやつだな」

「方便が使えなければ、商人はつとまりませぬ」

主馬は声を出さず口元を歪めただけの笑みを浮かべた。

「それはけっこう。では、急ぎ言うてしまおう。いくら夏の宵でも更けぬわけではないからな。今井を生かしておいたのはまずかった。父上の失策だ。病根を消さずして完全な治癒はない。宮原忠邦と言う重石が取り除かれたことで、今井は表舞台に帰ってくることができた。父上、存命のおりから水面下ではいろいろと画策しておったのだろうよ。父上は全て一人で事を処した。それは、実権の全てを自分一人で握るためであり、自分一人で事を処すことができるという過信ゆえであったのだろうが……父上が消えてしまえば、思わぬ空隙ができてしまった。今井はそこに入り込んだのだ。おれが気づいたときには、昔日の権勢にはおよばぬがその勢いをかなり取り戻しつつあった。折り悪しく、殿が病床に伏された。これは、今井の手になるものではない。さすがにお上にまでは手は出せなかったようだ。その点、父上の方が徹底していたのかもしれんな。主殺しさえ辞さぬ方だったからな。殿は疱瘡《ほうそう》を患われたのだ。こじれて、一時はお命も危ぶまれた。平癒されたが、身体に力が入らず、ご気力も萎えて政にまで御目が届かなかった。ますます、今井の天下というわけさ。天も悪に加担したわけだ。でな、清弥。今井が何をしたか。政敵である父上に倣い……邪魔な者を取り除こうとした。力ずくで、性急にだ。海千山千の今井からすれば、おれなどあまったるい小僧だったろうよ。しかし、目障りこの上ない相手でもあった。報仇《ほうきゅう》の思いもあったろうしな……。しゃべりすぎたな、喉が渇いた」

手酌で酒を注ぎ、主馬が喉を湿らせる。

「まったくなあ……絵に描いたような青二才だった。修羅を生き抜くにはあまりに青過ぎた。おれはなあ、清弥、まっとうな人間のまっとうなやり方で政道とは成り立つものと信じていたのよ。主に仕え、民を思い、己の欲を捨てる。それでこその政だとな……とんでもない見当違いさ。地獄へと続く阿修羅道はそんな奇麗事で歩ける路ではなかった。鬼にも化け物にも畜生にもならなければ、踏破などできぬ路だ。気づくのが遅かった。おれがもう少し利口であれば、藤江も明丸もああまで無残に殺されることはなかったろうに」

「お取調べは、いかように……」

「取調べ？　抜かりはあるものか。夜盗による押し込み……あまりにばかばかしい話だろう。

まぁ、今井の犯した唯一の失敗はおれを殺しそこねたことだ。若党に一人、遣い手がおってな。そやつのおかげで傷を負っただけですんだ。ただし、みすみす妻子を殺された軟弱者、武家にあるまじき輩と滅鬼積鬼《めっきしゃっき》は凄まじかったが。おれが腹を切ればことは容易におさまったろうが、切るわけにはいかぬ。石にかじりつき、地を這ってでも生きておらねばならぬ。殿の江戸参勤に伴いこの地に来たのは、かの地にいては生き長らえるは至難との殿のお取り計らいだ。ただし、お役はない。しばらくは、おとなしく身を潜めていようと思うておる。表向きはな」

いつの間にか、雷鳴が遠ざかっている。雨音も間遠くなっていた。夜気が涼やかになる。三味の音も途切れたままだ。蛙の声だけが飽くことなく続いていた。

「しかしな、いつまでも今井の天下は続くまい。続かせてはならぬ。江戸家老沖山頼母《たのも》さまの」

「兄者」

清之介は身体をずらし、両手を前についた。

「承知つかまつりました」

主馬が短く息を吸った。

「まことか……清弥」

「遠野屋の身代をかけまして、四千両、ご用達いたします」

「金か……ふーむ、何とかなるわけか？」

「いささか時間はかかりますが……お待ちくださればどうにかいたします。ただし、つごう三年以内に全額ご返済くださるとの念書をいただきとうございます。それが、遠野屋からの唯一の条件にございますれば」

主馬の手から盃が飛んだ。清之介の肩口にあたり、畳を転がる。襖の前で止まった。

「金はいらぬ」

「兄者」

「今井を斬れ」

「できませぬ」

「唾棄すべき姦計の徒だ。誅せよ」

「できませぬ。お許しください」

深々と頭を下げる。ひたすら額を畳にすりつけるように平身するしかなかった。義姉を哀れとも思い、ついに出会うことも抱くこともなかった甥を不憫とも感じるけれど、兄の命《めい》に従うわけにはいかない。それだけは、できなかった。

「刀はとうの昔に捨てました。わたしには、もはや人を斬ることなどできませぬ」

主馬は脇息から身を起こし、首の後ろを軽く叩いた。

「伊豆が、伊豆小平太。わしを救うてくれた若党よ。十年に一人の剣の逸材と評されておる男だ。かなりの偉丈夫であったろう」

見上げるような体軀ながら、音もなく背後に迫ってきた男。隙だらけでありながら、身を抉るような殺気を放っていた男だ。

「その伊豆が、おまえのことを鬼神のごとき動きをすると感嘆しておったぞ。手練の者を赤子のように捻ったそうではないか。腕の方はいささかも衰えてはおらぬようだな、清弥」

「そのことを確かめるために、あのような無体をなさったのですか」

主馬が喉の奥で低く呻いた。それが、掠れた声となる。

「今井を斬れ。闇に葬るのだ。それをできるのは、おまえしかおらぬ。今井は暗殺されるを怖れて、身辺警護を固めておる。その囲いを潜って今井を討ち取れるのは、おまえだけだ」

清之介は顔を上げ、紅く染まった兄を凝視した。

「伊豆さまとは違い、わたしと兄者との結びつきを知る者は誰もおりません」

「何が言いたいのだ?」

「わたしが返り討ちにあい、果てたとしても兄者に火の粉はかからぬということです」

「ほう。さすが慧眼ではあるな、清」

おれたちは何という語り合いをしているのだと、清之介はこぶしを握った。長い年月の果てに再び相まみえた兄弟の、これが交わす言葉の数々なのか。

「隻腕の男を知っておる」

主馬がぽつりと呟いた。

「え?」

「片腕を切り落とされた男だ。父上の子飼いであったらしい。おまえとよう似た境遇の男よ。父上の血は入っていないがな。子どものおりから、父上がどこぞで育てていたらしい。源庵《げんあん》と名乗っておった。江戸で拾うた名前らしいが、気に入っておるとよ」

「源庵……」

「知っておろう」

「知りませぬ」

胸の内で焔が燃えた。じりじりと心を炙る。

源庵。おりんを死にまで追い詰めた男だ。おりんの心の傷に手をかけ揺さぶった。この男の言葉にからめ捕られ、おりんは竪川に身を投げた。おりんをそして吉田敬之助を操り、滅ぼした男。

忘れたことなどない。この手で引き裂いてやりたいと、眠れぬ夜にも忙しい日々の合間にも激しい衝迫を覚え、気息が乱れた。

引き裂いてやりたい。

切り刻み、血に塗れてのたうつ姿を笑うてやりたい。

心の臓を引きずり出してやりたい。

おのれ、おのれ、おのれ。

「知らぬというか。源庵とやら女房の仇ではないのか」

「知りませぬ」

それでも知らぬと言おう。許すことなどできないけれど、忘れ去ることなどできないけれど、それでも知らぬと言い張り……いや、おれは、本当に知らぬ者として封じていたはずだ。そうしなければ前には進めない。日々を生きることができない。遠野屋に帰り、遠野屋のために生きる日々の中で、清之介はそう悟った。憎悪に凝り固まっていては生きていけない。品を見定めることも、商いを楽しむことも、店や義母を守ることもできないのだ。そう悟ったとき、源庵の名も姿も全て封印した。

主馬の眉が顰められる。顔が歪み、双眸が見開かれる。

「その源庵がおれを訪ねてきた。ここではない。おれの隠れ住んでいる屋敷にだ。父上の血筋になるおまえなら、瓦解した闇の組織を再び編み作ることは容易いと申しておった。おれには無理らしい。表と裏、光と闇は表裏ながらまるで違うものだとな。おれはむろん、表舞台から降りる気などない。さすれば、おまえが陰で闇を束ねてくれれば、まさに磐石の基ができるよな」

「四千両の方が価値はございましょう。八朔《はっさく》まで待っていただければご用意いたします」

「金はいらぬと申したではないか」

「わたしは、人は斬れぬと申し上げました」

「商人として死ぬつもりか」

「商人として生きております」

「おまえには全てを話した。このまま、放つわけにはいかぬぞ」

清之介は襖と襖近くに転がった朱色の盃を見やった。

「お好きなようになさいませ」

深く息を吐く。

風鈴が鳴る。丁稚が走る。おくみが赤い襷できりきりと袖を絞る。おみつは台所だ。竈にかかった鍋をかき回している。信三が荷を解き、数と質を確かめる。おしのはおりんを待ちながら、庭を見つめている。

おっかさん。

語りかけてみる。

おっかさん、ごめんよ。もし、このままあなたの許に帰れなかったら……帰れなかったら、ごめんよ。

おしのが振り向く。泣きそうな顔をしていた。

「清さん。待っていたんだよ」

「遅くなりまして」

「ほんとにね。随分、遅かったから心配したんだよ」

おしのは手を伸ばし、清之介の袖を摑んだ。

「心配したんだよ、清さん。あんたまでおりんのように帰ってこなくなったらどうしようかって……心配してたんだよ」

おしのの指が震える。清之介はその肩をそっと抱いた。

いつのことだろう。

「心配したんだよ、清さん。あんたまでおりんのように帰ってこなくなったらどうしようかって……心配してたんだよ」

その一言のあと、おしのがはらはらと泣いたのはいつのことだったろう。

おっかさん。

清之介は立ち上がった。

「帰ります」

「帰れると思うのか」

「帰らねばなりません。わたしには待っている人がおります」

「女か？」

「母です」

兄は座したまま、弟を見上げた。


見つけた。

女は小さく呟いた。呟きにさえならない声だったかもしれない。それなのに、女の耳奥には自分の声が鐘のように鳴り響いた。

見つけた。

とうとう見つけた。

切見世の薄闇の中に、あの顔を見つけた。やっと見つけたのだ。もう二度と逃さない。

女は胸を押さえる。生温かい乳がじわりと滲み出した。

第六章　命

白々と夜が明けてきた。昨夜の雨のせいで、薄い靄《もや》がかかっているはずだ。夏の朝は足が速い。障子を通して仄かに沁みてきた光は、瞬く間に勢いを増し、座敷のそこここにある闇の屯《たむろ》を消し去っていく。外では靄もまた消えかかっているだろうか。消えながら靄は光を弾き、淡く煌めく帯を空に作る。雨に洗われ緑を濃くした木々の葉や草が早朝の光の中でさらに艶めいているはずだ。

鳥の声が聞こえる。

庭と呼ぶにはいささか憚られるような、裏口と垣根に挟まれた猫の額より狭い土地に、おふじが花を咲かせ、実をつける樹などを植えているものだから、花と遊ぶのか葉につく虫を啄《ついば》むのか、小鳥がやってくる。

鳥たちの小さな柄に合わぬかしましい声に起こされて、足早に明けていく空を眺めた幾つもの夏の朝があった。鳥は、渡りではなく地に留まる種のものだから、夏であろうと冬であろうと、さえずっているはずなのに、不思議と夏、しかも初頭のこの時期しか耳に触れてこない。たぶんそれは、自分が夏の鳥のさえずりを好んでいるからだろうと伊佐治は勝手に解釈している。冬の鳥は、どこかさもしい鳴き方をするし、春先は妙に忙しいと感じるのだ。賑やかに、晴れやかに、しかしどこか大らかさを含んで鳴き交わす夏の鳥が好きだった。

しかし……。

しかし、今日は気に障る。ぞわざわと神経を逆なでされるようだ。窓の格子の間から、土器《かわらけ》の一つも投げつけてやりたい。

伊佐治は小さく唸り、組んでいた腕を解いた。一息吐き出して、あたりを見回す。

『梅屋』の二階にある一室で、ふだんは客用の座敷になっている。客用といってもそれほど上等なものではなく、伊佐治たちが寝起きする台所横の座敷より、畳がやや新しいかといった程度にすぎない。

「旦那」

傍らに寝転がる信次郎に声をかける。

「お休みなんで？」

「まさか」

信次郎はもぞりと動き、朝の光の中で無遠慮な欠伸をもらした。

「こんなところで、ぐうたら眠れるほど、おれは胆が太かぁねえよ」

「こんなところで悪うござんしたね」

「朝っぱらから、突っかかるな。それより朝飯はまだかよ？」

「朝飯ですかい」

「そうよ。太助の作った、うめえ朝飯が食えると思って、こんなところで夜を明かしたんじゃねえか」

「こんなところねぇ。そりゃあどうも。あっしとしちゃあ、お帰りになっていただいて、ちっとも構わなかったんですがねえ」

伊佐治はわざとらしく洟をすすりあげてみた。

「旦那」

「なんだよ」

「どう動きやす？」

大きく息を吸い込む音がまだかなり濃く闇の残る片隅から聞こえた。その闇から、遠野屋の手代が這い出てくる。

「お願いいたします」

信三は、畳に這い蹲《つくば》るように低頭した。

「どうか一刻も早く、旦那さまをお助けくださいませ」

信次郎が、伊佐治よりずっとわざとらしいため息をついた。

「手代さん、おれだって助けられるものなら、助けてえのは山々さ。遠野屋とは知らねえ仲じゃねえしよ。けどよ、正直な話、どうにも動きようがねえじゃねえか。そうだろ?」

信三の手が信次郎の袖を摑んだ。指先が震えている。

「木暮さま。木暮さまの探索のご手腕は、並外れたものと伺っております」

「うむ、まあな。あながち間違いじゃあねえな」

「ならば、どうか、うちの旦那さまをお探しくださいませ。お願いいたします。どうか、木暮さま」

「旦那さまもいいけどよ。おまえさん、自分の身のことを心配した方がいいんじゃねえのか。どう見ても半分死んでるって面だぜ」

信次郎の言うとおりだった。

刻々と力を増し闇を掃《はら》う光を浴びた信三からは、生気というものがほとんど失せていた。両眼は真っ赤に充血しているのに、顔色は異様なほど白い。昨夜、信次郎に蹴り上げられたときにできた傷が、頰骨のあたりに赤く浮いている。その色がかえって、血の気のない肌の白を際立たせていた。鬢はほつれ、信三が動くたびにゆらゆらと揺れる。一晩で、何十歳も歳をとってしまったようだ。その変容が、『梅屋』の座敷でまんじりともせず過ごした一夜、信三が味わった、いや、今でもじりじりと身を炙っている焦燥と後悔と傷嘆の深さを万の言葉より雄弁に物語っていた。

信三は心から主を慕っていたのだ。崇めるように慕っていた。その主の安否が知れない。しかも、自分は主を背に逃げ出したのだ。

焦燥と後悔と傷嘆。

哀れなこった。

見ていると哀れが募って、たまらなくなる。どう慰めればいいか……思案はしてみても、言葉一つ浮かばない。伊佐治は再び腕を組んだ。そして、また、我知らず小さく唸っていた。

「鬱陶しいんだよ」

信次郎が吐き捨てるように言った。

「おめえは、他人に縋ることしかできねえのか。自分で、何とかしようって思わねえのかよ」

「わたしが？」

信三が息を吸い込む音がした。

「わたしが……わたしにできることが、ありましょうか？　わたしにできることなら、何でもいたします。木暮さま、わたしにできることは、何でございましょう」

「ねえよ」

信次郎は指の先で、耳をほじくると横を向いて、欠伸をもらした。

「このおれが手こずってんだぜ。小間物問屋の手代ふぜいに、できることなんぞ、あるわけねえだろうが」

「そんな……」

「そんなもこんなも按摩の笛もあるもんか。今んとこ、おれたちにできるのは待つことだけだ」

「旦那さまのお帰りを……待つことで……」

「さもなきゃあ、遠野屋の死体がどこかで見つかるのをだ。そうさな、大川あたりにぷかりと浮かぶってのが」

「おやめください」

信三がくぐもった悲鳴をあげる。その悲鳴が肉も肌も突き破るのではと思えるほど、喉もとが震えた。信次郎の肩が軽く上下する。

「まあ、あいつのこった、そう簡単に殺られやしねえだろうが。よってたかって二本差しに連れ去られたとあっちゃあ、生きて帰れる見込みは薄いんじゃねえのか。覚悟しとくんだな」

信次郎は、うなだれる信三に笑みを向けた。やけに、優しげな笑みだ。

「何だったら、店に帰って葬式の用意でもしてたらどうだい。先に先に手を打つのが商人ってもんだろうが。ここでうじうじしているよりずっと、気も紛れるぜ」

「旦那!」

まったく、このお人は、どこまで折れ曲がっているのだと伊佐治はこぶしを握っていた。憔悴しきった相手をさらに弄るなどと、犬畜生でもやらねえ所業だ。おれの息子なら、面が形を変えるほどぶん殴ってやるものを。

込みあげてくる憤りが伊佐治の指を震わせたとき、信次郎が密やかに息を吐き出した。

「ただ、おめおめと殺られるようなやつじゃねえ。殺られたとしたら、それだけのわけがあるはずだ」

伊佐治は指を広げ、身を乗り出した。憤りの情がするすると引いていく。このお人はどこまで折れ曲がっているのかと怒るより、今、信次郎の吐息とともに口から零れる言葉、言葉を支える思索の道筋を聞きたいと思ってしまう。

「それだけのわけって、言いやすと?」

「親分、遠野屋ほどの手練が好き勝手に膾《なます》に刻まれて、大川に浮かぶなんて、おれにはどうにも考えられねえ。殺されるのなら、真剣で切り結んでの結果か……それもなあ、あやつを斬り捨てられるほどの凄腕がそうそういるとも思えねえし……」

「ああ、そうだ、いつだったか、旦那、おれとは腕が違いすぎる。相討ちにさえ持ち込めねえって、おっしゃってましたよね」

「そんなこと言ってねえよ」

「言いましたよ。とうてい敵わないって言い方してたじゃねえですか。あっしのこの耳でちゃんと聞いたんですから、間違いねえです」

「何で、そんなにいちいち突っかかってくんだ。ようするに、遠野屋がどんな死に方をするかってこった。万が一、白刃を交えてやられたとなると、相手も……それが何人か分からねえが、かなりの深手を負っているはずだ。うん……そうだな。相当の手練がかなりの数で囲めば、いかに遠野屋でも……そうだ、そうだな、かなりの数の怪我人や死人が相手方にも出るはずだ。怪我人が出れば医者も呼ばねばならないし、死体を片付ける手間もいる。遠野屋を連れ去った相手は、ともかくばたばた動かなければならなくなる。ばたばたとな……つまり……」

「遠野屋さんの死体と引き換えに、ごっそり手掛かりが残るってこってすね」

「だな。ただ、ただな、これは……ほんとうにおれの勝手な思いだけどよ、あやつが斬られるとすれば、案外、あっさり斬られちまうんじゃねえのかな」

「抵抗しないでって、こってすかい？」

「うん……まるで抗わずに、ばっさりと……まさか腹までは切ってねえだろうが、座ったままか立ったままか、あえて刃を身に受けるってな」

「なんでそう思いやす？」

「遠野屋があっさり駕籠に乗ったからだ。あやつが白刃に脅されて、おとなしく連れて行かれるとは考えられねえ。あやつはたぶん、駕籠の先に誰が待っているか感づいたのよ。だから、従った。従わなきゃあならねえような待ち人だった。もしそうだとすれば、おとなしく殺されるってことも、ありじゃねえのかって……思ったわけさ」

「だって、旦那、遠野屋さんに……いや、誰にだって、おとなしく斬られても仕方ない相手なんて、そうそういるもんじゃねえですよ」

人は業のように負い目を背負う。背負って生きるものなのだ。誰かを蔑《ないがし》ろにした。だれかを手酷く傷つけた。誰かの心根を踏みにじった。騙した。不幸にした。嘲った。借金を踏み倒した。娘を女衒に売り飛ばした。老母を置き去りに家を出た。

時として、他人と目を合わせられないほどの後ろめたさ、負い目を背に歩かねばならないことがある。それはまた、人としての証でもあるのだと伊佐治は解していた。

獣でないからこそ、鬼でないからこそ、過去のあれこれに悩み、心を縮ませる。遠野屋は獣でも鬼でもなかった。どこか、伊佐治には窺い知れぬ場所を秘めてはいたけれど、それでも、まっとうな人間だった。何より、必死に生きていた。生きることに執着していた。生きて、遠野屋という店を守り通してみせる。遠野屋本人の口から決意の言葉一欠片聞いたわけではないけれど、傍で見ていれば感じる。

生きて、遠野屋という店を守り通してみせる。

生きることが死ぬことより遥かに耐え難くあろうとも、死がどれほど甘美であろうとも、生き抜いてみせる。

耳でなく肌で、まだ若い商人の決死の声を聞くのだ。

そういう人間が、従容《しょうよう》として死を迎え入れるだろうか。俄《にわか》には信じ難い思いだった。遠野屋が自分の命を差し出しても償わねばならない相手……伊佐治には、亡くなった遠野屋の女房おりんしか思い浮かばなかった。

「さて、誰かな。江戸に出てくるまでのあやつの来し方に絡んでいる誰かだろうが、そうなると、やはり生国の藩邸あたりを探るしかねえが、ちと厄介だな。厄介とも言ってられねえが」

「旦那」

「ああ？」

「遠野屋さんを捜し出すおつもりなんですね」

「あたりめえだろう」

「大川に浮かんだ死体じゃなく、生きた姿で、でござんすね」

「できればな。あれだけおもしれえ男をみすみす大川に浮かべちまうのも惜しいじゃねえか。まあ、あやつが自分の命にじたばたと拘ってくれれば、生きて帰ってこられるやもしれん」

「へえ」

「なんだよ、そのへえってのは」

「感心してるんで。旦那、遠野屋さんのことを案外よくご存知だったんで」

「長え付き合いだからな」

「そんなに、長かありやせんよ。初めて会ってから、まだ季節が一巡りもしてねえんですから」

そう答えはしたものの、その答えは決して間違いではないものの、伊佐治自身、両手の指を全部折ってもまだ足らないほどの年月を遠野屋清之介と付き合ってきたような気がしてならなかった。昔の姿、今、胸中にあるもの、何一つ摑めていないはずなのに、濃く深く関わってきたように感じるのだ。

遠野屋を好いているわけではない。むしろどこか怖じる部分が今もまだ伊佐治の中に残っている。この男は、いつ、どこで、どんなふうに豹変するのか見当がつかない、と怖じる気持ちは心の内に蠢いてはいるのだ。遠野屋と顔を合わせる度にずくずくと蠢きはするのだ。しかし、それでも親密に濃密に関わってきたという感覚は拭い去れない。茶を飲み、とりとめのない世間話をする。大方はそれだけで過ぎていった刻が濃く深く細やかなものとなっている。

なるほど、おもしれえ男だ。みすみす大川に浮かべちまうには惜しい。あまりに、惜しい。

伊佐治はうなだれたままの信三に顔を向けた。

「ということった。信三さん。うちの旦那が請け合ったんだ。遠野屋さんは必ず無事に帰ってくる」

信三の充血した目が瞬いた。頬に血の気がのぼる。

「まっ、まことでございましょうか」

「うちの旦那はな、臍はこれ以上ないほど曲がってるけれど、嘘は言わねえ。できねえ約束もしねえ。大船に乗ったつもりで、どんとまかしときな」

信次郎が何か言いかけた口を一文字に結ぶ。

「だからな、あんたもそんな疫病神にとり憑《つ》かれたみてえなご面相をしていちゃ、いけねえ。

顔でも洗ってさっぱりしな」

「はい……」

信三が僅かに生気の戻った眼で頷く。

「そうさな、信三。おめえにできることは、ここでうじうじ泣いてることじゃねえ。遠野屋に帰って主の不在をなんとかごまかすんだ。せめて、今日一日、誰にも怪しまれないように算段しな」

「はい」

目の前にやるべきこと、やらねばならぬことが見えたとき、人は顔を上げられるものらしい。さっきより、さらに生気を戻して信三が大きく首肯する。それが合図だったかのように、階下から朝餉《あさげ》を告げるおふじの声が聞こえた。

「旦那」

腰を浮かせながら、ふと尋ねてみる。

「うちにお泊りになったのは何でです」

いくら美味だからといって、一汁一菜のささやかな朝餉を楽しむためだけに、信次郎がわざわざ『梅屋』に泊り込むわけがない。

小さく笑い、その笑いをすぐに引っ込めて信次郎は眼差しを漂わす。

「親分といっしょにいたかったんだよ」

「へっ?」

何の戯れ言かと眉を顰めたけれど、信次郎は生真面目な顔のまま空を見ていた。

「何かが起こりそうな気がしてな。何かがばたばたと動き出したって気がして……それなら、親分といっしょにいた方が手間がはぶけるかと思った。それだけのことよ」

「それは、遠野屋さんのことですかい? それとも、あちら……遊女殺しの件で?」

「さあ、おれにも分からねえ。ただの勘だからよ。けど、おれの勘ってのがなかなかに馬鹿にできなくってな」

「分かってやす」

信次郎の頭の冴えのほどは良く心得ている。そして、理詰めに突き詰めていく冴えとはまた別に、直感の利き、理では解けない勘の鋭さもまた充分に承知していた。

「旦那、遠野屋さんのこととあの件が繋がっているとお考えなんですかい?」

信次郎は、右肩だけを竦めてみせた。

「まさか。親分、合巻《ごうかん》の読み過ぎじゃねえのか。そんなふうに何でもかんでも繋がるわけがねえ」

「そりゃあそうですが。あの殺しに遠野屋さんがまるっきり関わってないとも言えねえでしよ」

「言えねえな。むしろ……」

そこで言葉をきり信次郎は、床の間に立てかけていた刀に手をのばした。

「ああいう男ってのはな、親分、知らず知らず呼び寄せるんだよ。花が蝶を呼び、灯りが虫を集めるみてえにな」

「呼び寄せるって、何をです？」

「人の死さ」

信三が背後で小さく息を呑んだ。

「だからおもしれえんだ。あんなおもしれえ男はいねえ。何が何でも生きててもらわなきゃ、困るんだよ」

部屋を出て行く着流しの背をちらりと見やり、伊佐治は我知らず呟いていた。

「気がついてねえんですかい旦那、旦那だって、同じ穴の狢《むじな》なんですぜ」

信次郎の勘が正しかったと証が立ったのは、朝餉もそこそこに信三が森下町に帰って行った直後のことだった。

源蔵が飛び込んできたのだ。

「親分、親分」

信次郎と素早く目を見合わせる。

「また、殺られましたぜ」

「女か」

「女と男で」

「男？」

すっと血の気が引いていく。信次郎の頬も明らかに強張っていた。

「男の仏が見つかったのか？」

「へえ。しかも、女は二人……つごう、三人、殺られやした」

「三人」

絶句する。立ち上がった信次郎を仰ぎ見る格好で、伊佐治は短い呻きをもらした。

「旦那、三人って……」

男と女、そしてまた、女。

何故、どうして、どういうことだ。

「男か」

信次郎が唇を噛む。

猫でも近寄ったのか、鳥たちが騒がしく鳴き交わし、飛び立っていった。その声が耳の奥底にねじ込まれ鈍い痛みに変わる。男と女と女。男と女と……。

伊佐治もまた、強く唇を噛み締めていた。


「座れ」

主馬が顎をしゃくる。

「兄の命じゃ。座れ」

脇息から身を起こし、主馬は緩慢な仕草で手を振った。

「清、この兄に、腕ずくで弟を引き止めるような無粋な真似をさせてくれるな」

抑揚のない声だった。脅しているわけでも、懇願しているのでもない、どんな感情も含まぬまま、兄は座れと命じている。

兄者は、いつの間にこのような物言いを覚えられたのだ。

清之介は立ったまま、兄を見下ろしていた。

主馬の口調は、いつも明快でまっすぐだった。青竹を思わせて、すっきりと立つ。そして、竹林の風音に似てさまざまなものを含んでいた。決して激しくはない。猛々しい烈風ではなく、緩やかな薫風に近い。そこにはいつも豊かな情意があった。

清之介は兄の声が好きだった。その声音が、口調が、口を閉じ、思念を探る横顔が好きだった。人とはこのように豊饒なものなのだと兄から学んできた。

もう、やめろ。これ以上、殺すな。

月下の庭で主馬の放った一言は、故郷の風や川瀬の音とともにいまだ、鮮やかによみがえる。

人を殺してはならぬと、他者から初めて投げつけられた戒めの一言だったのだ。

「兄者」

清之介は羽織の裾を払い、畳の上に膝をついた。黒鞘の一振りを主馬の前に戻し、下がる。

「兄者がお望みなら、わたしはいつまでもここに座しております。兄者に聞いていただきたきことも、積もるほどにございますゆえ」

「そうか、では、何の話を交わすつもりだ、清弥」

「わたしが、遠野屋清之介として生きております日々のことなど、ゆるりと聞いていただければ」

主馬が薄く笑う。

「商人のあれこれを聞いて、何とする」

「兄者には無縁の、決して知ることのない日々にございましょう。知らぬことを知るは、おもしろいものでございます」

「ふーむ。おまえは、おもしろかったのか？」

「はい」

「女房を殺されても、なお、おもしろかったと申すか」

清之介は膝に手を置き、深く息を吸った。

「はい」

「薄情な亭主だな」

「今の……この日々は、人として生まれたからにはおもしろく生きてみろと、女房が手渡してくれたものでございます。その遺志に背く気はさらさらございません。そう……女房が命がけでわたしに遺してくれた日々の暮らし、おもしろうに生きねば罰が当たりましょう」

口にしてみて、清之介は心の一隅がすっと晴れる思いを味わった。

そうだな、ほんとうに、今のこの一日一日は、おりんがおれに授けてくれたものなんだ。

清さん。ほら、おもしろいでしょ。

おりんが傍らで囁くではないか。

こんな暮らしがあったのだ。

こんな日々があったのだ。

こんな人々がいたのだ。

人のおもしろさ、人と交わる日々のおもしろさ、心を痛めることも思い悩むことも、喪失も悲哀も全て呑み込み、包み込み、流れていく刻のなんと、おもしろいことか。

おりんが遺してくれたのだ。

人ってのは、何といいますか、おもしれえ生き物でござんすよ。

伊佐治がぽつりと口にしたことがある。

だから楽しみなせえよ、遠野屋さん。

ほとんど呟きだったけれど、確かにそう聞こえた。おりんが遺したものを、あの岡っ引はちゃんと摑んでいたのかもしれない。

「清弥」

兄が呼んだ。

「はい」

「おまえに母は、おらぬ」

「おります」

主馬と目線が絡む。

「おりますよ、兄者」

ゆっくりと繰り返す。

「母は、今、身体の調子が優れないのです。それなのに、わたしが家を空けると戻るまで必ず待ってくれていて、帰りが遅いとあれこれと心配いたします」

「そうか、それでは今宵はさぞや、待ちくたびれておろう」

「はい。眠れぬままに夜を越しはしないかと案じられます」

「その母の元に、戻るつもりか」

「むろん」

「帰すわけにはいかぬぞ」

「帰ります」

主馬の眼が黒鞘の上を撫でた。

「どうあっても兄の命が聞けぬというわけだな」

「兄者、わたしはもう誰の命であろうと、その意のままに動くつもりはございません。従うとすれば己の志にのみと、心に決めております」

「たわけが」

主馬が吐き捨てた。

「しばらくの江戸暮らしで、性根の奥まで腐ったか」

「江戸で己のために生き直せと、兄者がおおせになりました」

傷痕がひくりと動く。その傷の先にある唇が薄くめくれた。

「興ざめなやつだ。せっかく、久方ぶりに兄弟だけで語り合おうと思うていたのに、ぶち壊しだぞ」

「兄弟だけで？」

少し笑ってみる。ほんとうに、おかしかったのだ。

「それにしては、見物人が多すぎませぬか」

主馬が身を起こす。同時に襖が開いた。

座したまま清之介は、兄を見つめていた。

兄者はどのような者になったのだろう。見つめながら、我知らず考えていた。

もう、やめろ。これ以上、殺すな。

あの一言を搾り出すように叫んだ兄と、今、目の前に座る者との間にはどれほどの隔たりがあるのか、はかり難い気がする。

襷がけの武士が数人、柄に手をかけたまま背後に回る。退路を塞ぐつもりか、庭に通じる障子の前にさらに三人が立った。

おいおい、この座敷で、この大人数で斬り合えばどうなるか、分かったうえで構えてんのか。

傍らに立つ一人をちらりと見上げてみる。顎の尖った目つきの鋭い男だった。先般、松並木の下で斬りかかってきた男かもしれない。清之介の視線を受け止めて、男の身体がさらに緊張した。

殺気が漣《さざなみ》のように四方から寄せてくる。いつでも斬りかかれるように、男たちは気息を整えていた。

何だかな……。

眼を伏せ、膝においた自分の指先に視線を落とす。膝の前で大蚊《ががんぼ》が一匹、何かに中《あた》ったのか仰向けになって脚をばたつかせていた。

構えから見ても、一点に集中する気配からしても、男たちがみな、かなりの剣士であることは明白だ。みな、腕はたつ。しかし、実戦をほとんど知らぬのではあるまいか。

竹刀を打ち合うことと真剣を交えることは、まるで別物だ。そのことをこの男たちはまだ己の身体で会得していない。

「殿」

襖の陰からのそりと偉軀の男が現れる。袖を絞ってはいなかった。

「いかがいたします」

「そうさな……清弥」

「はい」

「いかがする？」

「兄者のお心のままに」

「斬り捨てられてもかまわぬと言うわけか」

「それは、困ります。先ほど申し上げたとおり、わたしは帰らねばなりませんし、帰るつもりでもおります」

兄者は兄者のお心のままに。

そして、
おれはおれの心に従って、全てを為すまでのこと。

その結果がどうであろうとも、為すまでのことだ。

大蚊はいつの間にか動かなくなっていた。脚が一本取れて、動かぬ体の横に転がっている。

座敷に静寂がおとずれた。響くのは蛙の声ばかりとなる。誰も動かず、誰も声をたてない。

主馬が静かに息を吐いた。

「なあ、清よ」

昔どおりの柔らかな口調で語りかけてくる。

「おまえな、今、何を考えてんだ？」

「これといって、何も。いや……ふっとですがビードロのことを考えました」

「ビードロ？」

「はい、もう昨日のことになりますか、ビードロのなかなかに見事な簪を手にいたしました。何故か、その簪のことを思い出しておりました」

嘘ではなかった。眼裏を一瞬過《よ》ぎった月色の光は刀身のそれではなく、若い職人から手渡されたあの簪の煌めきだったのだ。

ビードロ職人の芳蔵は、二十本の簪を今月末と区切った納期に間に合わすことができるだろうか。

二十本、全て納めてごらんにいれやす。

その一言を口にしたあと、胸を張った職人の顔が浮かぶ。

義姉上なら、あの職人の簪がさぞかし映えただろうに。

思惟は流れ、もうこの世にはいないという義姉のどこか淋しげな笑顔にたどり着いた。

ポツッ、ポツッと音がする。障子に羽虫がぶつかっているのだ。

「くっ」

傍らに立つ男が呻く。額に汗が滲んでいた。頬が微かに震えている。唇が白く乾いていた。

そりゃあまあ、疲れもするだろうよ。

殺気を放ったまま動けぬのだ、さぞや消耗するだろう。こうも無為に己の心体の力を垂れ流しているようでは、人は斬れぬ。

お侍さま。もう少し、緩みなせえ。

伊佐治の口調を借りて、半ば慰め、半ばからかってやりたくなる。信次郎なら、露骨な嘲笑を浮かべて相手を挑発しているだろう。伊佐治の軽妙さも信次郎のあざとさも持ち合わせていない自分が、どうにも中途半端に感じられてしまう。

「ビードロか」

主馬は腕を組み、天井近くに溜まる闇を凝視した。

「伊豆」

「はっ」

「駕籠の用意をしてやれ」

「はっ」

「殿！」

男たちがどよめいた。

「このまま、帰すおつもりですか」

柄から手を離さず傍らの男が低く叫んだ。汗が頬を伝っている。

「里村」

伊豆小平太、主馬の命を救ったという若党はいかにも逸っている様子の男を視線だけで諫めた。

「殿の仰せだ。下がれ」

「しかし、我らに与《くみ》するとの言質もとれず、全てを知られたまま無事に帰すなどと……」

「正気の沙汰ではないと申すか、里村」

主馬がふっと息を吐いた。

「いや……しかし、このような話が僅かでも漏れれば、我らの身の破滅ともなりますぞ」

この男は怯えているのか。

里村と呼ばれた男の指が固く柄を握り締めている。

おれにではなく、もっと大きなものに……たぶん、己がこれから対さねばならない相手、筆頭家老今井福之丞の影に、あるいは今井と対せねばならない運命に、怯え、苛立っている。

「清弥どの」

小平太は膝をおり、片手をついた。

「いまさら申し上げるまでもござるまいが、今宵、ここで聞き及ばれたこと、ゆめゆめ他言めさるな」

「むろん」

「安堵いたした。それでは、森下町までお送りいたす」

「いや、それには及びません。医者ではなし、この時刻に駕籠で走るわけにもいきますまい。雨も止みました。自分の脚で帰ります」

「ここが、どのあたりかお分かりか？」

「いえ。ただ、わたしは商人にございます。江戸の町々を歩くことには慣れておりますゆえ、ご案じくださいますな」

主馬がゆらりと立ち上がった。

「清弥、今宵はここまでとするか。歳のせいか、夜が明くるまで座っているのはちと辛い」

「はい」

「しかしな……おれはな、おまえのことを諦めたわけじゃない。いや、どうあっても、おまえが必要なんだよ。どうあってもな。父上と同じだ。おまえを使って、己の本意を遂げる。そういうことだ。まっ覚悟しとくんだな」

昔、故郷の川辺で交わしたものと寸分違わぬ砕けた口調で、主馬は言い、屈託のない笑い声さえあげた。口調は変わらない。しかし、言葉の中身はまるで異質だ。あのときのように、兄の声に胸が浮き立つことはない。言葉に聞き惚れることもない。

鶺鴒《せきれい》が鳴いていた。川面が眩しかった。

あのとき、おれは幾つだったろうか。まだ、十五にもなっていなかった。

隣の座敷に主馬が去っていく。一度も振り向かなかった。

兄者。

ふいに胸奥が揺れた。気息さえ乱れるようだ。

主馬がこれから迎える日々の過酷さは、尋常ではあるまい。妻子を殺され、頬に深い傷を負った。敵は圧倒的な力を保ったまま、聳《そび》えている。配下の武士が怯えるほどに霜烈な定めが兄を待ち受けているとしたら……。

よいのか、このままで。

「よろしいので、ございますかなぁ」

小平太が顎をさする。

「たった一人の兄ぎみが、貴公の佑助を望んでおられる。弟として応えるのが人の道ではござらぬか」

清之介は相手の顔を一瞥した。体軀に似合わず、愛嬌のある小さな眼をしていた。その眼と丸い鼻が伊豆小平太に穏やかで少しとぼけた味わいを与えている。全身から醸す雰囲気もどこか飄々としていた。しかし、薄い闇の中、この男は背後から抉るように殺気を突きつけてきた。獲物を狙う一瞬に、殺意を凝縮する。そういう業を易々とこなす男なのだ。

「人の道、まさにそうでござろう。いかがかな、清弥どの」

「応えるのが人の道なのか、背くのが人の道なのか、わたしには分かりかねます。ただ、背けば……」

「背けば？」

「人を斬らずにはすみます」

主馬の座していた場所に向かい頭を下げる。そして、立ち上がる。

「伊豆」

里村が半歩、前に出てきた。

「本気で、こやつを帰すつもりなのか」

「殿の命だぞ」

「承服できん」

「他言せぬと、約束されたではないか」

「商人の口約束など、信用できるか」

小平太は腕組みをして、軽く首を傾げた。

「里村、おぬし、どうあっても清弥どのを斬りたいわけか」

「おうよ。全てを知った者をみすみす野に放ってどうする」

「そうか、では、好きにしろ」

里村が瞬きする。背後の武士たちがざわめいた。

「殿にはおれから、いかようにも申し開きをしておく。斬りたければ斬れ。斬れるものならな」

小平太の言葉が終わらないうちに、里村が動いた。前足を踏み出してくる。

清之介の動きのほうが早かった。すでに懐に飛び込んでいたのだ。

「うっ」

里村の額に青筋が浮いた。清之介の手が柄を押さえ込んでいる。

刀が抜けない。

「くっ、こっこやつ……」

「里村さま、どうかこのまま。狭い座敷で白刃を振り回せばどうなるか、お考えくださいませ」

「おお、そうよな」

小平太が頷く。

「まさにそのとおり。仲間の振り回す刀で怪我をしたとあっては、笑うに笑えず、泣くに泣けずだ。里村、庭でやれ。ただし、加勢はせんぞ。一対一、清弥どのと真剣を交えたうえで、堂々と斬り捨ててみろ」

「伊豆、きさま……」

「案ずるな。おまえの供養はちゃんとしてやる。命日は欠かさず、墓参りしてやるからな」

黒鞘を拾い上げ、小平太は口元を引き締めた。

「清弥どの、これをお使いになるか？」

「いえ。めっそうもございません」

身体を離す。里村がよろめいた。

「わたしは、これで失礼いたします。夜が明ける前に、帰り着きたく思いますので」

枯葉色の翅をした蛾が障子の上を飛び回っている。鱗粉が白い障子紙を汚していた。

「里村さま。ご無礼をお許しくださいませ。ただ、お武家さまが、丸腰の町人を斬り捨てたとあっては、お名の汚れとはなっても、誉れにはなりますまい。わたしには店があり、母がおります。帰らせていただきとうございます。このとおり、お願い申し上げますので」

深々と低頭する。無防備に背をさらす。

里村が蒼白な顔色のまま、身体を引いた。

「ありがとうございます」

障子に手をかけたとたん、鋭い風音がした。頸の傍らを冷たい風が走った。飛び回っていた蛾が桟の上で小柄《こづか》に刺し貫かれていた。

半身になり、伊豆小平太を一瞥する。

「伊豆さま、たかが虫とはいえ命はございます。無益な殺生をなさいますな」

「それがしのせいではござらん」

小平太はいかつい顔を綻ばした。

「それがしはちゃんと、そこもとの頸を狙いもうした。外れてはおらぬはず。避けたのはそこもとでござろう。責めるなら己を責められよ」

「なんとも道理に合いませぬな」

清之介も笑みを浮かべてみた。軽く会釈し廊下に出る。

女が提灯を持って待っていた。

「お帰りでございますか」

「はい」

「ろくなお構いもしなくて、申し訳ありませんでしたねえ」

「とんでもない。これ以上ないほどの豪勢なもてなしを受けました。いささか、乱暴ではございましたが」

「まっ」

女が白い喉元を闇に浮かべて、けらけらと笑う。

「ほんとうに、無粋なもてなしですよね。お侍さまはこれだから、困りもの。何かあるとすぐ刀を抜くんだから」

「あなたは」

「え?」

「失礼ながら、どういうお方なのかと」

「わたし? ふふっ、殿さまがここにお越しのとき、お世話を仰せつかりました女。それだけの者ですよ。そんな女でも名ぐらいは、ございましてね、おうのと申します」

「おうのさんとお呼びしてよろしいのでしょうか」

「あら」

おうのと名乗った女は、再び白い喉を震わせた。

「果報でございますこと。どうぞ、おうのとお呼びになって。いずれまた、近いうちにお目にかかるやもしれません。いえ、きっと」

おうのの両眼が濡れたような光を帯びる。口元の黒子が微かに蠢いたようだ。

「途中まで、お送りいたそう」

小平太がおうのから提灯を受け取った。清之介の返事をまたず歩き出す。おうのが、緩やかに頭を下げた。


「清弥どの」

清之介の足元を照らしながら、小平太が呟いた。

「なにか？」

「いずれ、お手合わせを所望したい」

「お断りいたします」

「ぜひとも」

「お断りいたします」

暫らく押し黙り、小平太はうむと小さく唸った。

「それがしを斬り捨てる自信がおありか？」

清之介は足を止めそうになった。同じような問いかけを以前にも聞いたことがある。粉雪の舞う冬の夜だった。

おぬし、おれと真剣でやったら、斬り捨てる自信があるかい？

そう尋ねた後、信次郎は唐突に笑ったのだ。その笑いがとってつけたものでなく、本当に愉快で堪らないという響きを存分に含んでいたものだから、正直、少し戸惑っていた。おれを殺せるかと問うた直後、心底楽しげに笑える男が、人でないもの、異形のものに思えたのだ。

小平太は笑っていなかった。愉快そうにも、楽しんでいるようにも見えない。信次郎よりは、だいぶまともな人間であるらしい。

「偽りなきところをお聞かせ願いたい。真剣でやれば、それがしを」

「伊豆さま」

やんわりと、熱を帯び始めた相手の言葉を遮る。

「真剣を交えるということは、どちらかが死ぬということでございます」

「言うも疎《おろ》か」

「何のために死なねばなりませぬ」

「死ぬのにわけなどいらぬ。弱ければ死に、強ければ生き残る。それだけのことでござろう」

「自分の強さを試すだけのために、命を賭けると？」

「いかにも」

「愚かな」

「愚か？　これはまた心外な。武士たるもの、強くありたいと望むことは理の当然。それを愚かと言われるか」

雨上がりの夜は涼やかだった。掘割に沿って歩いている。雨水を得た流れが夜に響く音をたてていた。

「殿を守るために」

小平太が柄の上に手を置く。声が、水音にまぎれるほどに低くなる。

「初めて、人を斬った」

そうだ、夜半押し入った刺客の刃から、この男が兄を守り通したのだ。

「腕には自信があった。道場では誰にも負けたことはなかったし……しかし、人を斬るということは、竹刀で打ち合うこととはまるで別のものだと、あの夜、身に沁みた。自分が、人を斬れるのだということもな」

肉の手応え、血の臭い。刀身にぬめぬめと人の脂がつき、血しぶきが目にはいる。人は木《で》偶《く》となり、地面に倒れ伏す。

「おれは強くなりたい」

小平太が指を握りこんだ。

「殿をお守りするためにも強くなりたい。しかし、何より自分がどれほどのものなのか、知りたいのだ。うん、知りたい。おれが知っている者の内、おれより腕の立つ者はおらぬ。それは確かだ。しかし、清弥どのに会うてふと思った。もしかして、おれは井の中の蛙ではなかったのかとな。つまり……心が揺らいだ。だから試してみたいのだ。己の強さを試してみたい」

「おやめなさい」

按摩の竹笛が遠く聞こえてきた。小路を通り、木戸を抜ける。

「命を無くしては、元も子もない」

提灯が揺れた。

「おれが負けると？」

「伊豆さまでは、わたしは斬れませぬよ」

「やってみなければ、分からぬ」

「やらずとも分かります。斬れませぬ」

小平太が止まった。提灯はまだ揺れている。

「伊豆さまご自身が、誰よりよく、分かっておいでなのではございませんか」

小平太が言葉にはならないくぐもった声をもらす。
「ここでけっこうでございます。お送りいただき、まことにありがとうございました」
頭を下げる。無言で差し出された提灯を受け取ると、清之介は小平太に背を向けた。
背後で鯉口《こいぐち》を切る微かな音がした。同時に身体に食い込むような殺気を感じる。
かまわず歩き続けた。
按摩の笛が聞こえる。

第七章　女

三つの死体が並んでいた。

男と女。

もう一人の女。

小名木川の河岸、青々と葉をつけた柳の根元に、男と女は折り重なるようにして、もう一人の女はやや離れた場所で仰向けに倒れていたのだと、源蔵が道すがら説明する。

「どんな男だ」

女はいい。男はどうなんだ。

乾いた唇を舐めてみる。

「まさか、小間物問屋の主じゃあるめえな」

「分かりやせん。あっしもまだ……ほとけを拝んでないんで。その……ともかく、お知らせしないと……と思って」

睨んだ眼にどれほど棘があったのか、源蔵は言葉を呑み込み、首を竦め、俯いてしまった。柳は青々しい芳香を放ち、しだれた枝を朝の風に揺らせている。そのしだれ枝の合間から輝く水面がのぞく。早朝とはいえ、夏の光はさすがに剛力で、川面で存分に弾け、煌めき、目を射る。流れる川は、昨夜の雨で量を増し、音を高くしていた。

この時刻にもかかわらず、けっこうな数の野次馬が集まっていた。子どもまでいる。

「どきな」

半纏《はんてん》姿の男やこそこそと内緒話をしている女たちを押しのけ前に出る。張り番をしていた男が、鈍重な仕草で頭を下げた。

まったく、うじゃうじゃ集まりやがって。

男や女や、子どもや老人が踏み拉《しだ》いている草々に、土に、下手人へと繋がる痕跡が残っていないとも限らない。

それが、全部ぱあじゃねえか。

身の内を巡った腹立たしさは、一瞬の後に掻き消えた。

筵を被せられた死体が三つ。

男と女。

そしてもう一人の女。

「違うな」

声に出して呟いていた。

違う。あきらかに、違う。

さすがに安堵のため息を零すまではしなかったが、肩の力は抜けたらしい。伊佐治が見上げてくる。

「なんで筵の上から遠野屋さんじゃないって、分かるんで？」

見上げてくる眼を受け止め、今度は軽く息を吸い込んでみる。

「おれが、いつ遠野屋じゃねえって言った？」

信次郎の反問を無視して、伊佐治は首を傾げた。

「まさか、旦那、あの筵の下に誰が転がってるのか、知ってるなんてことは……」

「知らねえよ。ただ、どの仏も遠野屋ほどの身の丈はねえ。そのくらいは、分かるさ」

「なんでで……ああ、足か」

伊佐治が得心した印に深く頷く。筵から足先が覗いているのは一体だけだ。男のものと思われる足裏が日の光を浴びていた。親指の先に緑色の飛蝗《ばった》が止まっている。

「いくら、食えねえ男でも死んでから縮むなんて芸当はできねえだろうさ。あの中に遠野屋はいねえよ、親分」

「おみそれしやした。それに、ほっとしやしたね、旦那」

「どうだかな」

膝をつき、筵に手をかける。川土手から見つめる野次馬たちがどよめく。小さな悲鳴もあがった。

「これは……武士か」

小袖に山袴、男は足軽らしきいでたちをしていた。やや頰のこけた顔の目鼻立ちは整い、血の気の失せた肌のせいもあってか、人形じみてさえ見える。

「ふふっん」

思わず笑ってしまった。男の右腹に短刀が深く刺さっていたからだ。この刀をこの男の腹に深々と刺した者は、刺した後、刃を倒し、横に引いた。それはほんの僅かの長さで、腸がはみ出すほどではなかったが、かなりの血は流れた。男の山袴は時が経ち、赤黒く変色した血糊に汚れている。閉じきれなかった瞼の下から、死人特有の白濁した目が覗き、空へと向けられていた。

「切腹……じゃねえですよね」

「違う。こいつは右利きだ。自分で刺したなら左脇腹に突き立て、右腹に引くはずだ」

「なんで右利きだって、分かるんです」

「刀を左に差してるじゃねえか。ぎっちょじゃねえよ。それに、自分で腹を切るのに、ここまで深く突き立てる道理がねえ。よくて三分から五分。そうしねえと、刀が廻らねえ」

「そういやあ、ほとんど横に引いてませんね」

「引けなかったのさ。刃が腹に食い込みすぎて動かなかった。女の仕業だろうよ」

「女の？」

「男なら、もう少し引ける」

「年寄りかもしれやせん。力のねえのは女だけとは限らねえんじゃ」

手を振って伊佐治を遮る。うるさげに顔をしかめては見せたが、嫌な気はしなかった。この老獪な岡っ引の細かな問いに答えていくうちに、隠れていた糸口をふっと探り当てることがある。そういう経験を幾度もしてきた。何気ない、稚拙とさえ思える問いかけが、埋もれていたものを暴くきっかけとなる。伊佐治は自分の役割と信次郎の知力を充分に心得たうえで、矢継ぎ早に問うているのだ。

「親分、この刀、女の使う懐剣だろうぜ。男の持ち物じゃねえ」

「ほんとに、えらい凝ったもんでやすね」

黒塗りの地に鮮やかな牡丹が描かれている。牡丹の花弁に一滴の露がのっている。漆絵のようだ。華やかで精緻。美しいと愛でるにはうってつけだ。たぶん、守り刀として作られたものだろう。

でも、まあ男一人、殺れたんだ。使い物にはなったってことだな。

胸の中で呟いてみる。

「けど腹に突き立っているのが女の刀だとしたら、このお侍の脇差しはどこにいったんで」

伊佐治も呟くようにそう言った。

男の太刀は半ば腰から外れるような格好で、転がっていたが差し添えの刀は見当たらない。

「焦るなって、親分」

男の腹に懐剣を突き立てたのが女だとしたら……。

横に並んだ筵に手をのばす。

え?

めくると同時に、信次郎は息を呑んだ。不覚にも筵をつかんだ指が微かに震えたようだ。

「旦那?」

伊佐治は、信次郎の僅かな動揺を見逃さなかった。目の奥で鋭い光が一閃する。

「このほとけに見覚えがあるんで?」

「まあな……親分」

「へい」

「そういう眼でおれを見るなよ。ったく」

「あっしの眼がどうかしやしたか」

「探りを入れる眼じゃねえか。親分に隠し事をしようなんて大それたこと、おれは考えちゃいねえからよ」

伊佐治が顎を引き、下唇を突きだす。

餌と見りゃあ、食いついてきやがる。

信次郎は突きだされた唇の上、うっすらと生えた伊佐治の無精ひげに目をやりながら、苦笑していた。

幼いころ、たぶんまだ五つにもなっていなかったろう幼いころ、日がな一日飽きもせず、地蜘蛛が餌を捕らえる様を眺めていたことがある。垣根の根元に巣をつくり、蜘蛛はそこに潜んでいた。巣はいくら目を凝らしてもただの土塊《つちくれ》としか映らず、周りと区別できない。しかし、餌食となる虫が近づくと、土塊の下からふいに、赤黒い頭をした奇怪な生き物が飛び出してくる。

瞬く間のできごとだった。

信次郎が瞬きを一つする間に、地蜘蛛は虫を捕らえ、地中に引きずり込んでいた。後には何もない。虫の翅一枚、落ちているわけではなかった。魅せられて、見つめていた。飽きることがなかった。そのころはまだ息災ではあったけれど、病的に潔癖で癇の強かった母にひどく詰《なじ》られた記憶がある。

武士の子が、蜘蛛などにうつつをぬかして何とする。

十の歳に逝った母の顔も声も、はや朧だというのに、飽きず見入った蜘蛛の姿だけは、鮮明に覚えていた。

伊佐治の眼の光芒に触れたとき、反射的にあの蜘蛛を思い出した。獲物を捕食する速さ、確かさそして獰猛さ。よく似ている。

好ましいと僅かも感じるわけではない。ただ、頼もしいとは思う。

まったくもって、岡っ引になるために生まれてきたような、おやじだぜ。

筵をめくり上げ、女の顔を仔細に調べる。

ふっと乳の匂いを嗅いだ。

間違いない。

女はきっちりと髪を結い上げ、地味な小紋を身にまとっていた。武家の女の装いではあったし、息絶えた今もその姿がしっくりと添うているのは、元々、女が武家の出である証《あかし》かもしれない。

間違いない、あの女だ。

「親分」

「へい」

「この女、菊乃という名だ」

「きくの……旦那、何でご存知なんで？」

「ちょっとした縁さ。常盤町に『万夏』という茶屋がある。そこの女だ」

「『万夏』といいやすと……」

伊佐治は何かを手繰るように、指を握りこんだ。

「伝蔵の店でやすね」

「伝蔵？　知らねえなあ」

「鬢付けの伝蔵。もともとは髪結いを生業にしていた男でやす。右衛門さまがご存命のおりには、世間のあれこれ、うわさ話を集めるのに重宝してやしたね。ああいう話は、何かと役に立つもんで」

「そうさな。世間の口ってのは、侮れねえ。親父から繰り返し言われたもんさ。風呂屋と髪結床を粗末にするなってな。で、その伝蔵は、今は、女郎屋の主ってわけか」

「へえ、女房に死に別れ、がくっときやしてね。店を閉めたらしいんで。ところが三年ほど前に新しい女房をもらって……ところがこの女ってのが根津の切見世あたりで荒稼ぎをしていたしたたかな狐で、昔の髪結床を茶屋にかえちまいましてね」

「表向きは茶屋、裏に回ると女を食わせる、そういう店にしちまったわけだ」

「おっしゃるとおりで。で、旦那は、裏に回ったってわけですね」

「まあな。この女、『万夏』ではお玉と名乗ってた」

お玉かと呟き、伊佐治は口元に奇妙な笑みを浮かべた。

「お玉ってのは、伝蔵の最初の女房の名でやすね」

「てことは、伝蔵が名づけってことか」

「考えられやす」

「親分」

「へい」

「『万夏』に人をやって、この女のことを調べ上げてくれ。安女郎だが、主人がそこまで心にかけているとなると、何かを知っているってことも考えられる。この女から身の上の一端なりと聞いているかもしれねえ。あの図太え女将みたいに、何一つ知りませんとつっぱねることはねえだろう。そういう気がするがな」

「分かりやした。さっそく」

「頼む」

筵を取り去り、女の身体を検分する。

女もまた、血にまみれていた。男よりもずっと夥しい血が流れている。

左の乳房の下から、そして頸の付け根から血は噴き出し、女の身体と周りの草を血の色に染め上げていた。

「こっちは、自害だな」

女の手が握りこんでいる刀を見やる。

「旦那、この刀」

「ああ、脇差しだ……こんなところにあったたぜ」

一息、吐き出してみる。

「それにしても、見事なもんだな。思いっきりよく自分を捌いてるぜ」

「へえ……死ぬ覚悟ができてたようで……」

男なら力任せに突けば、肋骨を断ち切ることもできるだろうが、女の腕では難しい。刃は骨に阻まれて止まる。

女郎屋の暗がりの中で菊乃と本名を名乗った女は、刃を寝かせて骨の間を突いていた。しかも、その後、喉を搔き切っている。冷静でなければできないことだ。何より、脚を細紐できつく縛っている。

この女……。

信次郎は軽く奥歯を嚙み締めた。

ほんの一息つく間の躊躇もせず、己を殺したか。

菊乃の顔を改めて凝視する。あるかなしかの笑みが口元に浮かんでいる。信次郎にはそう見えた。

笑っているのか？

女の匂いが、目交わった後の、甘ったるく生臭い匂いがよみがえる。信次郎をくわえ込んで、仰け反った白い喉が浮かぶ。信次郎はほとんど無意識に己の喉元に手をやっていた。微かなしこりがある。

百足の残した傷痕だ。

とっくに治ったはずの傷が疼き始める。物言うがごとく、ぞくりぞくりと蠢き始める。

女の匂い、白い喉、そして吐息がよみがえる。

「……伊織」

「へ？」

「もしかしたら、こっちの男、伊織という名かもしれん……うん？」

「なにか？」

菊乃の胸元から白い懐紙が覗いていた。それが赤黒く汚れている。引き出し開いてみる。不気味な文様のように見える、あるいはどことなく羽を広げた蝶々にも似た汚れだ。

「血を拭き取った跡でやすね」

「ああ……」

立ち上がり、三つ目の筵に近づく。

ちりっ。

神経に何かが触れた。

火のついた線香の先を軽くつけられたような小さな、熱い感触がする。ちりっ。

なんだ?

辺りを見回す。野次馬の数はさらに増えて、長短、大小さまざまな顔を光があまねく照らしていた。刻々と強さを増す光にさらされれば、一つ一つ違うはずの人の面がみな同じに見えて、肌も髪も目も色を失っていく。

別に珍しい光景ではない。

人は死を覗き込みたがるものだ。それが、自分には関わりのない行きずりの死であればあるほど、覗き込み、しばしうわさの種にし、やがて忘れ去る。

だから、幾十もの顔がずらりと並びこわごわと、珍しげに、身を乗り出して、腕組みをしながら、さまざまにこちらを見つめる場にはとっくに慣れっこになっている。慣れきった場景の何が、神経を焼いたか？

「旦那、ご検分くだせえ」

伊佐治が促す。瞬きし、信次郎は筵に手をかけた。

見知らぬ女がいた。

丸い鼻と豊かな頬が目立った。生きていたときはなかなかに愛嬌のある顔立ちだったろう。喉を掻ききられていた。

着物の裾をめくりあげると、むっちりと肉のついた太腿が現れる。信次郎はその間に指を這わせた。

伊佐治が野次馬の視線を遮るために、身体をずらせた。

「女郎だな。たぶん見た目以上に歳をくってる。かなり年季の入った女郎だぜ」

「『万夏』の女でしょうかね」

「その線もありだがな」

「旦那」

伊佐治が片膝をつく。

「見当がついておいでなんで？」

伊佐治の差し出した手ぬぐいで指先を拭きながら、信次郎は返事をしなかった。

「変な言い方かもしれやせんが……この女一人が殺られたのなら、分かりやす。また、あの女郎殺しかって。けど、これはどういうことなんです？　男と女二人、これは……あっしの頭ん中、こんがらがっちまって、真っ暗闇の中にいるみてえな気分なんで」

立ち上がる。

「旦那……旦那には、見えていらっしゃるんですかい？　いや……あっしには闇にしか見えねえものが、旦那にはちゃんと見えて」

「焦るな」

岡っ引の顔を見下ろしてみる。闇の中にいると弱音を吐いたわりに、顔つきにも眼差しにも揺らぎはなかった。

「男が一人、女が二人、転がっている。今までとは違うよな、親分」

「へい」

「なぜ違う？」

「なぜって……あの女郎殺しとは、別のものってことですかい？」

「そう思うか？」

「思いやせん」

伊佐治の口元が引き結ばれた。面から老いが消える。狩る者の精悍さが滲み出す。その面構えで伊佐治はかぶりを振った。

「女が二人、死んでやす。あちらの女はともかく、この女は殺されてるんですぜ」

「喉を切られてな」

「おいとたちと同じように喉を切られてやす。これが別の殺しだなんて、どうにも思えやせん」

「そうだな」

「けど、それなら……何で、三人も死んでるのか……あっしには、どうにも合点がいかなくて……旦那、旦那は何を知ってるんですかい？」

「そんなに、買い被るな。おれだって、ほとんど何も分かっちゃいねえよ。けどな親分、こんがらがっていた糸が解れる、その口を見つけたと思わねえか」

「糸口を？」

「そうさ。解れだよ。今までなら女郎は一人で転がっていた。それが三人、あきらかに今までと違う。違うってことは、乱れさ」

「乱れて、解れて、そこから下手人が尻尾を出すってこってすか」

「おれたちが、尻尾を摑んで引きずり出すんだ。親分、働いてもらうぜ」

「へい」

伊佐治の頬に微かな赤みが刷けた。視線が、戸板に乗せられ自身番へと運ばれていく三つの骸《むくろ》をなめる。

「旦那、ご指示くだせえ。どのようにでも動きやす」

信次郎の指示を仰ぐ言葉ではあったけれど、伊佐治の頭の中にはこれからの段取りが整然と並び始めたに違いない。

「まずは、ほとけの身元を摑む」

信次郎はあえて、その段取りを口にしてみた。伊佐治が答える。

「へい。『万夏』を締め上げてみやす」

「菊乃の素性が知れれば、男の身元も割れる気が……おれは、する」

「へい」

「言うまでもねえことだろうが」

伊佐治を見やる。視線がぶつかった。

言うまでもないことだ。しかし、よく聴くことのできる耳が傍らにあるのなら、言葉を紡いでみるのも悪くない。

「男の腹に刺さっている懐剣は菊乃のものだ。そして、菊乃は男の刀で自分を殺った」

「へい」

「女が男を刺したまではよかったが、深く突きすぎて懐剣を引き抜けなかった。しかたなく……かどうかは分からねえが、男の脇差しを使った。そして、男はその前に女郎の喉を掻き切っている」

伊佐治の眉がひくりと動いた。

「あの男が女郎を？」

「これさ」

血に汚れた懐紙を伊佐治の膝に投げてみる。

「菊乃は死ぬ前に血をぬぐっている。どこに付いていた血だ？　これから、死のうとする人間が気にする物っていったら、手に持っている刀ぐれえだろう」

「血をぬぐい、きれいに畳んで胸にしまった……それから」

「自分の乳の下を突いたのよ。だけどまあ、自害の作法なんてどうでもいい。要は脇差しにぬぐわねばならない血がついていたってことさ」

「それが、殺された女の血なんで？」

「他に考えられねえだろう。刀身にべったり血がついている。しかも、ぬぐい取れるほどに新しい、ついたばっかりの血だぜ」

「傷口も、同じでやしたね」

「ああ」

同じだ。

刀は横一文字に、なんの躊躇いもなく頸の真ん中あたりを裂いていた。

同じだ。おいとたちの命を絶った傷痕と寸分違わない。

「旦那、菊乃って女が下手人ってことはねえですか？」

「女が女を殺して、その後に自害したってことか？」

「へえ」

「そうだとしたら、男はどうなる？」

「分かりやせん。けど、その線がまるっきり考えられねえって……言い切れるんで？」

端から決め付けるな。僅かでも見込みのあることなら、全て篩《ふるい》にかけろ。考え抜くことを怠るな。

伊佐治は声には出さず、そう言っている。

舌打ちしてしまう。

まったく、小賢《こざか》しい爺さんだぜ。

「ざっと見だがよ、菊乃より女の方が身の丈があった」

「へえ……」

「傷のできようから見て、下手人は女より背が高えやつだ。親分、前に言ったじゃねえか。下手人が女だとしたら、えらく背の高い女だってな」

「確かに、言いやした」

「菊乃が殺したのは男さ。女じゃねえ」

伊佐治は一息呑み込んで、答えた。

「分かりやした」

そして、立ち上がる。

「差し出がましい口をきいて、申し訳ありやせん」

「なにを今更。親分の差し出口は昨日、今日に始まったもんじゃねえだろう」

苦笑したつもりなのか、伊佐治の唇が僅かに持ち上がった。

「手下を動かしやす。遠野屋や藩邸に張り付けていたのを引き揚げさせても、かまいやせんね」

「かまわねえ」

「旦那、遠野屋さんの件はどうしやす」

「遠野屋はいい」

不覚にも、そこで息が乱れた。その乱れを気取られるのがいやで、横を向く。

「手が回らねえだろう。放っておくしかねえよ。どっちみち、打つ手はねえんだ。待つ以外にはな」

伊佐治が頷く。それから、振り返り手下を呼んだ。

「源蔵。『万夏』の場所は知ってるな」

「へい」

「そこの主人、伝蔵って男を引っ張ってこい。ほとけを確かめてもらいたいってな」

「分かりやした。すぐに」

「いや、待て」

信次郎が止める。伊佐治が訝《いぶか》しげに目を細めた。

「『万夏』は後回しだ。源蔵、あの男をつけろ」

「あの男？」

上背のある商人風の男が一人、背を向けて去ろうとしている。

「旦那、あの男が何か？」

「『遠野屋』で見た男だ」

「『遠野屋』さんで？」

信次郎は首筋をもう一度、触ってみた。さっき、神経に押し付けられた小さな火種を見つけたと、思った。

死体が運び去られたとたん、野次馬の興味は失せたのか人々は三々五々散り始めている。

男は柳の根元に佇んでいた。

人が疎《まば》らになって気がついた。男はずっとそこにいて、見ていたのだ。その視線が周りとは異質だった。好奇の目ではなかった。張りつめて鋭かった。視線の先端が尖り、信次郎の肌を突いてきた。

異質なものには昔から敏感だった。人でも声でも風景でも、周りとずれるもの、同調しないものに否応なく反応してしまう。その性癖が、助手《すけて》となるときも仇《あだ》となるときもあった。

今回はどうやら助手の方らしい。

遠野屋で見た。あの座敷から笑いながら出てきた男だ。背中は遠ざかり、曲がり角に消えようとしている。

「太物屋だとか足袋屋だとか、ごちゃごちゃ集まっていたその中の一人のはずだ。後をつけて確かめたら、その店の内情も探れるだけ探ってこい」

「分かりやした。源、使え」

伊佐治が手早く、金子を渡す。源蔵は頷き踵《きびす》を返した。小太りの身体には似合わぬ素早さで男を追う。

「旦那これが、解れた糸の端なんで」

「分からねえ。分からねえが……」

「おもしろくなりやした」

「ああ、やっとおもしろくなったようだ」

「自身番に行きやすか。他の手下もそろそろ集まってくる頃なんで」

「そうだな」

光が眩しい。柳が青く香り立つ。耳元で羽虫のうなりが聞こえる。朝方の涼やかな空気は、じわりと汗ばむ熱気に変わろうとしていた。

「どうしてなんですかね」

伊佐治が呟いた。このところ目立ち始めた白髪が光を受けて、鈍く輝いている。

「どうして、何もかも遠野屋に繋がるんですかね。結局、何もかもが……」

後は呟きとなる。

だから、そういう男なのだ。自分は生き長らえながら他人の死を呼び込む。悪意はなく、殺意もなく、まっとうすぎるぐらいまっとうに生きている。それでもなお、死を手繰り寄せる。

そういう男なのさ。

信次郎も胸の内だけで呟いてみた。腕組みをし、伊佐治を一瞥する。とたん、一瞥した相手の口がぽかりと開いた。珍しく、間の抜けた面となる。吹き出したいほどの間抜け面だ。笑わなかった。ほんの一瞬、自分も同じような顔つきとなったと自覚できたからだ。

「遠野屋」

「遠野屋さん」

眩しい光と熱を帯び始めた風の中で、遠野屋清之介が深々と頭を下げた。

背中は隙だらけだった。

一太刀。ただ一太刀あびせれば、くたくたとくずおれてしまう。それほどに脆い背中だった。

鯉口を切る。

斬り捨てる。

按摩の笛が鳴り終わったら、この男を斬り捨てる。

竹笛の音が細く尾を引いて、消えた。一歩、踏み出す。

くっ。

奥歯を噛み締めていた。そうしないと悲鳴をあげそうになったのだ。汗が一筋、こめかみから流れ落ちた。

何だ？

みるみる乾いていく口の中で舌が引き攣れるようだ。

なぜ、動かん？

身体が動かなかった。一歩、踏み出した足も柄を摑んだ指も動かない。力がこもらないのだ。なぜ、なぜ……自分に問うて、小平太はもう一度、奥歯を噛み締めた。石臼をひくのに似た重い音が体内に響く。

怖じている。

背中に滲み出す汗を感じながら、はっきりと悟る。なぜと自分に問うたこれがその答えだ。おれは怖じている。怖れ、萎縮し、身体の自由を失っているのだ。

こくりと喉が鳴った。

さっき、一歩踏み出したとたん見えたのだ。ほんの瞬きする間のことだったが、確かに見えた。見てしまった。

闇の大通りにごろりと転がる自分の姿を。

どこを断ち斬られたのかまでは分からない。どこでもいい。そんなことはどうでもいい。

朱《あけ》に染まって、そこに倒れていることだけは確かで……。

小平太は軽く身震いをした。息を吸い込む。夜気がするすると胸の奥に滑り込んできた。汗が引いていく。

幻だ。むろん幻だ。おれはここに立っているではないか。まだ、生きている。

背中は遠ざかり、とっくに闇に紛れてしまった。背を向けた相手に怖れを抱いた。今まで一度として味わったことのない感覚だ。ずるずると竅穴《きようけつ》に引きずりこまれるような、身体の内からじわりと何かに侵されていくような……。

そうか、これが人を怖れるというものなのか。

伊豆さまでは、わたしは斬れませぬよ。

あの言辞、嘘偽りではなかった。驕心でも虚勢でもなかった。おれでは斬れぬ。斬りこめば、血を噴き出しくずおれたのは、おれの方だった。間違いなく、おれ……だった。

柄からやっと手が離れた。身体の自由をとりもどす。手のひらはじっとりと汗ばみ、僅かに痺れていた。

なるほどな、殿のご執心も分かるというものだ。

笑ってみる。自分がまだ笑えるのだと確かめてみる。汗を滲ませ、怖じ、ただの一歩しか踏み出せなかった、その惨めさを笑ってみる。

このままで、済ませはせぬ。

次は必ず。

怖気は消えた。かわりに、激しいものが身を貫く。闘志とでも呼べばいいのか、その感情は熱を持って小平太の内をうねった。

次は必ず、勝ってみせる。

乾いた唇を噛み締め、天を仰ぐ。

明け早い夏空はすでに白み始めていた。


「何をしていた？」

信次郎が問うた。遠野屋の頭が上がりきらないうちだった。

「ほんとうにご心配をおかけいたしました。店に戻り、信三から木暮さまや親分さんにどれほどご迷惑をかけたか聞き及びまして、まずは、お詫びにと」

「『梅屋』に回ったわけだ」

「はい、女将さんから、こちらだとお教えいただいたもので……とりあえずお詫び申し上げねば」

信次郎がかぶりを振った。二度にわたり、遠野屋の言葉を遮る。

「遠野屋」

「はい」

「おれは、今や明日のおぬしの所業を聞いてるんじゃねえ。昨夜、どこで何をしていたかと問うてるんだ」

伊佐治は存分に光を浴びている遠野屋の横顔を見やった。やつれてはいないようだ。怪我をしている様子もない。

旦那の言うとおりだ。無事に帰ってきなすった。

「昨夜はな、おぬしのせいで雨の中をあれこれ走り回るはめになった。ご心配をおかけしましたと、頭一つ下げて済むこっちゃ、ねえぜ、遠野屋」

「分かっております。後日、改めまして御礼をさせていただきとうございますので」

「何をしていた」

信次郎の声が張りつめる。それは、実体のないものでありながら、相手の顎を無理やり押し上げるような力がこもっていた。

遠野屋の顎があがる。

「昨夜、どこで、何をしていた」

「木暮さま、それは……」

「話せ」

自身番の中から番人の角ばった顔がのぞく。

「旦那、ひとまず中に入っちゃどうです。ここじゃ、人目もありますし」

信次郎は伊佐治の言葉を黙殺した。遠野屋を凝視したまま動かない。

「話せ、遠野屋。だんまりも誤魔化しも許さねえ」

遠野屋は瞬きし、小さく息を吐いた。

「兄と会っておりました」

「兄？　実兄か？」

「はい。母が違いますが」

「腹違いか。その兄貴とやらが、おぬしをかどわかしたわけだ。白刃を振り回す侍を使ってな」

「無事、放免されました」

「会って、何の話があった？」

信次郎が畳み掛ける。相手を壁際に追い詰める速さと鋭さだ。伊佐治は息を呑み、遠野屋は唇を結んだ。

「おぬしは一度、国を捨てた人間だろう。その弟に何用があった？　借金じゃあるめえ。腕の立つ侍を何人も差し向けて、無理やり連れ去る。借金なんて生ぬるい用件じゃねえはずだ」

「木暮さま、ご容赦を」

「おぬしの腕を確かめるためか？」

そのときの遠野屋の表情は伊佐治の目に焼きつき、長く消えることはなかった。思いもしない一撃を食らったかのように、大きく目を見開き、息を詰めたのだ。この男の眼の中に揺らめく驚愕の情を初めて目の当たりにした。

「図星だな。そうとしか考えられねえからよ。おぬしの腕が昔どおりに動くか、さびついてはいねえか、それを確かめるためにだけ、白刃で弟を襲う。おぬしの兄貴ってのは、そういう人間なわけだ。何人もの腕の立つ配下を操れるだけの力もある。かなりの、身分ってこったよな。そういうやつの用事なんて、ろくなもんじゃねえと相場が決まってる」

「怖ろしいお方でございますな」

「兄貴か？」

「木暮さまがで、ございますよ。鬼眼をお持ちのようだ。背筋が震えました」

遠野屋の顔から微かだが血の気がひいていた。ほんとうに寒気を覚えたのかもしれない。

「世辞はいい」

「本音でございます」

「へぇ、おぬしの本音が聞けるなんぞ、おれも果報者だ」

「怖ろしいお方です。しかし、どのようなお方であっても、これ以上お話しすることはできません」

「なぜだ？」

「話す必要がないからでございます」

「兄貴の用事とやらは、きれいに片付いたのかい」

「木暮さまのおっしゃるとおり、わたしは国を捨てた人間。過去もまた捨てて生きようと決めております」

「その過去が向後に関わってこなきゃいいがな」

光が熱い。

対峙する二人の若い男を見ながら、伊佐治は敢えて三つの死体のことを考えようとした。

腐っちまう。

「しゃべりたくなければ、無理やり訊かねえよ」

激しく踏み込んだ後、すっと身をかわすように、信次郎は視線を逸らせた。

「こっちも、いろいろと忙しい。小商人一人にいつまでも係りあっている暇はねえ」

遠野屋は黙って頭を下げた。

「後でまた、店に顔を出す。改めての礼とやら当てにしてるぜ」

「はい。お待ちしております。あ……木暮さま」

自身番の白州に足を踏み入れた信次郎を遠野屋が呼び止める。

「まだ、何かあるのかよ」

「あ、その……あと一つ、わたしが店に帰りついたときちょっとした騒ぎになっておりまして」

「かどわかしが、ばれたのか？」

「いえ、赤ん坊がおりました」

「赤ん坊？」

伊佐治と信次郎は顔を見合わせた。そのとき、自身番から手下の一人、勝市がまろび出てきた。夜目が利く勝市を伊佐治は遠野屋の生国と聞いた藩の邸《やしき》に張り付かせていたのだ。呼び返されたばかりの勝市が伊佐治を見上げ、今しがた自分がまろび出た自身番の中を指さす。

「おっ親分、しっ、知ってます」

「なんだ？　落ち着け、勝。何を知っているって？」

「あっあの侍の顔、見覚えがあるんで」

もう一度、信次郎と顔を見合わせる。

するすると糸が解けていく。解けきったあとに誰が現れるのか、どんな光景が広がるのか、伊佐治にはまだ、何一つ見通せなかった。

第八章　秘

「お里と……お玉です。間違いございません」

常盤町の茶屋『万夏』の主、伝蔵はそれだけ言うとがくりと音が聞こえてきそうなほど肩を落とした。

痩せぎすの身体をしている。落とした肩のせいで、よけいに痩せてみえた。昔の商売柄か丁重に結われた髪からも、こざっぱりしてはいるがいかにも地味な万筋縞《まんすじじま》の単《ひとえ》からも、裏で女郎屋商いに手を染めている男の狡猾さも不穏さも匂ってはこず、むしろ、堅気の職人の実直さが伝わってくる。

「二人とも、おまえんとこの女だな」

信次郎が問う。気だるげな口調だった。

「へえ」

伊佐治は頭を垂れる伝蔵の耳元に囁いた。

「伝蔵、『万夏』が何を食わせる店か知ったうえでのご詮議だ。そこのところをちゃんと呑み込んだうえでお答えしな」

こくりと伝蔵の首が前に倒れる。子どものような頷き方だった。信次郎はやはり倦怠を漂わせた声音で続けた。

「昨夜は、二人、連れ立って帰ったのか？」

「いえ……お里は客を送り出して、たぶん丑の刻近くに店を出たはずです」

「お玉は？」

「お玉は……すでに店を辞めておりました……」

「辞めた？　いつのことだ？」

「三日ほど前のことで……あっし……わたしのとこに来て、辞めたいと言いまして」

「ふーん、で、どう答えたんだ？」

「それがいいと申しました。お玉は借金を背負っていたわけではないので、辞めようと思えばいつでも辞められる身体でしたし、お武家の出だと分かっておりましたので……こんなことをいつまでも続けるわけにはいかないだろうと……そう申しました」

くすっ。

信次郎が小さく嗤った。その嗤笑《ししょう》に伊佐治は視線をあげた。それまでは、伝蔵の肩口あたりに目を据えていたのだ。伝蔵自身は、笑声に含まれた嘲りの響きを感じ取っていないようだ。心が半ば萎えて、ほとんど何も感じ取れないのかもしれない。

「こんなことをか。女郎屋の主の台詞じゃねえな、伝蔵」

「へえ……」

「お玉、いや菊乃だったたな、本名は」

伝蔵の肩が僅かに上下する。

「どういう女なんだ。おまえ、どこまで菊乃のことを知ってる?」

口の中で一言二言呟いて、伝蔵が黙り込む。しゃべることを拒んでいるのではなく、どう話せばよいかと言葉を探しての沈黙のようだった。根っこのところにある律儀さは変わってねえなと、伊佐治は思い、励ますつもりで肩に手をおいた。

「うっ……」

俯いた伝蔵の両眼から涙がこぼれる。膝の上で固く握られたこぶしのうえに、一滴、落ちた。

「お玉について、あまり、たくさんのことは知り……ません。半年ほど前に、ふらりと来て……働きたいと……」

「武家の出だと感付いていたか」

「へえ」

「生国は？」

「知りません」

「何のために江戸に出てきたかは？」

「人を……捜していると。いつか、ほろりともらしたことが、ございます」

「男、だな」

「……のようで。わたしが冗談半分に『まさか仇討ちじゃあるまいな』と尋ねたら……そうだと答えが返ってきて、驚いた覚えがあります。夫の仇をとるのだと申しておりました」

伝蔵が洟をすすりあげる。菊乃という女に伝蔵は若くして逝った女房の名前を譲った。恋女房にどことなしに似た面影の女を伝蔵は本気で想うていたのかもしれない。その想いは女に伝わり、女は心の端々を晒すように己が身の上を語った……のではないだろうか。

おれより確か二つ三つは年嵩だった。

伊佐治は、涙に濡れた伝蔵のこぶしを見つめる。

菊乃とは親子ほども歳が離れている。親子ほどの歳の差が、男と女であることに障るとはいささかも思わないけれど、伝蔵と菊乃はもっとしみじみとした情愛を紡いでいたのではないか。好いた女を失った痛みではなく、女房かあるいは娘を奪われた悲哀に落とした涙ではないか。

そんなことを考えた。

「夫の仇討ちの相手を追って江戸まで来たわけか」

信次郎の眉が寄る。伝蔵の悲哀など微かも気に掛かるものではないらしい。気に掛かっているのはまったく別のこと、引っかかり、どうにも腑に落ちないという顔つきだ。信次郎は納得できないでいる。なぜだ？

なぜだ？　辻褄はこの上ないほどぴたりと合うのに。

伊佐治の興は伝蔵と菊乃の関係から、今、信次郎の頭内に渦巻いている思考にするりと移っていく。

菊乃は身を売りながら仇討ちの相手を捜していた。それが、あの男、筵の下でそろそろ硬くなり始めている男だ。男は、殺人鬼で女郎を殺しては楽しんでいた。お里を襲ったところを偶然、菊乃が目にしたのか、あるいは、男を見つけ後をつけていたのか……そのあたりは定かではない。定かでなくとも構わないはずだ。ともかく、菊乃は目指す相手を捕らえたのだ。

そして、本懐を遂げた。

男を刺し、自害した。仇を討てば自害すると決めていたのだろう。最初からそう決めていたのかもしれないし、遊女にまで堕ちた自分の身を恥じてのことかもしれない。哀れな話だ。しかし、辻褄は合う。ぴたりと嵌《は》まる。

「旦那」

伊佐治の呼びかけに信次郎の眉がまた、顰められた。

「何に引っかかってらっしゃるんで？」

短く息を吐き出し、

「笑みさ」

と、吐いた息よりさらに短く答えが返る。意味が分からない。

「笑みってえと……」

「菊乃の死顔に張り付いていた笑みさ。何とも満足気なものだったぜ。あの笑みがどうにも解せねえ」

「何でです？　お玉……菊乃は見事に仇をとったんですぜ。会心の笑みってやつじゃねえですかい」

「そう思うか？」

「思いやす。菊乃は江戸で遊女にまで身を落として生きていた。そりゃあ死にてえほどの苦労があったんじゃねえんですかい。それに耐えて、凌いで、仇討ちを果たした。晴れ晴れと笑いもするでしょうよ」

「晴れ晴れとなあ……しかし、それなら何故、菊乃は男の脇差しで死んだんだ」

「そりゃあ、自分の懐剣が使えなかったからでしょ。旦那がそうおっしゃったんじゃありませんか」

「憎い仇の刀で、自分を殺す。おれには、どうもしっくりこねえがな」

「だって、それしかなかったのなら……」

「なんで、男の刀で男の傍で死ななくちゃならなかった」

「へ？」

「菊乃が仇討ちの願書を出していたかどうかは分からねえ。出していてもいなくても、死ぬと決めていたなら、どうでもいいこった。しかしよ、死ぬ場所ぐれえは選ぶだろう。夫の墓の前で自害しろとまでは言わねえが、仇の男のすぐ傍らで、男の刀で自刃するこたあねえ……むしろ、少しでも間を取ろうとするのが人の情ってもんだろうよ。なっ、親分、最初にほとけを見つけた豆腐屋のおやじの話だと、菊乃と男は重なるようにして倒れてたってな」

「へぇ……そう聞きやした」

「おかしいだろう」

「確かに」

心中者かと思いました。

二吉という豆腐売りの老人は、唇を震わせながらそう言った。

親分さん、あっしはてっきり心中者かと思いましたよ。

豆腐売りに、とっさにでもそう思わせるものが二つの死体にはあったのだ。

「それになあ、親分」

信次郎がちらりと伊佐治を見やった。

「根っからの遊女だったぜ」

「へ？」

「菊乃は暮らしや大義のために泣く泣く身を売っていたわけじゃねえ。男との同衾を……そうさな、楽しんでいた。いや、そうじゃねえなあ……餓えていた。そんな感じだったな。目交わっても目交わっても満腹にならねえってよ」

「旦那……旦那はこの女の客だったんですかい」

「まあな。だから言ったろう、ちょっとした縁だって」

「たいした縁でやすよ。まったく」

わざとらしく舌打ちしてみる。反面、信次郎の言うことに真実味を強く感じてもいた。ぴたりと合わさったはずの辻褄がずれる。間隙が生じる。勝負はここから始まる。もっともらしい解釈の裏に潜んでいる真実を引きずり出す。勝負はこれからなのだ。

手応えはあった。

菊乃。

菊乃が殺しただろう男。

柳の根元に佇んでいた商人。

今まで影さえ見えなかった魚が水しぶきをあげて跳ね上がったようなものだ。確かな手応えじゃないか。

信次郎の言うとおりだ。解れる糸口を確かに摑んでいる。ついさっきまでの出口のない闇中をうろついているような焦燥感は消えて、静かな興奮が満ちてくる。こういうとき、己のことを岡っ引だと思うのだ。

周りに睨みをきかせるためではなく、銭儲けのためではなく、まして世のため人のために働くという志などではなく、この興奮、謎が解けていく予感に、下手人の尻尾を摑んだ予感に胸が震える興奮を味わうために、岡っ引を続けている。

そんな己の本性をしかと感じてしまう。

信次郎と目が合う。

「親分も根っからの、だな」

「へい」

否定はしない。信次郎はいつもの薄笑いを浮かべなかった。

「引き取っても、よろしいですか」

伝蔵が顔を上げる。

「お玉とお里を引き取って、弔ってやりたいのですが。二人とも身寄りはいないはずですので」

「もちろんさ。夕刻には調べが済む。そうしたら、引き取ってねんごろに弔ってやんな」

「へぇ……」

「殊勝な心がけだぜ。見上げたもんだな、伝蔵」

伝蔵は返事をしなかった。上げた顔をまた俯けただけだ。

日が高くなる。光の中を俯いたまま、伝蔵が去っていった。その後ろ姿を囃すように雀が鳴いている。そこに蟬の声がかぶさってくる。今日も暑くなりそうだ。まだ僅かに残っている涼気を吸い込んで、伊佐治は信次郎に呼びかけようとした。それより一拍早く、信次郎から呼びかけられた。

「親分」

「へい」

「焦れてんのかい？」

「いえ、ただ……」

「ただ？」

「こうして待ってるだけってのは、ちょっと辛うござんすね。あっしは、自分の脚で走り回っている方が性に合ってるんで」

「待ち人、来《きた》るってやつさ。解れかけた糸の先に何がついているか、親分の手下が銜《くわ》えて来てくれる。親分の手下はどれもなかなかの腕っこきじゃねえか。ちゃんと獲物を銜えてくるさ」

「そうでやすね」

息を吐いてみる。信次郎に言われると、自分は猟師、手下たちは俊敏な犬のような気がしてくる。

手下の一人勝市は、筵の下の男に見覚えがあると言った。見張りについていた藩邸から出てきたのだと。

「確かか、勝」

念を押した伊佐治の前で、勝市ははっきりと首肯した。

「へぇ。間違いありやせん。この目で見やした」

勝市は夜目が利く。やや背中を丸めて歩く姿勢と相まって、猫目の勝と仲間内では呼ばれていた。

「おめえの見た男とほとけが同じ男だと言いきれるのか」

信次郎の問いに、勝市は同じ身振りで頷いた。

「間違いありやせん」

「ふーん、格好から見て、下っ端の奉公人だろう。いくら小藩とはいえ、かなりの数がいるだろうが。そいつらの顔をおめえ、いちいち見分けられるのか」

信次郎の眼が細められる。

「いや……そうじゃありやせん。ほとけの顔だけ、覚えていたんで。えっと、つまり……」

伊佐治は手下の腰の辺りを軽く叩いた。

「落ち着いて、旦那にお話ししな。おめえが、ほとけの顔を覚えちまうようなことがあったんだな。まさか、斬り合いをおっぱじめたなんてぶっそうなことじゃねえよな」

「へい。そんなだいそれたことじゃありやせん。この男がいっしょに出てきたお侍たちに、明日の夜は『まき船』でおごってやるって約束してたんで……」

「『まき船』？　おいおい、けっこうな料理茶屋じゃねえか」

けっこうな料理屋だった。豪商や高位の武家が使うほどの御前上等の店ではないが、町の旦那衆の寄り合いや大店の旦那たちに重宝されている評判の料理茶屋で、それそうとうの格式を誇っている。徒《かち》や足軽といった下級武士の手が届く場所ではない。

勝市が違和感を覚えるのも当然だ。

「しかも、前にも何度か『まき船』で飲み食いをしたような口ぶりだったんで……中の一人が『また、あそこで馳走してくれるのか』なんてぺこぺこ頭を下げてやした。あっしだって『まき船』の名前ぐれえは知ってやす。えらく豪儀な話だなって、潜んでいた塀の陰から思わず覗き見ちまいました」

「それで、顔を覚えてたわけか」

「へい。ぺこぺこしていた侍が傘なんか差しかけて、この男、えらく得意げな様子でやした。よく、覚えてます」

伊佐治と信次郎はちらりと目を見合わせた。その視線をすっと横に動かし、信次郎が勝市を促す。

「勝」

「へい」

「この男の身元をできるだけ洗ってきな。一時雇いの奉公人って線が強い。もしそうなら周旋した口入屋もあたるんだ。伊織って名前が手掛かりになるかもしれん。頭の隅に突っ込んどけ」

「わかりやした」

「おめえの耳が確かだとすると、相当に金回りがよかったってことだ。いつからそうだったのか調べろ」

「へい」

他人を指図する信次郎の口調にはいつも、指図される者の心持ちを昂らせる何かが含まれていた。それが何なのか伊佐治には分からない。分からないが昂る。煽る文句も激しい調子もないのに、強く背中を押され、走り出すときの高揚を覚えてしまう。

「よし、行け」

「へい」

勝市はやや紅潮した顔で、光の眩しい外へと飛び出して行った。

源蔵は、商人ふうの男の後をつけたまま、まだ帰ってこない。もう一人の手下新吉は、菊乃が住んでいた裏長屋に走った。それぞれがそれぞれの獲物を銜えて帰ってくるまでにまだ少しの刻がいる。いま少し待たねばならない。

どこかで、赤ん坊がむずかっている。夏は赤ん坊にとっては辛い季節だ。身の置き所のない暑気に、ただ泣いて抗うしか術がない。

遠野屋の顔が浮かんだ。

「赤ん坊がおりました」

そう言った後、珍しく戸惑うように視線を漂わせた顔だ。詳しく聞く暇がなかった。男の身元を探る方が先決だったのだ。遠野屋の顔と、

「また、ぜひにお寄りくださいませ。お待ち申し上げております」

そう言って去っていった背中が浮かんだ。

「赤ん坊って、どういうことなんでしょうかね、旦那」

「赤ん坊？」

「遠野屋にいるって赤ん坊ですよ」

あぁと信次郎から気のない返事があった。

「遠野屋さんの話だと、店の戸を開けてすぐ、女が連れてきたってことでしたね」

「あぁ……」

「門《かど》を掃いていた丁稚に無理やり押し付けて、逃げて行ったとか」

「あぁ……そんなことを言ってたっけな」

「その女、菊乃じゃねえですね」

「違うな」

空が白み、光が闇にとってかわる。やがて明六つの鐘が鳴る。商家の戸が開くのは大方この時刻だ。江戸の町が目覚め、動き始める。しかし、そのころ、菊乃はすでに事切れていたはずだ。

「赤ん坊なんて、関係ねえよ」

信次郎が舌打ちする。

「何でもかんでも己の仕事に結びつけちまう。悪い癖だぜ、親分。早めに直しておいた方が得策ってもんだ」

「じゃあこの件と赤ん坊は関わりねえってお考えなんで？」

「そうに決まってるだろうが。その日暮らしの母親がついに食い詰めちまって、子どもを育てられなくなった。で、羽振りのよさそうな店の者に押し付けた。それだけのことさ」

「羽振りのいい店なんて江戸にはたくさんありやすぜ。その中から遠野屋さんをたまたま選んだってこってすかい？」

「そうよ。たまたまさ。別におかしかねえだろう」

「たまたまねえ……」

「でなきゃ、遠野屋がどこかの女に産ませた娘じゃねえのかい」

「娘？　赤ん坊は娘なんですかい？　遠野屋さんは娘とも息子とも一言も言わなかったじゃねえですか」

「いや……小間物問屋に押し付けるぐれえだから娘じゃねえのかと……思っただけさ」

「旦那」

「何でえ」

「あっしに何か隠し事をしてなさるんで？」

信次郎の物言いからはいつもの切れ味も揶揄も消えていた。怜悧で皮肉屋の同心が守勢に回っている。珍しいことだ。

窺うように顎を引き、目を細めてみる。

「何だか旦那らしくねえ言い方でやすよ。もごもごして、子どもの言い訳みてえな」

「何で、おれが親分に言い訳なんぞしなくちゃいけねえ」

「だから、何か隠し事があるんじゃねえんですかい」

「あるさ。話してねえことなんざ山ほどある。それが気に入らねえってかい？　それじゃ、おれは折り紙付きの孝行息子みてえに、洗いざらい親分に打ち明けなきゃいけねえわけだ」

「ほら、そんなふうにやけに絡んできて、ごまかそうとする。やっぱりおかしいですぜ、旦那」

信次郎が顔を歪める。なんだかそれもわざとらしく見えて、伊佐治は引いていた顎に手をやる。そのとき、

「親分、分かりやした」

源蔵が飛び込んできた。息を弾ませ、汗にしとどに濡れていた。駆け通しに駆けてきたのだろう、書き役の老人が差し出したぬるい茶を一気に飲み干すと、源蔵は上がり框《がまち》にへなへなとしゃがみこんでしまった。

「でえじょうぶか？」

「へえ、落ち着きやした……すいやせん」

「謝ることあねえ。源の字、男の身元が分かったか」

「分かりやした」

源蔵の口元に得意げな笑みが浮かぶ。引きは存分にあったらしい。

「親分、旦那、あの男、太物店『黒田屋』の倅《せがれ》で由助ってやつです」

「黒田屋由助」

遠野屋の手代信三からそんな名を聞いた覚えがある。そうだ、あの華奢な座敷から出てきた男の名だ。間違いない。

「『黒田屋』はなかなかの身代の太物店で、由助は三代目だそうで。店では若旦那って呼ば

れてやした。二代目、由助の父親になる市衛門が大旦那ってこってす。ただし実の子じゃなくて、十五年ほど前の大火で二親を失くした由助を遠縁になる黒田屋夫婦が引き取って育てたんだそうで。何でも、黒田屋夫婦もその火事で三つになったばかりの一人娘を失くしたとかで、親のない由助をことさら哀れんだというか、子を育てる張り合いが欲しかったんじゃねえかって」

「誰が言ったんだ」

「松次郎って古参の番頭です」

「古参にしちゃあ、えらく口が軽いな」

「親分にもらった銭を使わせてもらいやした。最初は主人の事をあれこれしゃべるわけにはいかないって口をへの字に曲げてやしたが、ちょっと摑ますと、けっこうべらべらしゃべってくれましたぜ。やっぱり、金の力ってのはすげえもんです」

源蔵がにやりと笑う。

金の力か。

確かにそれはある。金の力に抗うことのできる人間は稀だ。ときに、いや、いつの世も心を売る者は大勢いる。しかし、松次郎という番頭が節操なく主人のあれこれをしゃべったのは、金のためだけではあるまい。小判をちらつかせたわけではないのだ。はした金とは言わないが、仰天するほどでもない金子で、長年勤めてきた店の内情を松次郎は下っ引に晒した。

なぜだ？

「店の内はうまくいってるのか？」

伊佐治より先に、信次郎が問うた。

「商い自体は文句ねえようで。ただ、由助と黒田屋夫婦の間は、しっくりいってねえんじゃないかと松次郎は言ってました」

「うまくいってねえ訳ってのは？」

「へぇ……そこらへんになると松次郎の歯切れも悪くなるんですが……松次郎曰く、若旦那がかわいそうだってえらく、由助の肩を持ってやしたね」

「かわいそう？」

よく気の回る性質らしく、書き役が新たな茶を湯飲みに注いでくれた。一口すすり、源蔵が続ける。

「由助ってのは商いも上手い、人望もある。働き者で、義理の親たちをそりゃあ大切にするって、まあ折り紙付きのできた人物みてえなんで。『黒田屋』はいい跡継ぎを手に入れたって、もっぱらの評判なんでやすが……」

「当の黒田屋夫婦が文句をたれるのか」

湯飲みを持ったまま源蔵は目を見開き、その目を信次郎に向けた。

「旦那、よくご存知で」

「まっ、よくある話だからな。子どもを失った穴埋めに親無しの子を引き取る。運の良いことに、その子はできのいい孝行息子に育った。文句のねえ跡継ぎってわけだ。万々歳……しかし、血は穢《きた》ねえの喩えどおり、店を全部譲るって段取りになって、血の繋がらねえ由助のことを黒田屋の夫婦は信用できなくなった。迷い始めたってこったな。これだけの身代をもとは赤の他人同然の男に譲っちまっていいのかってな。おおかた、そんなとこだろうが」

「図星でやす。一年前に大旦那の市衛門が中風で倒れて、ほとんど寝たっきりになったらしいんで。手足は思うように動かないけれど口だけは達者って、一番厄介な病人になっちまったとか」

「それも、番頭の言か」

「へい。もともと、外では愛想、内では極め付きの気難しい厄介人だったらしいんでやすが、外に出て行けなくなった分さらに難しく、口やかましくなったそうで。それだけならまだしも、布団の上であれこれ考えている内に……」

「身代を譲るのを躊躇うようになった」

「へい。それがどうも、祈禱師が一枚、嚙んでいるようなんで」

「祈禱師?」

「『黒田屋』の女将、おたきが夫の平癒を願って呼んだ祈禱師で。そいつの祈禱のおかげで市衛門は一命をとりとめたとおたきも当の市衛門も信じ込んじまって……それだけならまぁよかったんですが、この祈禱師が黒田屋の娘は生きて、肉親を捜しているのではなんてことを言い出して……」

「ちょっと待て。黒田屋の娘は死んじまったんだろが」

源蔵が首をひねる。鼻の横を指でこすり、また首をひねる。

「それが十五年前の火事で逃げるとき、子守女ともども行方が分からなくなったんだそうでやす。ひでえ火事でやしたからねえ。その子守女は三日後に見つかって」

「生きてたのか?」

「見つかったときには生きてやした。けど、大火傷を負ってたとかで、見つかってすぐ息を引き取ったらしいんで。娘の行方はそれっきりです。たいへんな火事で焼けた死体がごろごろしてましたから、どれが娘やら黒田屋にも見分けがつかなかったようでやすね。おたきは半狂乱で捜し回ったけれど、諦めるしかなかった。その後、由助を養子にしたってこってす」

「一度は諦めた娘のことを祈禱師の一言でまた、捜し始めた」

「そうです。娘を見つけ出して『黒田屋』の跡取りにしたい。いずれ婿をもらうのだと市衛門が言い出し、病人の戯言だと思っていたら、おたきまで本気になって、娘捜しを始めちまったんで。普段はえらくけちのくせに、大金をあっちこっちにばら撒いて……松次郎も一、二度はやんわりと諌めたそうですが、まるで聞く耳もたねえって有様だったって、嘆いてやしたよ」

「由助は？」

「若旦那は偉い。黙って耐えてご立派なこったって、手放しで褒めてやしたね。実は……養子ってのは表向きだけで、引き取ってからこの方、黒田屋は由助をいいようにこき使っていたらしいです。扱いは奉公人と寸分違わなかった、もしかしたらそれ以下かもしれなかったって松次郎は憐れんでましたよ。若旦那にすれば他に身寄りもないし『黒田屋』で耐えるしかなくて、やっとこさ、主として店を任されるかというときに娘を捜して婿取りでやすからね。何の関係もねえあっしが聞いたって腹が立ちやす」

源蔵の口吻からも松次郎の腹立ちが読み取れる。古参の番頭は、気難しく吝嗇《りんしょく》な市衛門夫婦より由助に多く心を寄せているらしい。心寄せる者が理不尽な扱いを受けている。その腹立ち、不満が松次郎の口を軽くさせているのだ。

信次郎の眉が顰められる。

「おかしいな」

伊佐治は腰をかがめ、信次郎の前に膝をついた。

「なにか、引っかかりやすか？　旦那」

「うん。いくらあこぎな商人でも、一応自分の息子として育てたんだ、祈禱師にあれこれ言われたぐれえで急にその気になるかな。万が一、そうであっても、これも万が一娘を捜し当てることができたら、そのときは由助と添わそうって考えるのが普通じゃねえか。実の娘とできのいい養子の夫婦、黒田屋にとってはこれ以上ねえほどの組み合わせだろうが」

「確かに……」

「しかし、黒田屋はそうは考えなかった。なんだか……これ見よがしに娘捜しを始めて、黒田屋の身代を由助から遠ざけようとしているみてえだな」

「何かあったんでしょうかね」

「ああ……何かあったんだろう。黒田屋が由助を厭う何かがな」

「祈禱師が何のかんのと法外な祈禱料をふっかけてきたんで、さすがの由助も腹に据えかねて、追い出したらしいんですが、それかもしれやせんね」

源蔵の言葉に伊佐治は黙ってかぶりを振った。

それではあるまい。そんな些細なことで損ねてしまう間柄なら、すでに廃れかけていたにちがいない。

人と人との関係には、いつだって何だかんだといざこざが付いて回る。付いて回りはするが、どんないざこざであったとしても、根っこさえしっかりしていれば乗り越えられるものだ。伊佐治はそう信じていた。

義理とはいえ親子として生きた年月の間に黒田屋夫婦と由助は根っこを育ててこなかったのか。育ててきたはずの根っこが廃れてしまうような何かがあったのか。

しかし、それにしても……。

「旦那、黒田屋の内情ってのが今度の事件に関わってると、お考えなんですかい？」

「そんなこたぁ分からねえよ。ただ、『遠野屋』で見た男が今日、ほとけを見物に来ていた。いや、あれは単なる見物人の目じゃねえ。ちっともおもしろがってなかった。たまたまかもしれねえ。けどよ、たまたまだって簡単に片付けちまうわけにはいかねえだろう」

「まったくで」

片付けてしまうことは、摑みかけたせっかくの糸口を自分から捨てるということだ。そんな愚かであってはいけない。

たまたまなのかそうでないのか。たまたまならそれもよし。そうでないなら、何が出てくるか食らいつくまでのこと。

百も承知だ。

手下に命じる。

「源の字、『黒田屋』の内にもう少し鼻を突っ込んでみろ」

「へい」

信次郎が巾着を源蔵の膝に投げた。

「女を狙え」

「へ？」

「女だよ。そうさな、女将付きの女中あたりが手頃かもしれねえ。すぐ傍にいるんだ。女将の愚痴や独り言を耳にしてるにちげえねえからよ、そこらあたりを穿《ほじく》ってみな」

「分かりやした」

「古参の番頭まで口軽くなってんだ。おおかた、『黒田屋』の内はかなり罅《ひび》割れてるはずだ。金か源さんの男っぷりをちらつかせりゃあ、べらべらしゃべってくれるかもしれねえ」

源蔵が苦笑いする。それから一礼すると巾着を懐にしまった。

「一度、由助に会ってみますかね、旦那」

「ああ、早えうちに話を聞かしてもらおうか」

立ち上がり、腰高障子に手をかけようとしていた源蔵の動きが、止まった。

「そういやあ、今日、『遠野屋』に行くと言ってましたぜ」

「何？」

「由助がか？」

伊佐治と信次郎が同時に腰を浮かせる。

「へえ、由助がでやす。なんでも明日か明後日に集まりがあるそうで。その相談に昼餉のあとに行くはずだって……そんなことをちらっと耳にしやした。うっかり、忘れるところだった」

うっかり忘れられてたまるもんか。

源蔵にはこういう疎なところがあった。

伊佐治は胸の内で信次郎は露骨に音高く、舌打ちをする。舌打ちしたあと、しかし、信次郎の口元は大きく横に広がった。

「役者が揃うじゃねえか。願ってもねえこった。親分、頃合を見計らっておれらもお邪魔させてもらおうぜ」

「へえ」

「それまで集められるだけの種を集めるんだ」

「へえ……源の字、急げ」

源蔵が駆け出していく。ほとんど入れ違いに勝市が戻ってきた。

蟬の声が喧しい。耳障りでしょうがなかった夏虫の声が少しも気にならない。摑んだ糸を手繰り寄せる高揚感に、伊佐治は我知らず頰を紅潮させていた。


蟬が鳴いている。

しかし、涼やかだ。風が通り抜け、座敷の暑気も湿気も拭い去っていく。

「このお座敷はほんとうに夏向きですねえ」

反物を広げていた手を止め、由助は息を吸い込んでみた。新しい畳の匂いが心地よい。

「黒田屋さんは甘酒を召し上がりますか」

『遠野屋』の主、清之介が問うてくる。好物ですと答えると、穏やかな笑みを向けてきた。

「井戸で甘酒を冷やしております。ちょっと、味見をしていただけませんか」

「甘酒を？」

「明日、お客さまにお出ししようかと考えておりましてね」

「それは、いい。甘酒は暑気払いになる」

三郷屋吉治が大仰な身振りで手を打った。

「組み合わせのあれこれをだけでなく、ちょっとした水菓子や甘茶、菓子をお出しして、それも楽しんでいただく。どうでしょうかね」

清之介が視線を巡らす。由助も吉治もへそ曲がりの吹野屋謙蔵でさえ、こくりと頑是無《がんぜな》い子どもの頷き方をしていた。

「いいですね。お客さまに品を買い上げていただくだけでなく、日頃の憂さを一時でも忘れて楽しんでもらう。それも、長い目で見れば、商いの道につながる」

吉治はうんうんと何度も首肯している。

「われわれも一時、憂さを忘れたいもんだがね」

謙蔵が鼻の頭に皺を寄せた。すかさず吉治がつっこむ。

「おまえさんの憂さなんぞ、池の蛙にくれてやりな」

「蛙が食ってくれるような憂さなら、いいんだけどさ」

「謙蔵の憂さを食ったら、蛙も白い腹を見せて浮かぶかもな」

「おまえに言われたかないね」

この二人の言い合いはいつも愉快だ。毒舌の中に、幼馴染の気安さと情の深さを漂わせている。

羨ましい。

ふとため息をつきそうになった。慌てて抑え込む。ため息をつくところを他人に見られたくない。それもある。それ以上に、ため息をついた後、胸の奥深い場所に空洞を覚えてしまう、そんな感覚が嫌だった。自分の内側が洞だらけになっていきそうで、怖い。

「黒田屋さん」

目の前に、湯飲みが差し出された。

「どうぞ、味見をお願いいたします」

清之介から受け取った湯飲みは冷たく、手のひらに心地よい。

「湯飲みも冷えてるんですね」

「はい。おかげさまでうちにはいい井戸がございましてね。水菓子はもとより、野菜も器も気持ちよく冷やしてくれます」

「それは、重宝で」

「はい」

口にした甘酒は、口にして思わずほうと声がもれたほど美味だった。微かに生姜の風味がする。

「これは美味い」

唸っていた。吉治も同じように、感嘆の声をあげた。

「お客さまにお出しするにはもってこいだ。上等な暑気払いですよ」

「もう一杯いただけませんかね。遠野屋さん、あんた、小間物問屋だけじゃなくて甘酒屋も始めたらどうです」

謙蔵の軽口に笑みを返してから、遠野屋は座敷の隅に畏《かしこ》まっていた小女に頷いてみせた。赤い襷の娘が足早に座敷を出て行く。この店の者たちは、誰も動きに無駄がない。きびきびと立ち働いている。主の目が隅々まで行き届いているのだろう。『遠野屋』の弛緩のない空気は口にした甘酒よりも心地よいと感心する。

不思議な男だ。

由助は思う。

元は武士だと聞いた。武士を捨て、『遠野屋』に婿に入ったのだと。それにしては、尊大なところも横柄さもまるで持ち合わせていない。それでは混じり気無く商人なのかというと、違う。自分たちとはまるで違う。どこが違うか、どう違うか上手く説明できないが、違うと感じる。そのくせ、商いの才には驚くほど長けて、見事な商人ぶりなのだ。由助が遠野屋たちと商いを交えてみようと思ったのは、異種の商人が集うというおもしろさに惹かれたこともさりながら、ここ数年で驚くほど勢いをつけた遠野屋の商いを、その一端を、自分の目で見てみたい、この手で触れてみたいという思いが募ったからだ。

そう、純粋に商いを思ってのことだった。

それが、まさか、こんなことに……。

また、ため息をつく。

遠野屋と目が合った。商人の眼では無かった。

商人の眼では無い。では、何の眼だ？

遠野屋がつと視線を逸らす。小間物問屋の主の横顔だった。見慣れた穏やかな顔つきだ。

「遠野屋さん」

声をかけていた。声をかけて何を言おうとしたのか、自分に戸惑う。言うべきことなど、何もないはずだ。

目を伏せる。遠野屋は何か？　と問うてはこなかった。由助の内に言うべき何もないことを知っているかのように黙したままだった。

小女が甘酒の載った盆を運んでくる。二杯目の甘酒も美味かった。しかし、喉が痞えている。さっき、言葉にできなかった何かなのだろうか。言うべきことはないはずなのに、喉を塞ぐのだろうか。

「遠野屋さん」

謙蔵が湯飲みから顔をあげ、歳のわりに濁った声をあげる。

「はい」

「今……赤ん坊の声がしませんでしたか?」

「聞こえましたか? 良いお耳をしておられますなあ」

「まあ、昔から耳聡い方でね。遠野屋さんのところで、赤ん坊の声が聞こえるなんて意外というか」

謙蔵が口を閉じたのと吉治がその膝を思いっきり叩いたのはほぼ同時だった。珍しく謙蔵が狼狽する。

「いや、あの……別に、遠野屋さんのご新造さんがいないっていう意味ではなく、あっ……いや、あの」

「あほう」

吉治がため息をつく。遠野屋の女房が去年自死したことは謙蔵も吉治も由助もむろん知っていた。この男の女房がなぜといぶかしむ気持ちは三人三様にあったけれど、口にすべきことではないと心得ているからこそ今まで話題の端にものぼらせなかったのだ。謙蔵が顔を歪めて黙りこむ。

遠野屋は穏やかな笑いを浮かべた。

「ちょっと訳ありで。預かってるんですよ」

謙蔵の目が瞬く。もともと好奇心の強い質なのだ。

「赤ん坊を？」

「はい」

「へぇ。訳ありの赤ん坊をねえ。いったい、どんな訳で」

吉治の手が再び謙蔵の膝を叩いた。

「いいじゃないか、どんな訳でも。おまえさんはすぐ他人のことに鼻を突っ込みたがる」

「何だよ、おれが犬みたいに聞こえるじゃないか」

「犬なんて可愛いもんかよ。いいとこ鼬《いたち》さ」

「ふん、そっちこそ風邪引きの鼠みてえな面してるよ」

「鼠の風邪引きとは畏れ入るね。さっ、甘酒をご馳走になったら引き上げようぜ。明日の用意はだいたいできたし、遠野屋さんも我々も今夜は寄り合いだ。ぐずぐずしている暇はないよ」

謙蔵が顔を歪める。

「寄り合いか。頭のかちかちの年寄り連中がぐだぐだ言うのをまたまた拝聴しなけりゃならないわけか。気が重い……ねえ、黒田屋さん」

「え？　あっ、そうですね。まっこれも、いたしかたの無いこと。波風立ててもしょうがないと割り切りましょうよ」

「黒田屋さんの言うとおり。割り切り、割り切り。それが肝心」

由助が立ち上がったとき、障子が僅かに開き遠野屋の手代の顔がのぞいた。主に耳打ちをする。

「そうか……」

呟いた遠野屋の表情に動きはなかった。障子を閉め、由助に向かい軽く手をあげる。

「黒田屋さん、あいすみませんが、ちょっとお待ち願えますか」

「待つ？　わたしに何か？」

「はい、お客さまがお見えのようで」

「わたしに？」

「はい」

背筋が冷えた。冷水が一筋、背骨を伝ったように冷えた。

「では、わたしたちはこれで。黒田屋さん、お先に」

吉治と謙蔵が帰っていく。二つの背中がひどく遠いものに思えた。手を伸ばしても触れられないほど遠いものに思えた。

「こちらへ」

遠野屋が廊下に出て行く。

蟬の声が座敷に響いた。

蜩《ひぐらし》だった。

終章　真

「女を怖れておった」

市間直助《いちまなおすけ》と名乗った侍はそう言うと、音をたてて酒をすすった。根っからの酒好きなのだろう、いかつい顔が満足げに綻ぶ。口にした言葉の暗さとはまるで不釣合いな朗とした笑みだ。

「境田《さかいだ》は女を怖がってたな。口癖みたいに『怖ろしい、怖ろしい』と申しておった」

「なるほど」

信次郎が酒のたっぷり入った徳利を差し出すと、直助の相好がさらに崩れた。

「いや、あいすまぬ。昼間からこのような馳走になって」

「気になさるな。こちらとしても、ほとけの身元が分かって、正直、安堵いたした。貴公のおかげだ」

「何の、何の……いや、それにしても境田があのような末路を迎えるとはな……」

「思うても無かったと？」

「いや……そうではござらん」

直助が勢いよく盃をあおる。

「むしろ、やはりという気持ちでござるな。女に殺されるとは、境田らしいと……それがしは思うておる」

境田伊織。

それが骸となった男の名前だった。

信次郎は軽く頷き、徳利を持ち上げ振ってみせた。酒の揺れる音がする。直助の喉仏が上下した。

伊佐治は膝の上に手を置き、二人のやりとりを見ている。自身番からさほど離れていない小料理屋の上げ床で信次郎と直助は向かい合い、伊佐治は心持ち二人から離れ、座していた。構えとは不釣合いな、さらりと舌に馴染む美味い料理を食わせてくれる店で『梅屋』の主人としては味の一つも気にしなければならないところだが、伊佐治の心は、これから解けていくのか、さらに絡まるのか、事件の行く末ばかりに奪われていた。もっとも、直助という男も料理にほとんど箸をつけていない。酒さえあれば、肴《さかな》など一皿もいらないらしい。

昼前という時刻のせいだろう衝立《ついたて》に仕切られた座敷に他の客の姿はなく、襷掛けの女が生真面目な顔つきで上がり框を拭いているだけだった。

「女をおそれておると、境田が言うていたわけか？」

「あ？　ああ、そうだ。境田はそう酒に強い方ではなかった。普段は舌がないのかと疑うほどに無口なんだが、酒を飲むとすぐ酔って、酔うとしつこくなる。ぐだぐだとしゃべるわけよ」

「なるほど。しかし、そこもとの話だと境田はなかなかの遣い手であったのだろう？」

「そうだ。われわれの仲間内では、抜きん出た遣い手であった」

「そんな男がなにゆえに女子をおそれねばならんのだ？」

そこよなと言った後、直助は下卑た笑いを浮かべた。

「境田はどうも出奔の身であったらしいのだ」

「出奔？」

「そう。生国を逃げ出したのよな。あの、木暮どの……それがしは手酌でけっこう。肴もいらぬゆえ、もう一本、馳走していただけぬかのう」

下卑た笑いがさらに広がり、直助はひょいと顔を突き出すようにして頭を下げた。

頭の下げ方にも、品性が表れる。

直助からは、せびること集《たか》ることに慣れ、人としての品を削ぎ落としてしまった者の卑しさしか伝わってこない。

「逃げ出さなければならない、何があった？」

酒を注文し、信次郎が顎をしゃくる。

「出奔というからには、足軽、徒士の身分ではなかったということだな」

「そうさな。勘定組のれっきとした家柄だとか何とか申していたような……江戸まで流れ零落してと、よう嘆いておったな。わしからすれば、糊口を凌ぐ仕事があるだけありがたい、ましてや、短期の雇い入れとはいえ武家に奉公できるなどと、ありがたい、ありがたいと何度、唱えてもよいぐらいの幸運だがの。境田は若いから、まだ夢が見たかったのだろうよ。このままで終わるわけがないと己を信じたかったわけよな。まっ、死んでしまえばそれまで。信じるも何もないがな」

直助はもう遠慮も慎みも捨てたらしい。徳利を摑んだまま離さない。その指先が僅かだが震えている。よくよく気を入れて注視しなければわからないが、伊佐治の目にははっきりと捉えることができた。こういう震え方をする男を幾人も見てきたのだ。

信次郎がちらりと伊佐治を見やった。頷いてみる。

この男、酒毒にやられかかっている。

酒の毒が臓腑に染み込み、じわりじわりと侵しているのだ。

徳利は瞬く間に空になった。

「その出奔には女が関わっているわけだ」

框を拭いていた女が酒を運んできた。直助の手より一瞬早く、信次郎が徳利を摑む。直助の盃に、半分ほど酒を注ぎ、信次郎は促すように顎をしゃくった。

「あ……そうだ。女に追われていると」

「追われているとは？」

「女の亭主を斬ったらしい」

「なるほど。それで、仇として追われているのか」

「そうだ」

「女が怖ろしいと繰り返していたのだな」

「そうだ……酔えば、いつも、同じことばかり繰り返しておったわ。女が怖いとな」

直助が身を乗り出す。盆の上の肴は一箸もつけられぬまま、乾いてしまう。

「羽振りがよくなったのは、いつ頃からだ？」

「え？　なんと？」

「境田の金回りがよくなって、おぬしたち徒士仲間に酒を奢るようになったのは、いつ頃だと尋ねたんだよ」

信次郎の口調がしだいにぞんざいになり、相手を圧すような響きさえ加わる。しかし、気がつかぬのか気にもしないのか、直助は顔色一つ変えなかった。

「それは……うん、春の終わり、いや夏の初めであったかの。いつもはろくに口もきかぬ男であったのに、えらく陽気になって、酒を馳走してやるという。何でも、いい金蔓が見つかったとか言うておったな。羨ましい話だ」

「どういう金蔓かは聞かなかったのか？」

「教えろとは言うた。しかし、境田はがんとして口を割らなんだな。こちらとしても機嫌をそこねて、せっかくの奢りをふいにしとうはないから、そのままだ。しかし、確かにいい金蔓だったんだろうよ、境田の懐はふくれたままだったからのう。いや、羨ましいことだ。境田がこんなふうになるのなら、無理にでも聞き出しておけばよかった。まったく、悔いが残る。木暮どの……酒をいただけるかな」

「その前に、もう少し思い出してもらいたい」

「なにを？」

「菊乃という名前を聞いたことがねえか？」

「境田からか？」

「ああ」

「きくの……きくのか……」

根は律儀な性質なのか、徳利を横目で睨みながらも直助は本気で考え込んだ。ややあって、かぶりを振る。

「聞いた覚えはない。うん……ありもうさん」

「さようか。ならいい。金回りの他にこのところ、境田に何か変わったことはなかったか？どんな些細なことでも構わぬが」

「変わったこと……」

「いつになく、よくしゃべったとか、逆に沈み込んでおったとか」

「うーむ、変わったことか……いや別に何も……あ？」

「あったか？」

「いや、変わったと言えるほどではないが、百足に刺されたとか言うておった」

「百足？」

「百足だ。腹だったか、脚だったかやられたらしい。痛くてたまらぬと言うから茶葉を揉んでこすりつけておけと教えてやった。百足の毒消しにはあれがよう効く」

「百足か……境田はどこで、刺された？」

「さあ、そこまでは……」

「徒士長屋にはおらぬのか？」

「おらんな。少なくとも夏の初めに百足が出たという話は聞かぬ」

信次郎は徳利を直助の盆の前に置いた。

「かたじけない」

直助は一気に盃を飲み干し、大きく息を吐き出した。

飲み続ける直助を残し、店を出る。

夏の日差しが地を炙っていた。

「旦那」

前を行く背中に声をかける。

「『遠野屋』に行きなさるんですかい？」

「ああ。遠野屋が礼をしたいと望んでるんだ。たっぷりと、してもらおうじゃねえか。聞きてえこともあるしな」

「遠野屋さんに？」

「手代の方だ」

「信三さんに？　何をお聞きになるんで？」

暑いな。信次郎はそう呟いて空を仰いだ。

「親分」

「へい」

「境田という男が怖れていた女は、間違いなく菊乃だろうよ。怖れていたとおり、女に殺されたってわけだ」

そうだろう。菊乃は境田を討ち果たし、自害している。討っ手としての女がもう一人いたとは考えられない。

「けど旦那、境田は侍だ。しかも、相当の遣い手だったんでやしょ。何で、女一人をそんなに怖がらなきゃいけなかったのか、あっしには合点がいかねえんで。菊乃って女は、男を震え上がらせるほどの剣の遣い手だったたってこってすかねえ……」

「違うな」

「違う……どう違うんで？」

水売りが傍らを通り過ぎる。

「しゃっこーい、しゃっこい、しゃっこーい、しゃっこい」

よく響く独特の売り声が遠ざかるのを待って、伊佐治は信次郎の横に並んだ。信次郎もその呼吸を待っていたのか、言葉を継ぐ。

「親分、境田が怖れていたのは刀なんかじゃねえ、女そのものさ」

「女そのもの……」

「ああ。おそらく、境田と菊乃は男と女として乳繰り合った仲だ」

「へえ確かに……心中者みてえな死に方でやしたが」

「それにおれは聞いたのよ。この耳で、菊乃が境田の名を呼ぶのをな。恨み、憎しみの声じゃなかった。もっと、ねっとりとした絡みつくみてえな声だった。ありゃあ、どうしたって女が男を呼ぶ声さ」

「旦那はそれを『万夏』で聞いたってわけでやすね」

「まあな。そのあたりは、どうだっていいじゃねえか」

「よかねえですよ。けど、まあよしといたしやしょう。旦那は菊乃の客になっていた。それは、菊乃が他の女とはちょいと違ってたってこってすね」

信次郎の足が止まる。伊佐治を見下ろす目が細められた。

「でしょ？　旦那がまともな女に、身を持ち崩して女郎になったようなまともな女に気をそそられるわけがねえ」

「身を持ち崩して女郎になるのが、まともな女かよ」

「まともな女郎でやすよ。旦那がそんな女の客になるわけがねえ。なるほど得心いたしやした」

「なにをどう得心したんだ」

「旦那、女郎になろうかって女はたいてえ重い荷を背負ってやす。借金だったり、男だったり、女衒に騙された過去だったり……けど、菊乃の背負っていたものは違った。まともじゃなかった。歪《いびつ》だった。旦那はそこらあたりに気を引かれたんでやしょう？」

「えらく見通しがいいじゃねえか、親分」

「旦那との付き合いも長うござんすからね」

「あまりありがたくもないがな」

「ほんとに。ちっともありがたかぁありやせん。で、旦那。菊乃は何を背負っていたんで？仇討ちなんて、まともなもんじゃねえですよね」

「ああ……境田と菊乃は恋仲だった、としておこう。しかし、菊乃には夫がいた。おそらく境田よりは高位の武士だろうよ。不義はお家の法度《はっと》だ。密通は死罪。ばれれば、二人とも首を刎ねられても致し方ないってもんさ」

「ばれたんでしょうか？」

「さあ、そこらあたりは定かじゃねえが、境田は菊乃の夫を斬って出奔した。二人よろしくやっている場を見つけられたのか、気づかれる前に始末しようとしたのか、どっちにしても、境田にしたら、堕ちていく一里塚だわな」

男が転がり堕ちていく。

「けど、菊乃が男を追いかけていたってことは、二人で手に手をとっての出奔じゃなかったわけでやしょ。菊乃は捨てられたってこってすかい？」

「境田は逃げたんだよ」

「逃げた？」

「菊乃から逃げたのさ。あの女の身の内に夜叉がいることに、やっと気がついたんだろうよ」

「夜叉が……」

「鬼神さ。鬼のように男を食らう」

「旦那……前におっしゃってましたね。菊乃は男との同衾に餓えていたって」

「ああ、底無しに餓えていた。そういう女だったな。男に絡みついて、巻きついて滅ぼす。境田は逃げ出した。そして、逃げ切れず夜叉に食われたのさ。ばりばりとな」

伊佐治はちりちりと肌を焼く光に、あえて顔をさらしてみた。

人は誰もが夜叉を飼う。

よく分かっている。

弥勒にも夜叉にもなれるのが、人という生き物なのだ。ときに弥勒、ときに夜叉。いや……仏と鬼との真ん中に人はいる。それはまた、仏でもなく、鬼でもなく、仏にもなれず、鬼にもなれず、人は人としてこの世に生きねばならぬということなのかもしれない。菊乃は夜叉を育て過ぎたのか。鬼に変化する前に男を道連れに命を絶った……。

菊乃の死に顔を思い浮かべてみる。

美しい女だった。閉じきれなかった瞼の下で光を失った眸《ひとみ》も、微笑んでいた口元も、血の気の無い頰も、全て美しかった。

光が熱い。肌を焼く。

「あっしには男の方が……男の方も鬼に思えやすよ、旦那」

「人殺しだからな」

「そうでやす。何の罪もねえ女を四人も殺したんですぜ」

口にして、自分の口にした言葉に息を呑む。

「旦那、境田は菊乃とのあれこれで頭がおかしくなってたんでしょうか。女によって自分の一生が壊されたと思い込んで、女を怨むあまり、次々と女を殺めた」

「そう思うかい？」

問い返され、腕を組む。

そう考えるのが一番楽だ。楽に合点がいく。しかし……。

信次郎が口を開け、熱を孕んだ光を吸い込んだ。

「札《ふだ》が余りやす」

「そうさ。札が余る」

黒田屋由助という札をどこに当てはめるか。正直、伊佐治には見当がつかないのだ。

「闇雲に殺したんじゃねえ」

「へ？」

「境田伊織は闇雲に女郎を殺ったわけじゃねえ。ちゃんと理由があったのさ」

「理由ってのは……金ですかい」

「そうさ。女郎の喉を掻き切るかわりに金をもらった。あの飲んだくれの言ったこと覚えてるか。境田の懐がふくらんできたのは、この夏の初め」

「『真砂屋』のお米が殺されたころ……」

「ぴたりと合うだろう、親分」

信次郎が口を閉じ、薄く笑った。

ふっと雪交じりの風を感じる。信次郎のこの笑いを目にするたびに、暗い冬の闇に舞う雪と、雪を舞わせる風を感じる。

「教えてやるよ、全てな」

雪風の中で信次郎の袖が翻った。伊佐治は目を閉じ、真夏の光を確かめる。

「しゃっこーい、しゃっこい」

遠く、水売りの声が響いている。


遠野屋の店内は今日も活気に満ちていた。

ビードロの風鈴が店のあちこちで涼やかな音をたてている。奉公人たちはにこやかに、客の相手をし、客は朗らかな笑い声をあげていた。

いつ来ても心地よい場所だ。

店の気配が人を呼び込む。風鈴の音や活気や色取り取りの小間物に誘われて、ふと店の敷居をまたいでしまう。

遠野屋を訪れる度に、伊佐治は鼓動を感じる。息吹も感じる。店そのものの鼓動であり息吹だ。店そのものが生きて、呼吸し、人を招く。遠野屋清之介が先代から譲り受けたとき、この店は中どころの小間物問屋に過ぎなかったはずだ。

清之介は店という品を売り買いする場所に、命を吹き込んだ。てえした商人だ。

しみじみと思う。たいしたものだ。清之介の剣の腕とやらがどれほどのものか計る術もないけれど、商人としての才覚を上回るとは思えない。信次郎が執拗に拘り続ける清之介の真の姿とは、並外れた才を天から授けられた商人そのものではないのか。

伊佐治はこの頃、たまにそんなことを考えてしまう。そして……。

遠野屋の若い主に、その天賦の才に相応しく商人として生涯をまっとうしてもらいたい。商人として生き抜いた果てに穏やかに生を閉じてほしい。祈るような思いに捉われる。

そういう一生を遠野屋は手に入れることができるのか。

たまに、ほんとうにたまにだけれど、考え、祈るのだ。

「木暮さま、親分さん」

信三が走りより、深々と頭を下げた。

「この度は、お世話になりまして、まことにありがとうございました。おかげさまで主も」

無事に戻ってまいりましたと口にだしかけた言葉を慌てて呑み下し、信三は再び深く辞儀を繰り返した。

「その主はどうしたい？」

「奥におります」

「黒田屋たちが集まっているってわけだ」

「はい。間もなく終わると存じます。奥の座敷でお待ちくださいませ。ご案内いたします」

いつもの座敷に通されると、信三がすぐに盆を運んできた。

「お口にあいますか、どうか。ご賞味いただければと」

「へえ、冷やした甘酒でやすね。ふむ……こりゃあ美味い。暑気払いには申し分ねえ」

「おかわりもございますので」

信三の目の下、頬骨のあたりが蚯蚓腫《みみずば》れになっている。信次郎に蹴り上げられ、地面にこすってできた傷だ。

この律儀で忠実な手代は、赤い蚯蚓腫れのわけをどうごまかしたのか。ともかく、遠野屋の内には、いつもどおりの活気と平穏が損なわれることなく確かに存在している。

信次郎が口をつけぬまま、湯飲みを置いた。

「信三」

「はい」

「聞きてえことがある」

「わたしにでございますか？」

「おめえにだよ。おいとのことだ」

「おいとちゃんの……何で、ございましょう？」

「おいとに久しぶりに出逢ったのは、この店でのことと言ったよな」

「はい」

「いつのことだ」

信三は眉を寄せ、ものを考える顔つきになった。

「春の終わりの頃でございました。まだ、ビードロの品を扱っておりませんでしたから。おいとちゃんは簪を買いにきてくれて……はい、ほんとうに、ばったりと……それはもう驚きました」

「黒田屋に会わなかったか？」

「え？」

「黒田屋由助だよ。この店でおいとと黒田屋が出会ったってことはないか」

「それは……さて……あっ」

「あったか」

「はい。おいとちゃんが初めて店に来た日、黒田屋さんたちとの集まりがございました。あの……確か、おいとちゃんが黒田屋さんにぶつかって……あの、おいとちゃんは足がやや不自由なものですから、よく転びそうになるのです」

「黒田屋にぶつかった？　確かだな」

「はい。あの、木暮さま」

「なんだ」

「実は、おいとちゃんのことで、わたしも思い出したことがございまして。主に告げるつもりでしたのに、例の騒ぎですっかり失念しておりました。さきほど、主から『おまえは、わたしに何か言いたかったんじゃないのか』と促されて、やっと、思い出したしだいです。主からは、木暮さまに伝えるようにと言われております。お見えにならなければ、わたしからお伺いするつもりでございましたので」

「ほう。そりゃあ、でかした。で、何を思い出した」

「おいとちゃんは、初めからいなかったんです」

伊佐治には理解できなかった信三の一言を信次郎は充分に察したらしい。そうかと大きく頷く。

「赤ん坊のころから、おいとはおめえのいた長屋にはいなかった。そういうこったな」

「はい。おいとちゃんは端物売りの娘でした。でも、ある日、ふいに現れたというか……端物売りがどこからか貰ってきた子のようでした。赤ん坊のおいとちゃんのこと、わたしはまるで覚えていないのです。かわいい女の子が隣にやってきた。そんなふうに感じたことをはっきり思い出しまして」

「貰いっ子か。なるほどな」

湯飲みに手を伸ばし、一口すすり、美味いなと信次郎が珍しく褒め言葉を呟いた。

「信三。遠野屋を呼んできな」

「今すぐにでございますか」

「今すぐにだ。黒田屋も連れてこい」

「かしこまりました」

信三が出て行く。

蜩が鳴いた。


由助は遠野屋の後ろから、磨きこまれた廊下を歩いている。腋の下にも背中にも汗が滲む。暑気のせいではない。己の心のせいだ。

「遠野屋さん」

背中に声をかける。

「はい」

遠野屋清之介は足を止め、半身を由助に向けた。由助は黙る。さっきと同じだ。呼びかけたとて、続く言葉などないのだ。

清之介がふと微笑んだ。

「蜩が鳴いておりますね」

「あ……蜩が……確かに」

「夏の盛りなのに、はや秋の気配がいたします」

「遠野屋さん……」

「不自由なものです」

「え？」

「人は不自由なものです。蟬や蝶のように自然の理だけで生きられません。与えられた命を与えられたままに生ききることができぬのは、人だけでございましょう」

「遠野屋さん、それは……」

「生きるという、ただそれだけのことが何故にこうも不自由なのかと、思うことがございます」

欲に蝕まれ、愛憎に泣き、笑い、誰かを疎み、恨み、疎まれ、恨まれる。なるほど人とは不自由なものだ。今、声を限りに鳴くあの虫のように、ただひたすら生きるためにだけ生きることはできない。

軽い目眩がした。

奥まった座敷に通される。表と違い質素な作りの部屋だった。

二人の男が座っている。

定町廻り同心と岡っ引だ。二人とも、由助が膝をつき頭を下げると、僅かに頷いた。眼光が鋭い。

「木暮信次郎さまと、尾上町の伊佐治親分です」

清之介が短く告げる。再び下げた頭の上に、木暮信次郎という同心の声が被さってきた。

「黒田屋、おいとを殺したのはおめえだな」

顔を上げる。不思議と動悸はしなかった。胸は静かなままだ。岡っ引の伊佐治だけが、それと分かるほど深く息を吸い込んだ。

「おいとだけじゃねえ。境田伊織という侍を使って、女を四人殺した。手を下したわけじゃねえが、おまえが下手人さ。そうだろう」

由助は黙っていた。信次郎の言葉が正しいのか間違っているのか、とっさに判断できなかったのだ。

おれが下手人？　そうなのだろうか。

「『黒田屋』の内情をちっと調べさせてもらった。おめえ、『黒田屋』の主人夫婦に疎まれていたってな。それは、おめえの実の母が岡場所の女郎上がりだって、『黒田屋』の女将、えっと名前を何ていったかな」

「おっかさんの名前でございますか。おたきと申します」

ずいぶん落ち着いている。自分でも驚きだ。心がちっとも波立たない。心も疲れて動けなくなっているのだろうか。

「そう、そのおたきが知っちまった。何でも、昔、おめえの親父の店に奉公していた男がばらしちまったってな」

「よく、ご存知で」

「調べるのが仕事だからな」

男は金を無心にきたのだ。昔、父親の店で丁稚奉公をしたという男は一目見て堅気ではないと知れるほどの悪相だった。

若旦那のおふくろさんのことは黙っておきますよ。そのかわり、ちっと、都合つけてもらえませんかね。

由助は男も男の脅し文句もはねつけた。こういう男に金を渡すことは、金を渡した手に自分の弱みも握らせることになる。ずるずると脅し続けられるだけだ。

きっぱり断った。

間違っていたとは思わない。ただ、甘かった。生みの母の出自など今更どうだというのだ、おれはずっと働きづめに働いてきた。黒田屋のために尽くしてきた。誰も承知だ。おれは、黒田屋の跡取りだ。それが揺らぐわけがない。

揺らぐわけがないと信じていた。

おたきが、あんなに騒ぐとは思いもしなかったのだ。男の告げ口に、おたきは異様なほどの反応をみせた。

「女郎の子だって、けがらわしい」

叫ぶ。泣く。罵る。もともと癇の強い性質ではあったのだが、いつにも増して激しく興奮した。

「まともな商家の子だって聞いたから引き取ったのに。ここまで育てたのに、あたしを騙したんだね」

中風で寝たきりの市衛門にまで「女郎の子に、『黒田屋』は渡せん」と回らぬ舌で言われた。

それでも耐えた。祈禱師の怪しげなお告げを鵜吞みにして、おたきたちが「娘」を探そうとしても、黙っていた。湯水のように店の金を使っての娘探しも黙認した。

商売が好きだったからだ。

遠野屋たちといっしょになって、新たな商いを模索していく。目の前が開けるような思いを味わっていた。

狭い、狭い川の流れに身をまかせるだけじゃなく、もっと広い海原におれは漕ぎ出すのだと、心が震えた。それに……思い込んでいた。

黒田屋の娘、おいとが生きているなどとありえないことだ。祈禱師の戯言にすぎないと。まさか、まさか。

「おいとは本当に生きていた。おめえは、ここで会っちまったんだよな。死んだはずの幽霊に。どういうわけか、端物屋に拾われて、育った黒田屋の娘にな」

信次郎の声が聞こえる。ひどく遠い。夢の中の声のようだ。いや、これは夢なのかもしれない。悪い夢をみている。

「おいとには特徴があった。生まれつき足が悪かったんだ。おいとという名前。特徴のある足。おめえ、さすがに驚れえたろう」

プツリ。

『遠野屋』の店先で見た女の後を丁稚につけさせた。住んでいる場所も、今の境遇も、調べられることは調べつくした。

おいとだ間違いない。

そう確信したとき、音を聞いた。

プツリ。

それは、怒りのあまり自分の中の何かが断ち切れた音だった。

運命の残酷さに断ち切れる。

ここまで耐えてきて、ここまで辛抱して、ここまで必死に生きてきて、その結末がこれか。

『黒田屋』を追われれば、自分には何も残らない。耐えてきたことも、辛抱してきたことも、生きてきたことも無駄になる。泡沫《うたかた》のごとく消えてしまう。

これが運命か。

許していいのか。

プツリ、プツリ。

何かが切れていく。

生母が憎かった。おたきが憎かった。おいとが憎かった。女が憎かった。運命が憎かった。

「境田とはどこで出会った？」

「女郎屋でございます。いや、女郎屋近くの飯屋でした。おいとのいる見世に、おいとの様子を探るために通いました。そこで、境田さまと知り合ったのでございます。女が怖いとも女が憎いとも、申されておりました。金も欲しがっておりました。このお侍なら、うまくやってくれるかもしれない。わたしはそう思い……」

「女郎殺しを持ちかけた」

「はい。一も二もなく、承知なさいました。おれは人を斬るのなど、平気だ、まして女郎など人ではないと笑って……」

まさか、あんな男に巡り合うとは。

それも定めなのか。おれは人殺しになる定めだったのか。

場末の飯屋で境田に出会った。おいとを探り、女郎であることを突き止めた。おたきに全てを告げれば、自分の生母を罵ったようにけがらわしい娘だとおいとを拒むのではないかと思い、いや、ここまで身を落として憐れだと余計に哀憐の情を深めるかもしれないと慄《おのの》き、心が千々に乱れていたときだ。

おいとを殺してやりたいと思った。この世から消えてくれればと望んだ。おいとに罪はない。しかし、生きていれば自分の全てを奪うかもしれぬ女だった。

殺してやりたい。消えてくれれば……。

酔いの回った頭で念じ続ける。

ふと視線を感じた。一膳飯屋の薄暗い隅から誰かがじっと由助を見詰めている。侍だった。薄闇に白目がぼうっと浮いていた。こちらを見詰めていると感じたのは、由助の思い違いで、ほんの一瞬、目が合っただけなのかもしれない。

どちらでもいい。おれはあの目を見たとき、もしかしたらと思ってしまったのだ。もしかしたら、この男ならおれの望みを叶えてくれるかもしれないと。

由助は徳利を提げ、侍に近づいていった。

境田伊織に出会い、流れはいっそう速くなった。ことが突き進む。自分は押し流されていく。もう、戻れない。

境田はいとも簡単においと殺しを引き受けた。女郎など人ではない、虫けらと同じよ。潰すのになんの造作がいるものか、と、笑った。金に餓えていたのだ。

金をくれ。金さえくれれば、何人でも殺してやる。

その言葉どおりに、境田はおいとを殺してくれた。他の女も殺した。殺し過ぎるほどに殺した。止まらなかったのだと思う。最初の女を殺したとき、境田の中で緩んでいた箍がとうとう外れてしまったのだ。

それにしてもおれは、何故に全てをしゃべっているんだ。何故、知らぬことと、とぼけないんだ。

「ちょっ、ちょっと待っておくんなせえ」

伊佐治が身を乗り出す。

「黒田屋さんの話だと、殺すのはおいと一人のはず。何故に、他の三人も殺らなきゃいけなかったんで」

「一人だと、ばれるかもしれねえからよ」

信次郎がふいっと息を吐く。

「だろ？　女郎殺しの中に混ぜておけば、おいとだけが目立つことはねえ。黒田屋のおたきは娘を派手に捜していた。もし、万が一、おいとと黒田屋の繋がりに気づくやつがいたとしたら、疑われるのは誰よりも由助だ。それを隠すために、お米たちも殺した。おれたちだって、すっかり騙されていたじゃねえか、親分。下手人は気のふれた人鬼だとばかり思っていたからよ。まっ、鬼にはちげえねえ。こんな惨いことを考え付くんだ。境田が言い出したことか？」

「わたし……です。花は花の群に、木は森に隠すのが一番良いものだと、境田さまに申し上げました。ただ……」

ただ、二人目のお吉は余分だった。

「おれの袖を引きやがった。汚い手で袖を引っ張ったのよ。だから殺してやった」

こともなげに境田は言い、けらけらと笑った。箍は完全に外れてしまったのだ。

あのとき、おれは何を思った？　全てが終わったあと、この侍を始末しようと……考えた。生かしておいて、一生付き纏われてはたまらない。毒を盛ればいい。薬は手に入る。人を斬り殺すことはできなくとも、毒を飲ませることなら容易い。そう毒だ。

ひどく冷静に、そんなことを考えていた。境田が女に殺されなかったら、おれが殺していた。

おいとが死に、境田が死ねば、おれを脅かすものは誰もいなくなる。おいとにしろ境田にしろ、死んだ女郎たちにしろ、みんなくずだ。地べたを這いずり回っている虫けらと同じだ。虫けらなどにおれの人生を狂わされてたまるものか。おれは、必死で働いてきたのだ。なにもかもを犠牲にして生きてきたのだ。虫けらなんぞに、台無しにされて……。

伊佐治が目を瞬かせる。

「それじゃあお里は……おいとを殺したあとも境田は、女郎殺しを続けていたんで」

「おいとさんを殺した後、ふつりと殺しを止めれば、疑われるやもしれません。それが怖くて、もう一人だけ、もう一人だけと……」

ああ、やっぱり鬼だ。

おれは鬼だ。

鬼の心と人の姿を持っている。いつのまに、こんな鬼を住まわせていたのだろう。

だけど、だけど、殺してはいけなかったのか？　自分を守るためにおいとを殺してはいけなかったのか？　甘んじて運命を受け入れねばならなかったのか？　おれは鬼になってはいけなかったのか？　それなら何故、天は、おれと境田を会わせた？　おいとと出会わせた？　天がおれに鬼になれと命じたのではないのか？　おれは、その声に従っただけではないのか？

もういい。おれは聞いてしまったのだ。プツリ、プツリと切れる音を聞いてしまったのだ。

そうか……あのときか。あのとき、おれは人で無くなったのか。

おれは……。

「境田ってやつは、殺す女郎を物色するために、女郎屋で遊ぶ癖があったんだろうな。自分の殺す女をにやにや眺めていたのかもしれねえ。そして、『万夏』にきて、お里に狙いをつけた。だけど、そのとき自分も見られていたのさ。夜叉にな」

夜叉？　このお人は何を言っているのだろう。よく、分からない。もう、あれこれ考えるのも疲れた。

眠りたい。

由助は望んだ。強く望んだ。

眠りたい。

眠れば、いつか目が覚める。目が覚めれば、悪夢は消える。

「なあ、黒田屋」

ひやりと冷たい声が耳朶に触れる。その冷たさに意識が覚醒する。現《うつつ》に引き戻される。

「おめえな、本当においとを殺したかったのか？」

「は？」

「『黒田屋』の身代が惜しくて、おいとという邪魔者を何としても消しちまいたかった……それが、おめえの本心なのかって聞いたんだ」

由助は口の中の唾を呑み込んだ。

「……そうです。さきほどから申し上げているとおりで……」

「そうかね。おれには、どうもそうは思えねえがな」

遠野屋が身じろぎをする。

「木暮さま……」

何かを抑えようとするかのように、手を伸ばす。伸ばされた指先を邪険に払い、信次郎は続けた。

「おいとが女郎でなくても……そうさな、例えば小間物問屋の奉公人だったとしても、おめえ、殺そうと思ったか」

「それは……」

「おいとと同じ年頃の女を殺して、花を花の群れに隠そうなんて考えたか……そうじゃ、あるめえ」

くっくと信次郎は笑い、舌の先でちらりと唇を舐めた。獲物を前にした蛇のようだと、由助は思った。

「おめえは、おいとを殺したかったんじゃなくて、女郎を殺したかったんじゃねえのか。女郎あがりだったというおめえの母親を殺したかったんじゃねえのかよ」

ずくん。

胸をこぶしで殴られた気がした。

ずくん。ずくん。

ここを開けてみなよ。ここに何があるか、自分の手で引きずり出してみな。

冷ややかな声が冷ややかな笑いを含んで、命ずる。

引きずり出せ。引きずり出せ。引きずり出せ。

由助は、膝の上でこぶしを握った。

実母の思い出はほとんど無い。幼かったからなのか、炎の記憶が全てをなめつくしたのか、由助の内から大半が消えてしまっている。

それでも、ふとよみがえるものもあった。温もりのある指先、柔らかな膝、少し掠れた穏やかな声音「由、ほら、こっちへおいで……」、思い出と呼ぶにはあまりにささやかだけれど、それでもよみがえるものがある。

おいとを探るために、私娼窟に足をふみいれたとき、由助は軽い目眩を覚えた。白粉の匂い、女の体臭、男の汗、銭の音、喚き、あえぎ、嬌声、むき出しの乳房や太腿……あらゆるものが混じり合い、もつれ合って、目を耳を鼻を刺激する。

女を知らないわけじゃない。誘われて岡場所で遊んだことも多くはないがある。そのときには興味と情欲しか覚えなかった感情が、目眩を呼ぶほど激しく揺れ動いたのだ。

おっかさん……。

顔も定かに覚えていない母親に呼びかけていた。

こんなところにいたのか。こんなことをしていたのか。こんなふうに生きて……。

「おにいさん、遊んでいきなよ」

袖を引かれた。女の体温と湿り気と臭いがすりよってくる。目から耳から鼻から流れこんでくる。

「ねえ……ほら」

女は胴抜きの前を開いて、太腿をのぞかせた。由助の手を腿の間にはさもうとする。

女がどんな顔をしていたのか、背丈はどうだったのか、まるで覚えていない。女の口の中で蠢いていた舌と手のひらに伝わった重い肉の感触は覚えている。なにより、髪の毛が逆立つような嫌悪感を覚えている。その嫌悪が瞬く間に殺意に変わったのも覚えている。女が由助の顔を見て身を震わしたことも、手を離し一言も言わず家の中に走りこんだのも覚えている。はっきりと覚えている。忘れたふりをしていただけで、僅かも忘れてはいなかった。

「おめえは、女郎が憎かった。母親が女郎だったことに耐えられなかったんだよ。おいとが切見世の女だと知ったとき、おめえ、思わなかったか」

ちろり。また舌が覗く。

「おれはこれで大義名分を手に入れた、女郎殺しのきっかけを手に入れたってな」

「旦那」

伊佐治が腰を浮かせた。

「お侍の仇討ちじゃあるめえし、人を殺すのに大義名分なんてあるわけがねえでしょう」

「親分、おれは世の中の心得を説いてるわけじゃねえ。こいつだよ、黒田屋由助の心の内の話をしてるんだ。そうだろ、黒田屋。おめえは自分を納得させるだけの理由を手に入れたのよ、な。おいとは自分の積み上げてきたものを危うくする。だから、殺す。おいと殺しを隠すためには、女郎を殺せばいい。そう納得したかったんだよなあ。おめえ、本当は『黒田屋』の身代なんぞどうでもよかったんじゃねえのか」

由助は黙っていた。口にすべき言葉が何一つ、浮かばなかったのだ。皮肉な笑みを浮かべている男が正しいのか誤っているのかさえ、分からない。見事に的を射ているようにも、まるで見当外れのようにも感じられる。分からない。

「おめえ、見てたんだろう」

笑みを引っ込め、信次郎が顎をしゃくる。

「境田が女郎たちを殺すところを傍で見てたんだろう。え？」

これには、答えられる。

「はい、見ておりました。境田さまがちゃんと仕事をなさったのを見届けて、その場、その場で報酬を渡しておりました」

「仕事ねえ……。ふふん、まあいいや。おめえは、境田の仕事の首尾を見届けるためだと自分に言い聞かせていたかもしれないが、本当のところ、女郎が血まみれになって死んでいくのを見たかったのよな」

由助は顔を上げた。目を細める。

このお人は何故、こうも全てを見透かしたようにものが言えるのだろう。おれ自身にも確とは見えないおれの心の内を何故に定かに語れるのだろう。

正しいのか、誤っているのか……。

「最後の殺し、お里とかいう女郎を境田が殺ったときも、近くにいたな」

「はい、おりました」

「お里を殺ったすぐ後に、境田はもう一人の女に刺し殺された」

「そうでございます。あれは……あれは、不思議な……今でも夢かと思うような出来事でございました」

女を殺したあと、境田はいつも笑う。けたたと箍の外れた者だけが出すことのできる奇妙な笑い声をあげるのだ。その笑いが終わらぬうちに、由助の背後から誰かが飛び出してきた。一瞬、魍魎かと思った。闇から人ならぬものが湧き出してきたと。

「伊織さま」

女の叫びが聞こえた。境田の名を呼んだのだ。あまやかに聞こえた。とろりと甘く耳の奥にねばりついてきた。

「境田さまは、木偶《でく》のように立っておいででした。何も言わず、一歩も動かず、まるで魅入られたように立っておいでになりました。僅かに、こう手を動かされて……」

由助は両手を少し広げてみせた。

「女を抱きとめる格好をしたと」

「いえ」

「違うのか？」

「いえ。確かにそのような格好にも見えましたが……」

見えはした。しかし、違うのではないだろうか。雨上がりの闇の中、境田の顔を見定める視力を由助は持ち合わせていなかったが、その分、肌の感覚は鋭敏になる。由助の肌に伝わってきたのは、境田の呻きだった。

ああ、ついに捕らえられてしもうたか。

もう逃げられぬ。

逃げられぬ。

「黒い影が境田さまの懐に飛び込んでいきました。境田さまは、避けようともなさいませんで……そのまま、もつれあって倒れたような気がいたします。わたしは、何が起こったのか分からず、ただもうおそろしくて、逃げ帰りました」

「女郎殺しを平気で見ていたくせにか」

「怖ろしゅうございました。わたしまで魔に魅入られるようで、怖ろしゅうてなりませんでした。でも夜が明けると、どうにも気になって、何がおこったか確かめねば……万が一、境田さまがあの場でまだ生きていたら、女郎殺しの全てが明るみに出ると……夜とはまた別の怖ろしさが……」

「それで、様子を見に来たわけだ」

「はい」

男が一人、死んでいた。女が二人、死んでいた。何故、こうなったのか、由助には解せなかった。

ただ、終わったのだと思った。

これで全てが終わった。境田は死んだ。唯一の口が封じられたのだ。全てが終わった。全てが思い通りに運んだ。

しかし、心は少しも晴れなかった。安堵など微塵もない。背中に恐怖が張り付いている。白日の下に転がった三つの死体が由助に語りかけてくるようだ。

これから、おまえの地獄は始まるのだと。

怖かった。

自分の向後が怖かった。

境田伊織を捕らえたものが怖かった。

人を殺めた己が怖かった。

この怖ろしさを背負うて、おれは生きていけるのだろうか。

「見物が命取りになったな」

信次郎が再び皮肉に笑う。

「ひりひり感じたぜ。おめえの嫌な目つきをよ。真っ青な面をして、食い入るように見てやがった。明らかに周りと違っていた。おれは役目がら、人殺しの目つきには慣れてんだ。ふふ、大人しく黒田屋の座敷で震えていればよかったものをな」

「それができねえのが、人の定めでござんすよ」

伊佐治がふっと息を吐く。

「そうやって、綻びをつくってしまうのが、人間ってもんで。人を殺めて綻びを見せなくなっちまったら、それこそ鬼畜ってこってす。そうでしょ、遠野屋さん。揺らいだからこその臭い、綻びでござんすね」

遠野屋が頷く。信次郎が声をあげて笑った。

「くだらねえ。だから、黒田屋はまだ人間の埒内だって言いたいのかよ。ったく、くだらねえ。こいつは人殺し、とっくに鬼、畜生に成り下がっているのさ」

そこで、信次郎の口調が柔らかくなる。

「しかし、よくよく考えればおめえも気の毒だよな、黒田屋」

顔をあげ、目を合わす。憐憫さえ漂っているようだ。

「いや、真に気の毒なこったぜ。遠野屋なんかと関わりをもったばっかりに、畜生道に堕ちちまったな」

「遠野屋さん？　遠野屋さんは、何の関わりも……」

「ここに来さえしなければ、おいとに会うことはなかった。そうすれば、女郎殺しなんてしなくてすんだだろうが」

そうだろうか、そうだろうか。

遠野屋でおいとに会わなければ、おれは鬼にならずにすんだのか。プツリという音を聞かなくてすんだのか。人である証の糸の切れる音を聞かずに生きていけたのか。

そうだろうか。

そうなのでしょうか、遠野屋さん。

「夢を見ました」

遠野屋が呟く。

夢？

「家内を亡くした頃のことです。同じような夢を何度も見ました」

「どんな……」

「満開の桜の下で、夜叉の面をつけた者が一人、舞っているのです。夜でした。音も無く歌も無く、静寂の中でただ一人、舞っておりました」

「満開の桜の下で」

「はい、花弁がやはり音も無く散っていました。わたしは見ておりました。ただぼんやりと……なんと美しい舞だと思いながら立ち尽くしているのです。やがて舞は終わり、舞い手はゆっくりと面に手をかけ……、そこで、いつも目が覚めました」

「なんだあ、その、いいかげんな夢は」

信次郎が舌を鳴らす。由助は目を閉じた。

満開の桜の下、舞う夜叉の面。その面の下からどんな顔が現れるというのか。

遠野屋さん、あなたも面をつけておられるのですか？　面の下に本当の自分の顔を隠しておられるのか……。

もう少し、もう少し早く、夢の話を聞きたかった。

「行きますか、黒田屋さん」

伊佐治が肩に手をかける。

蜩の声が一際、美しく響いてきた。

由助が牢の中で自死したのは、蟬よりも草藪の虫の声が盛んになり始めた頃だった。

一口も食せず、自ら餓死したと聞いた。

「おたきも死んだそうです」

伊佐治の一言に、遠野屋が身じろぎする。

「『黒田屋』の女将さんが……そうですか」

「へえ。由助の死を聞いて、えらく取り乱して、床に頭を打ち付けて泣いたそうです。その日の夜に、鴨居にぶら下がっちまったんで」

「おたきさんなりに、由助さんを想うていたのでしょうか」

「どうなんでしょうかねえ。あっしには、分かりやせん」

もしそうだとしたら、歪すぎる。義理とはいえ、母と子だ。もっとまっすぐに想いを伝えることはできなかったのか。

「どうでございましょう、木暮さま」

遠野屋が顔を横に向ける。寝転んで飴を舐めていた信次郎が鼻で笑った。

「自分の手の届かない所にいっちまったから、気がついたのさ。愛しい息子だったってな。そんなものさ、失くさなきゃ分かんねえんだよ」

「失くさなければ分からない……」

「そうさ。そんなもんさ、人間なんてな」

信次郎が身を起こしたとほぼ同時に襖が開いた。

「おっかさん」

「あら、お客さまだったのかい。ご無礼いたしましたね」

おしのが会釈する。伊佐治は思わず目を見開いていた。

おしのはきれいに髪をとかし、目にも物言いにも生気が満ちていた。見違えるほどだ。

赤ん坊を抱いている。

「おこまがお昼寝から目を覚ましてね。おとっつぁんを捜しているようだから。ちょっと、抱いておやりな」

おしのの手から遠野屋へと赤子が渡される。小さな足が空を蹴った。きゃはと笑い声がおこる。赤子が笑ったのだ。

「おこまに、重湯を作ってくるから。清さん、お守《も》り頼みましたよ」

伊佐治と信次郎にもう一度会釈して、おしのが出て行く。軽い足取りだった。

「そういやあ、ここの大女将も元首吊り人だったな。それが、えらく、元気になっちまってよ」

「旦那、何て言い方しなさるんで。おしのさんは生き残った。めでてえことじゃねえですか」

「まあな。生き続けるのがめでてえかどうかは別として、命をとりとめたのは確かだな」

「木暮さまのおかげにございます」

「そうよ、おれのおかげさ。もうちょっと感謝しな。まっ、おしのは運がよかったよな。それに引き換えおたきには、ぶら下がった紐を一太刀で断ち切ってくれる凄腕の婿がいなかった。まったく気の毒なこった。それにしても女ってのはどうして、ああもぶら下がるのが好きなのかねえ」

悼む色などちらりとも見せず、信次郎は飴をしゃぶっている。赤子が何かつぶやきながら、信次郎に向けて手を伸ばした。

「やらねえよ。歯も生えてねえくせに。飴なんか欲しがるな」

「旦那、小せえ子を相手に毒づかないでくだせえよ。まったく、もう」

遠野屋に抱かれ、赤子が笑っている。まさに輝くような笑顔だった。

「これが、例の赤ん坊で。あの……菊乃の娘の」

「はい」

「あっしの手下の調べでは、菊乃が隣の家の女房に頼んだそうですぜ。明日の朝、森下町の『遠野屋』に預けてくれって。境田と心中する夜のこってす」

「手紙がございました。娘を頼むと。できれば商人の娘として育てて貰いたいと。美しい筆跡でございましたよ」

「おこまって名前なんで」

「駒代だそうです。それも手紙に記されておりました。しかし、商人の娘なら、おこまの方が似つかわしいかと」

「遠野屋さん」

伊佐治は、背筋を伸ばした。

「この子を育てるおつもりなんで」

「はい」

「遠野屋さんのお子としてですかい」

「そのつもりです。母は、わたしとおりんの間にできた子だと、自分の孫だと信じきっております」

けっと、信次郎が口元を曲げた。

「やめときな。父親が誰か分からねえような子を育てて、後々の苦労の種を蒔くことになるぜ」

「そうでございますか」

「そうだよ。何も無くたって血の繋がらねえ間なんぞ、いつか綻びちまう。黒田屋のことを考えてみろよ」

「何好き勝手なこと言ってんです。苦労の種を蒔いたのは旦那じゃねえですかい。菊乃に遠野屋さんのこと教えたの、旦那でしょうが」

「言いがかりをつけるんじゃねえよ。おれが知るもんか」

遠野屋の腕の中で赤子が手足をばたつかせる。

「あぶねえ」

伊佐治はずり落ちそうになった赤子の尻を押さえた。

「遠野屋さん、もうちょい腕の力をゆるめねえと、赤ん坊は柔らかいんだ。潰れちまいますよ」

「あ、はい。どうも、まだ慣れなくて。赤ん坊を抱いたことなんて初めてのことで、どうすればいいやら」

「けっ、まったく見ちゃあいられねえな。まるで似合わねえぜ、遠野屋。だいたいよ、おぬし、あの義理の母親に赤子をあてがって、呆けを治そうとでも思って」

「木暮さま。わたしは育ててみたいのでございます」

遠野屋が僅かに俯く。

「わたしに人を育てることができるのかどうか、やってみたいのです」

信次郎が立ち上がる。薄笑いが浮かんだ。

「おぬしには無理だ」

「何故？」

「おぬしには死が何より似合うているからさ。おれはな、今度の件でずっと匂い袋のことが気に掛かっていた。なぜだか、気になってな。今思えば、あれは死の匂いだった。おぬしから匂ってきたものと同じだ。おぬしは死を招く。おりんがいい証だろうが。黒田屋だってそうさ。おぬしと関わり合いにさえならなければ、死ぬこともなかったろうに」

「旦那」

伊佐治は腰を浮かし、顔をしかめた。

「お口が過ぎますぜ」

信次郎は伊佐治を無視した。遠野屋だけにぴたりと視線を定めている。

「赤子を育てたとて何も変わらんさ。死神は死神。夜叉は夜叉。それだけのことよ」

赤子の手がのびた。小さな白い手が遠野屋の頬に触れる。遠野屋の手がゆっくりと赤子を抱きしめた。

「育ててみます」

「くだらねえ」

信次郎が吐き捨てる。刀を腰に差しこむ。

「くだらねえよ、遠野屋」

一言、言い置いて出て行く。

「育ててみます」

遠野屋清之介はもう一度、繰り返した。

蜻蛉《とんぼ》が入ってくる。赤子、おこまの足に止まる。赤蜻蛉だ。

透明な翅が煌めいた。

おこまが父親に向かって、何かを呟いた。手足を盛んに動かす。

伊佐治はふいに泣きたくなった。

死んでいった女たちの顔が浮かぶ。

生きるんだぞ。

胸の内で語りかける。

おとっつぁんといっしょに、とことん生きていくんだぞ。

蜻蛉が飛ぶ。翅が煌めいた。

解説

三浦《みうら》しをん
（作家）

あさのあつこさんの小説を読むと、いつも背筋がのびる思いがする。もちろん、「緊張を強いられる」という意味ではない。リラックスして、「読書の楽しみそのもの」といった、贅沢な時間を味わえる。物語にぐいぐい引きこまれ、自分も作品世界に入りこんだかのように、登場人物の言動を間近で見守る気分にひたることができる。

だが同時に、鋭く美しい刃《やいば》を突きつけられた気持ちにもなるのだ。「ああ、登場人物が見せる昏《くら》い部分は、私のなかにもある」「けれど同じぐらい、希望を捨てたくないという思いもたしかにある」「闇と光の狭間で揺れ動く登場人物や私たちは、どう生きていけばいいんだろう」。作品を通して、ふだんは見ないふりでやりすごしている命題を突きつけられ、自然と背筋がのびるのだと思う。

『夜叉桜』は、あさのさんがたくさんの作品で追求しておられる主題に、特に正面から切りこんだ一作だと言えるだろう。シリーズ前作に『弥勒の月』（光文社文庫）があるが、『夜叉桜』だけ単独で読んでも支障はない（『弥勒の月』では、信次郎と清之介の出会いが描かれるので、ぜひともお読みになるべきだと強くお勧めするが）。

これは余談だけれど、前作を未読でも支障がないように、前作の読者がまどろっこしさを感じることのないように、『夜叉桜』において、「これまでのお話」がものすごく考えつくされた塩梅《あんばい》でフォローされているところに、あさのさんの作家としての良心を見る思いがする。

さて、『夜叉桜』も『弥勒の月』も、江戸時代を舞台にした時代小説だ。舞台が現代ではないからこそ、逆に、さまざまな制約を受けることなく、より純粋に主題を追求できるのかもしれない。

あさのさんの作品から（特に、『夜叉桜』と『弥勒の月』から）、私が勝手に感受する主題は、「運命と意志」「孤独と希望」だ。

これらの主題には当然、「人間の生と死」が絡んでくる。現代を舞台にすると、正面から描くのがなかなか難しい主題だと、おわかりいただけるだろう。飢えもほとんどなく、戦争状態にあるわけでもない現在の日本では、日常的に激烈な生死の境をくぐり抜けているひとは少ない。「運命」などないかのように、自由に恋をし、職業や居住地を自分の意志で決めていいとされている。それはとてもありがたいことだが、孤独も希望もどこか薄っぺらで、ただ漫然と生をやりすごしているだけのような気分になるときもある。

そうではないはずだ、とあさのさんは作品を通して叫んでいる。生と死を、漫然としたものにしてはならないはずだ、と。易きに流され、他者と自己の生死を漫然としたものに変えてしまう精神の怠慢と鈍感を、あさのさんは常に、まっとうな怒りをもって弾劾する。

人は臨終の一瞬まで、心に生傷を負うて生きていく。（中略）目に触れないだけに厄介なその傷を、自分の物も他人の物も労わって生きねばならない。それが世道《せいどう》と言うものだ。

登場人物の一人、岡っ引の伊佐治親分の言葉だが、私には、作者あさのあつこさんの信条の表明でもあると読めてならない。

理不尽は世にあふれ、哀しみは尽きない。しかしだからこそ、互いを尊重しあい、寄り添いあって生きていこうとするのが人間ではないか。それなのになぜ、自分と他人の痛みを平気でやりすごそうとするのか。

怠慢と鈍感からくる無関心という鎧を、あさのさんは（そして、登場人物は）、透き通った怒りの刃で打ち砕こうとするかのようだ。

現在よりも夜の闇が濃く、身分制度によって定められた生を生きるしかなかった江戸時代を舞台にすることで、あさのさんの意図した主題が明確に浮かびあがる。理不尽な運命と、それを打ち砕こうとする意志。生死の境にぎりぎりまで肉薄してはじめて、実感できる孤独と希望。

主人公の同心、木暮信次郎は、生きることに半ば飽いている。武士の家に生まれたら武士。町人の家に生まれたら町人。そのなかでも家柄によって、出世の道筋まで細かく決められているような世の中に、ほとほと退屈している。太平の世で彼は一人、明らかに異分子だ。彼自身も、「異質、異様、異形、異体」のものに心惹かれる傾向がある。信次郎は、運命（定められた枠組み）に対する反逆者だ。運命に従ったほうが楽だと理性ではわかっているが、諦めて安穏と日常をやりすごすには、鋭利すぎる精神と感受性の持ち主なのだ。

やり場のない抵抗への情熱を、皮肉な言動で覆い隠す。そんな信次郎が退屈を忘れ、生を実感できるのは、他者の死と遭遇したときだ。死は生き物にとって、逃れられぬ最大の運命だ。信次郎は殺人事件の真相を暴くことで、己れを縛るあらゆる運命に復讐しようとしているのかもしれない。信次郎の怜悧な謎解きが、この物語の肝のひとつとなっている。

もう一人の主人公が、「遠野屋」の清之介だ。清之介は、もとは武士だったが、いまは商人として小間物問屋の主《あるじ》に収まっている。暗い過去を周囲には隠し、穏やかに暮らそうとしているにもかかわらず、なぜかいつも事件に巻きこまれ、死を招き寄せてしまう。そんな清之介にとって最大の不幸は、信次郎の興味を惹いてしまったことだろう。

信次郎と清之介は、生きかたも考えかたも過去も、水と油のように交わることがない。しかしいったん近づけば、これまた水と油のように、激しく熱情の火花を散らしあう関係でもある。一言で言えば、「お互いに気になってたまらない」のだ。

信次郎が清之介を意識せずにはいられないのは、清之介が越境者だからだろう。武士から町人へ、死と闇の世界から生と光の世界へ。清之介は常に、あらゆる困難を乗り越え、新たな世界へ自力で漕ぎだそうとあがいている。その目は日本だけにとどまらず、海の向こうまでをも見据えるほどだ。運命に抗い、希望を切り拓く、静かで強い意志に満ちた清之介。信次郎はきっと、そういう清之介のことがまばゆく、妬ましくてならないのだ。だから、ときに子どものような意地悪を言ったり、酷薄な言動を取ったりする。

清之介は、なにかと言いがかりをつけてくる信次郎に戸惑いを覚えながらも、ついつい信次郎を観察してしまう。無視することができない。たぶん、信次郎の怜悧さが、研ぎ澄まされた刀を連想させるからだ。かつて、清之介のすべてだったもの。いまも暗い闇の底から清之介を招き、誘うもの。清之介にとって、暴力は甘美だ。死と暴力のただなかにあってこそ、生は最も充実し輝くものだと、清之介は体感として知っている。だから、刀に似たたたずまいの信次郎から、目を離すことができない。信次郎が放つ、爆発寸前の暴力の気配。生への激しい希求に、惹きつけられる。

「歩く危険物」といった感のある信次郎と清之介が、直接ぶつかりあったら一大事だ。そこで、伊佐治親分が二人のあいだに割って入り、緩衝材の役割を果たす。伊佐治は二人の父親ぐらいの年齢で、人格も経験も充分。しかも、ちゃんと常識を備えている。伊佐治が冷や汗を垂らしながらも取りなしてくれるおかげで、信次郎と清之介は、市井の暮らしになんとか踏みとどまるための足場を得られる。

二人の才気に比べれば、伊佐治は凡庸と言えるかもしれない。けれど二人にとって、伊佐治は光だ。闇へと足を踏みはずしそうな二人を支え、人間の暮らしへ導く光だ。「生活」とは、「生きる」とはなんなのか、体全体で表現してみせる、地道でしぶとく頼もしい先達《せんだつ》だ。

あっしはね、強い人間ってやつが、どうにも信用できねえんで。弱くて、情けなくて、自分にすぐ負けそうになっちまって、ぐずぐず足掻いている。そんなやつの方がいざとなったら信じられる気がしやす。

伊佐治は折に触れ、信次郎と清之介に、私たち読者に、さりげなく告げる。無関心ゆえの図太さは、真実の強さではない。迷っても泥にまみれてもいい。孤独に負けず、闇に堕ちず、少しずつでもいいから希望の光を目指して前進すること。その途中で孤独な魂と行き合ったら、細心の注意を払って、そっと寄り添うこと。それこそが、ひとを生かす強さなのだと。

『夜叉桜』のラストで、清之介はとうとう、希望の象徴を胸に抱く。迷い、戦いながら暗い道を歩いてきた清之介が、未来を見晴るかすことのできる丘のうえへ、ついに立ったのだ。

そこで気になるのが、信次郎のこれからだ。信次郎も、自分の手で運命を切り拓き、光に満ちた安息の地へとたどりつけるのだろうか。信次郎のことだから、清之介に子どもっぽい対抗心を燃やし、「おまえがそっちの道を選ぶなら、俺は逆方向へ行くもんね」とばかりに、坂道を転がり落ちていってしまうのではないかと心配でならない。

どうか、幸せになってほしい。信次郎も清之介も、伊佐治親分も。架空の人物のはずなのに、本気で願ってしまう。これも、『夜叉桜』が胆力を秘めた物語だからこそだ。

ひとがひとであるかぎり、孤独からは逃れられない。運命と意志の狭間で、もがくしかない。だが、孤独を超えて結びつきあい、希望を見いだすことができるのもひとなのだ。

すべての登場人物の生と死が、私たちの行く道をほのかに照らしている。

二〇〇七年九月光文社刊
初出誌「小説宝石」（光文社）二〇〇六年十月号～〇七年六月号

光文社文庫

長編時代小説
夜《や》叉《しや》桜《ざくら》
著者　あさのあつこ

2009年11月20日　初版1刷発行
2023年11月25日　22刷発行

発行者　三宅貴久
印刷　新藤慶昌堂
製本　ナショナル製本

発行所　株式会社　光文社
〒112-8011　東京都文京区音羽1-16-6
電話（03）5395-8149　編集部
8116　書籍販売部
8125　業務部

ISBN978-4-334-74676-6　Printed in Japan

組版　新藤慶昌堂